CW00485443

LE CHAT ET LES PIGEONS

*Collection de romans d'aventures
créée par Albert Pigasse*

Agatha Christie

LE CHAT
ET LES PIGEONS

*Traduction de Jean-Marc Mendel
entièrement révisée*

ÉDITIONS DU MASQUE
17, rue Jacob 75006 Paris

Titre de l'édition originale :

Cat among the pigeons

publiée par HarperCollins

ISBN : 978-2-7024-3634-9

Pour Stella et Larry Kirwan

PROLOGUE

RENTRÉE DES CLASSES

La rentrée d'été battait son plein au collège de Meadowbank. Devant le bâtiment principal, le soleil de la fin d'après-midi illuminait la grande terrasse gravillonnée. La porte d'entrée était grande ouverte en signe de bienvenue et, juste devant, admirablement accordée à son style géorgien, se tenait Mlle Vansittart. Pas un seul cheveu ne dépassait de sa coiffure, aussi impeccable que la coupe de son tailleur.

Quelques parents mal informés l'avaient prise pour la célèbre Mlle Bulstrode en personne, sans savoir que celle-ci avait pour habitude de se retirer dans une sorte de saint des saints où n'étaient conduits que quelques élus et de rares privilégiés.

À côté de Mlle Vansittart, occupant des fonctions un peu différentes, se trouvait Mlle Chadwick, réconfortante, au courant de tout, à tel point intégrée au collège qu'il aurait été impossible d'imaginer Meadowbank sans elle. Mais elle était là depuis le début. Mlle Bulstrode et Mlle Chadwick avaient créé Meadowbank ensemble. Voûtée, Mlle Chadwick portait un pince-nez, s'habillait très mal et était tout juste aimable. C'était, par ailleurs, une mathématicienne brillante.

Les mots et les phrases de bienvenue, proférés avec grâce par Mlle Vansittart, résonnaient dans le hall d'entrée :

— Bonjour, madame Arnold ! Eh bien, Lydia, votre croisière en Grèce vous a-t-elle plu ? Quel merveilleux voyage ! Avez-vous pris de belles photos ?

— Oui, lady Garnett, Mlle Bulstrode a bien reçu votre lettre au sujet des leçons d'art, et tout est arrangé.

— Comment allez-vous, madame Bird ?... Bien ? Je ne crois pas que Mlle Bulstrode aura le temps de discuter de cela *aujourd'hui*. Mais Mlle Rowan ne doit pas être loin, si vous voulez lui en parler.

— Nous vous avons changé de chambre, Pamela. Vous êtes maintenant dans l'aile du bout, près du pommier.

— Effectivement, oui, lady Violet, ici nous avons eu un temps épouvantable depuis le printemps. C'est votre plus jeune fils ? Comment t'appelles-tu ? Hector ? Tu as un bien bel avion, Hector.

Elle s'adressa alors à une autre mère en français :

— Très heureuse de vous voir, madame. Ah ! je regrette, ce ne sera pas possible cet après-midi. Mlle Bulstrode est *tellement* occupée.

— Bonjour, professeur. Vos fouilles ont-elles été fructueuses ?

*

Dans un petit bureau, au premier étage, Ann Shapland, la secrétaire de Mlle Bulstrode, tapait à la machine, vite et bien. C'était une jeune femme d'aspect agréable, aux cheveux noirs ajustés comme un petit bonnet de satin. Quand elle le souhaitait, elle pouvait se montrer séduisante, mais la vie lui avait appris que, souvent, l'efficacité et la compétence produisent de meilleurs résultats et permettent d'éviter de douloureuses complications. Pour l'heure, elle s'efforçait de remplir au mieux son rôle de secrétaire de direction d'un collège de jeunes filles réputé.

De temps à autre, lorsqu'elle glissait une nouvelle feuille de papier dans sa machine, elle regardait par la fenêtre et observait, intéressée, les arrivées.

— Eh bien ! s'exclama-t-elle, impressionnée. Je ne savais pas qu'il restait en Angleterre autant de chauffeurs de maître !...

Elle sourit malgré elle en voyant s'éloigner une Rolls majestueuse tandis qu'apparaissait une Austin décatie. Il en sortit un père visiblement nerveux, suivi de sa fille, bien plus calme que lui.

Alors que le nouveau venu, pris d'hésitation, marquait un temps d'arrêt, Mlle Vansittart sortit pour le prendre en charge :

— Major Hargreaves ? Et vous êtes Alison sans doute ? Entrez, je vous prie. Je voudrais que vous puissiez voir par vous-même la chambre d'Alison. Je...

Ann sourit et se remit à la tâche.

— Cette bonne vieille Vansittart, dit-elle à mi-voix. La doublure par excellence. Capable d'imiter la Bulstrode jusque dans ses moindres gestes. Elle connaît son rôle sur le bout des doigts !

Une énorme Cadillac bicolore bleu azur et rose bonbon, incroyablement luxueuse, tourna dans l'allée – non sans difficulté, compte tenu de sa longueur – et se rangea derrière la vénérable Austin de l'Honorable major Alistair Hargreaves.

Le chauffeur bondit pour ouvrir la portière. Un homme immense, barbu, très basané et vêtu d'une ample djellaba, en sortit, suivi de près par une gravure de mode parisienne et une mince jeune fille brune.

Probablement la princesse Machinchouette en personne, pensa Ann. Difficile de l'imaginer en uniforme de collégienne, mais je suppose que ce miracle sera visible dès demain...

Mlle Vansittart et Mlle Chadwick s'avancèrent ensemble pour les accueillir.

Elles vont les conduire en Sa Présence, décida Ann.

Sur quoi elle songea que, bizarrement, on n'avait guère le goût de plaisanter au sujet de Mlle Bulstrode. Mlle Bulstrode n'était pas n'importe qui.

Tu ferais mieux de veiller aux fautes de frappe, ma petite, se reprit-elle, et de terminer ces lettres sans commettre de bourdes.

Non qu'elle eût l'habitude d'en faire. Elle pouvait même se permettre de choisir ses employeurs. Elle avait été l'assistante personnelle du directeur général d'une compagnie pétrolière, et la secrétaire privée de sir Mervyn Todhunter, célèbre à la fois pour son érudition, son irritabilité et son écriture illisible. Elle comptait parmi ses anciens employeurs deux ministres et un haut fonctionnaire. Mais, au fond, elle n'avait jamais travaillé que parmi des hommes. Elle se demandait ce que cela donnerait d'être, comme elle le disait, immergée au milieu de femmes. Eh bien...

ce serait une expérience ! Et puis il y aurait toujours Dennis ! Dennis, la fidélité incarnée, de retour de Malaisie, ou de Birmanie, ou de l'un des quatre coins du monde, toujours semblable à lui-même, toujours fervent, qui lui demanderait encore une fois de l'épouser. Cher Dennis !... Mais comme il serait ennuyeux d'être l'épouse de Dennis.

Dans le proche avenir, la compagnie des hommes allait certainement lui manquer. Tous ces professeurs en jupons... Il n'y avait pas un seul homme dans la place, à l'exception d'un jardinier qui frisait les quatre-vingts ans.

Une surprise attendait Ann à ce sujet. Par la fenêtre, elle aperçut un homme qui taillait la haie de l'autre côté de l'allée – un jardinier, à l'évidence, mais qui n'avait rien d'un vieillard. Jeune, brun, beau garçon. Ann s'interrogea – on avait bien parlé de recruter quelqu'un pour l'entretien des plates-bandes – mais ce gaillard-là n'avait rien d'un cul-terreux. Certes, de nos jours, les gens qui voulaient travailler acceptaient n'importe quoi. Sans doute un garçon qui tâchait de réunir quelques sous pour réaliser un projet quelconque, ou qui avait simplement besoin de gagner sa vie. Mais il taillait la haie d'une main fort experte. Peut-être, après tout, était-ce un véritable jardinier !

« Il m'a tout l'air, se confia Ann, il m'a tout l'air de quelqu'un qui *pourrait* se révéler distrayant... »

Une dernière lettre, nota-t-elle avec plaisir, et puis j'aurai tout le temps d'aller faire un petit tour dans le parc...

*

À l'étage, Mlle Johnson, la gouvernante, s'affairait à répartir les chambres, à accueillir les nouvelles et à saluer les anciennes.

Elle était heureuse que la rentrée soit enfin là. Elle ne savait jamais trop quoi faire de ses vacances. Elle avait deux sœurs mariées, chez qui elle séjournait à tour de rôle, mais qui s'intéressaient naturellement davantage à leurs familles et à ce qu'elles faisaient elles-mêmes qu'à Meadowbank. Mlle Johnson, qui pourtant ne manquait pas d'affection pour ses sœurs, ne s'intéressait réellement qu'à Meadowbank.

Oui, il était bon que le trimestre ait commencé…

— Mademoiselle Johnson ?

— Oui, Pamela ?

— Venez voir, Mademoiselle Johnson. J'ai l'impression que quelque chose s'est cassé dans ma valise. Ça a coulé partout. Je crois que c'est de la brillantine.

— Chut, chut ! ordonna Mlle Johnson en accourant à la rescousse.

*

Mlle Blanche, le nouveau professeur de français, se promenait sur le gazon qui s'étendait au-delà de la terrasse. Elle porta un regard plein d'intérêt sur le jeune homme aux larges épaules qui taillait la haie.

Pas mal du tout, songea Mlle Blanche.

Mince, menue comme une souris, Mlle Blanche n'offrait rien de très remarquable, mais elle remarquait tout.

Ses yeux examinaient le cortège des voitures qui se

14

succédaient devant la porte d'entrée. Elle les jaugeait à l'aune de la fortune qu'elles représentaient. Pas de doute, songeait-elle, Meadowbank était *un endroit formidable* ! Mentalement, elle procéda à une estimation des bénéfices que devait réaliser Mlle Bulstrode.

Oui, aucun doute là non plus : *formidables !*

*

Mlle Rich, qui enseignait l'anglais et la géographie, se dirigeait vers le bâtiment d'un pas rapide, en trébuchant de temps en temps car, comme à son habitude, elle oubliait de regarder où elle mettait les pieds. Et comme d'habitude, ses cheveux s'échappaient de son chignon. Elle était laide, mais non sans vivacité.

« Dire que je suis de retour ! se répétait-elle. Dire que je suis de nouveau ici... On jurerait pourtant qu'il y a des années que... »

Elle se prit les pieds dans un râteau. Le jeune jardinier tendit un bras pour la retenir :

— Attention, mademoiselle.

Eileen Rich lâcha un bref « merci » sans même lui accorder un regard.

*

Mlle Rowan et Mlle Blake, les deux plus jeunes professeurs du collège, se dirigeaient en flânant vers le pavillon des sports. Mlle Rowan était mince, brune et nerveuse, Mlle Blake, boulotte et blonde. Elles évoquaient avec animation leurs récentes aventures à Florence : les tableaux qu'elles y avaient vus, la sculpture, les vergers en fleur, et les attentions – qu'elles espéraient peu honorables – de deux jeunes Italiens.

— Naturellement, dit Mlle Blake, on sait bien comment sont tous ces Italiens.

— Aucune inhibition, renchérit Mlle Rowan qui en plus de l'économie avait aussi étudié la psychologie. On les sent très sains. Pas refoulés pour deux sous.

— N'empêche que Giuseppe a été très impressionné quand il a découvert que j'enseignais à Meadowbank. Il est devenu tout de suite beaucoup plus respectueux. L'une de ses cousines voulait venir ici, mais Mlle Bulstrode n'était pas sûre d'avoir de la place pour elle.

— Meadowbank est un collège qui compte réellement, se félicita Mlle Rowan. Franchement, ce nouveau pavillon des sports est très impressionnant. Je n'aurais jamais cru qu'il serait fini à temps.

— Mlle Bulstrode avait exigé qu'il le soit, trancha Mlle Blake, d'un ton définitif. Oh ! s'exclama-t-elle, éberluée.

La porte du pavillon s'était soudainement ouverte, livrant passage à une jeune femme osseuse à la chevelure rousse qui les fixa d'un œil hostile avant de s'éloigner à grands pas.

— Ce doit être le nouveau professeur d'éducation physique, conjectura Mlle Rowan. Quelle grossièreté !

— Très déplaisante, cette nouvelle recrue, renchérit Mlle Blake. Et dire que Mlle Jones, elle, était toujours si aimable et sociable.

— Elle nous a clairement toisées, reprit Mlle Rowan.

Elles se sentaient toutes deux offensées.

*

Le petit salon de Mlle Bulstrode possédait des fenêtres donnant sur deux orientations différentes, l'une sur la terrasse et le gazon, l'autre sur un massif de rhododendrons, derrière le bâtiment. C'était une pièce qui impressionnait. Quant à Mlle Bulstrode elle-même, la dire très impressionnante était un euphémisme. Grande, l'air non dépourvu de noblesse, elle avait des cheveux gris impeccablement coiffés, des yeux gris pleins d'humour et une bouche autoritaire. La réussite de son collège – et Meadowbank était l'un des collèges les plus cotés d'Angleterre – tenait entièrement à la personnalité de sa directrice. C'était un établissement hors de prix, mais là ne résidait pas l'essentiel. Cela vous coûtait les yeux de la tête, mais vous en aviez pour votre argent.

Votre fille y recevait l'éducation que vous souhaitiez, tout comme celle que souhaitait Mlle Bulstrode, et le résultat de cette combinaison semblait donner satisfaction à tous. Grâce à ses frais de scolarité élevés, Mlle Bulstrode était en mesure d'employer un corps enseignant au grand complet. Le collège refusait toute formation de masse et s'attachait à tenir compte de la personnalité de chacune, mais il imposait aussi sa discipline. « De la discipline sans rigidité », telle était la devise de Mlle Bulstrode. Elle estimait que la discipline rassurait la jeunesse et lui donnait un sentiment de sécurité, alors que la rigidité engendrait l'irritation. Ses élèves composaient un assortiment disparate. Il s'y trouvait plusieurs étrangères de bonne famille, souvent d'origine royale. Il y avait aussi des Anglaises, issues de l'aristocratie du sang ou de l'argent, souhaitant acquérir une culture générale et artistique ainsi qu'une connaissance de la vie et des comportements sociaux, qui finiraient charmantes, bien élevées et capables de participer à une conversation intelligente sur n'importe quel sujet. S'y rencontraient encore des jeunes filles qui avaient l'intention de travailler dur, de passer les examens d'entrée dans les universités, d'y obtenir des diplômes, et qui n'avaient besoin, pour y parvenir, que d'un bon enseignement et d'une attention de tous les instants. D'autres enfin, qui avaient mal réagi au système scolaire conventionnel. Mais Mlle Bulstrode avait ses lois : elle refusait les filles idiotes comme les délinquantes juvéniles, et elle préférait accepter des jeunes filles dont les parents lui plaisaient, ou en qui elle discernait des perspectives d'épanouissement. Les âges de ses pensionnaires variaient dans de larges limites. On aurait, autrefois, qualifié certaines d'entre elles de « vraies jeunes filles », tandis que d'autres n'étaient guère encore que des enfants. Les parents de plusieurs résidaient à l'étranger, et Mlle Bulstrode avait mis au point, à leur intention, un programme de vacances très intéressant. Mlle Bulstrode choisissait les élèves et ses décisions étaient sans appel.

Debout près de la cheminée, elle écoutait la voix légèrement geignarde de Mme Gerald Hope à laquelle, avec une grande prescience, elle n'avait pas proposé de s'asseoir.

18

— Voyez-vous, disait Mme Hope, Henrietta est très nerveuse. Vraiment très nerveuse. Notre médecin dit que...

Mlle Bulstrode hochait la tête, rassurante, retenant la réplique caustique qui parfois lui brûlait les lèvres :

« Vous ne savez donc pas, espèce de triple buse, que c'est ce que toutes les gourdes disent de leur enfant ? »

Elle répondit avec un mélange de fermeté et de compassion :

— N'ayez aucune inquiétude, madame Hope. Mlle Rowan, qui fait partie de nos enseignantes, est une psychologue hautement qualifiée. Vous serez, j'en suis convaincue, étonnée du changement que vous constaterez chez Henrietta (« qui est une fille charmante et intelligente, et beaucoup trop bien pour vous », se retint-elle de préciser) après un trimestre ou deux ici.

— Oh ! je sais. Vous avez fait des merveilles avec la petite Lambeth... Des merveilles, absolument ! C'est pourquoi je ne me fais aucun souci. Et je... Oh ! j'allais oublier. Nous partons pour le sud de la France dans six semaines. Je pensais emmener Henrietta. Cela lui permettrait de changer d'air.

— Je crains bien que cela ne soit pas envisageable, répondit vivement Mlle Bulstrode avec un sourire aimable, comme si elle accédait à une requête au lieu de la refuser.

— Oh ! mais...

Un peu d'humeur se peignait sur les traits mous de Mme Hope.

— Vraiment, je me permets d'insister, reprit-elle. Après tout, c'est *ma* fille.

— Certainement. Mais c'est *mon* collège.

— Je puis tout de même retirer ma fille d'une école quand je le veux, non ?

— Certes, concéda Mlle Bulstrode. Vous le pourriez. Mais en ce cas, je ne la reprendrais pas.

Maintenant, Mme Hope avait vraiment perdu son calme :

— Compte tenu de l'importance des frais de scolarité que je vous verse…

— C'est cela même. Vous avez voulu envoyer votre fille dans mon collège, n'est-ce pas ? Mais il faut le prendre tel qu'il est, ou y renoncer. C'est comme ce ravissant modèle de Balenciaga que vous portez. C'est bien un Balenciaga, non ? Il est si agréable de rencontrer une femme qui a un vrai sens de l'élégance.

Elle prit la main de Mme Hope dans la sienne, la serra et la guida imperceptiblement vers la porte.

— Réellement, ne vous inquiétez pas. Ah ! voilà Henrietta qui vous attendait.

Elle lança un coup d'œil approbateur à Henrietta, charmante jeune fille, intelligente et équilibrée, qui aurait mérité une meilleure mère :

— Margaret, conduisez Henrietta Hope à Mlle Johnson.

Elle s'en revint à son salon et, quelques instants plus tard, elle parlait français :

— Mais certainement, Excellence. Votre nièce pourra suivre le cours de danses de salon modernes. Rien de plus important, du point de vue de la vie mondaine. Mais les langues étrangères, elles aussi, sont absolument nécessaires.

L'odeur de parfum qui précéda les visiteurs suivants était si forte que Mlle Bulstrode faillit en tomber à la renverse.

« Elle doit s'en inonder d'un plein flacon tous les jours », commenta-t-elle mentalement tout en accueillant une femme à la peau sombre, merveilleusement habillée.

— Enchantée, madame, dit-elle en français.

Madame gloussa fort joliment.

Le grand barbu vêtu à l'orientale s'empara de la main de Mlle Bulstrode et s'inclina pour la baiser.

— J'ai l'honneur, annonça-t-il dans un très bon anglais, de vous amener la princesse Shaista.

Mlle Bulstrode savait tout de sa nouvelle élève, qui venait d'arriver d'une école installée en Suisse, mais se trouvait dans l'incertitude au sujet de celui qui l'accompagnait. « Ce n'est pas l'émir lui-même, décida-t-elle, mais probablement un de ses ministres, ou son chargé d'affaires. » Dans le doute, elle recourut, comme d'habitude au titre d'*Excellence*, et l'assura que la princesse Shaista bénéficierait de toutes les attentions.

Shaista souriait avec politesse. Elle aussi était élégamment habillée et parfumée. Elle avait quinze ans, Mlle Bulstrode le savait, mais, comme beaucoup de jeunes filles de la Méditerranée ou du Moyen-Orient, elle paraissait plus âgée – très mûre. Mlle Bulstrode évoqua avec elle ses projets d'études et fut soulagée de voir qu'elle répondait avec vivacité, dans un anglais excellent, et sans rires niais. Son comportement soutenait favorablement la comparaison avec la gaucherie de bien des collégiennes anglaises du même âge. Mlle Bulstrode avait souvent pensé qu'il serait excellent d'envoyer les jeunes filles britanniques apprendre la courtoisie et les bonnes manières en Orient. Des deux côtés, on acheva d'échanger force compliments, puis le salon se vida une nouvelle fois, encore qu'il y régnât un parfum si entêtant que Mlle Bulstrode ouvrit en grand ses deux fenêtres pour l'aérer un peu.

Vint ensuite le tour de Mme Upjohn et de sa fille Julia.

Proche de la quarantaine, Mme Upjohn était une charmante femme blonde au visage constellé de taches de rousseur, coiffée d'un chapeau qui lui allait fort mal mais qui constituait d'évidence une concession au côté solennel de l'événement, car elle faisait, à n'en pas douter, partie de celles qui sortent habituellement tête nue.

Couverte elle aussi de taches de rousseur, le front intelligent, Julia arborait un air de bonne humeur.

Les préliminaires furent rapidement expédiés, et Julia, par l'entremise de Margaret, fut envoyée à Mlle Johnson.

— À bientôt, maman, dit-elle en partant. Et faites *bien* attention en allumant le radiateur à gaz, maintenant que je ne serai plus là pour m'en charger.

Souriante, Mlle Bulstrode en revint à Mme Upjohn, sans pour autant lui proposer de prendre un siège : il n'était après tout pas impossible qu'en dépit du joyeux bon sens apparent de Julia, sa mère veuille à son tour expliquer que sa fille était très nerveuse.

— Y a-t-il quelque chose de particulier que vous souhaiteriez me dire en ce qui concerne Julia ? demanda-t-elle.

— Oh ! non, je ne crois pas, répondit Mme Upjohn avec entrain. Julia est une enfant tout à fait normale, en bonne santé et tout ce qui s'ensuit. J'estime qu'elle a également un cerveau raisonnablement actif, mais j'imagine que c'est ce que les mères pensent en général de leurs enfants, non ?

— Les mères diffèrent ! laissa tomber Mlle Bulstrode, sombre.

— C'est merveilleux pour elle d'avoir la chance de venir étudier ici, continua Mme Upjohn. En réalité c'est ma tante qui paie, enfin elle m'aide, sinon cela aurait été absolument inenvisageable. Mais j'en suis vraiment enchantée. Et Julia aussi.

Elle alla à la fenêtre.

— Comme vous avez un beau jardin, poursuivit-elle avec envie. Et tellement bien tenu. Vous devez avoir une armée de jardiniers.

— Nous en avions trois. Mais, en ce moment, nous manquons de main-d'œuvre, à part des gens du coin.

— Naturellement, affirma Mme Upjohn, le problème, de nos jours, c'est que ce que l'on appelle un jardinier n'est bien souvent pas un jardinier du tout, mais un laitier qui veut occuper ses loisirs, ou un vieillard de quatre-vingts ans au bas mot. Je pense quelquefois que… Ça par exemple ! s'écria-t-elle soudain en regardant toujours par la fenêtre. Mais c'est extraordinaire !

Mlle Bulstrode accorda moins d'intérêt qu'elle n'aurait dû à cette exclamation subite. Elle-même, en cet instant précis, regardait machinalement par l'autre fenêtre, celle qui s'ouvrait sur le massif de rhododendrons, et elle venait de repérer un personnage des plus indésirables : lady Veronica Carlton-Sandways en personne, titubant le long du sentier, son chapeau de velours noir de guingois, marmonnant dans sa barbe – pour ainsi dire –, et, à l'évidence, dans un état d'ivresse avancée.

Lady Veronica ne se présentait pas comme un risque inconnu. C'était une femme charmante, profondément attachée à ses deux jumelles, et parfaitement délicieuse lorsqu'elle était, comme l'on dit, *elle-même* – mais, malheureusement, à intervalles imprévisibles, elle n'était plus elle-même. Son mari, le major Carlton-Sandways, gérait assez bien la situation. Une cousine vivait avec eux, qui se trouvait en général à portée de main pour garder lady Veronica à l'œil et parer à toute éventualité. Lors de la fête des sports, escortée de près par le major Carlton-Sandways et par la cousine, lady Veronica arrivait parfaitement sobre, dans des vêtements d'une grande élégance, et offrait un vivant exemple de mère idéale.

Mais, à certains moments, lady Veronica échappait à sa garde d'honneur, buvait plus que de raison et accourait pour assurer ses filles de son amour maternel. Les jumelles étaient arrivées par le train, plus tôt dans la journée, mais personne ne s'était attendu à l'apparition de leur mère.

Mme Upjohn parlait toujours. Mais Mlle Bulstrode ne l'écoutait plus. Elle réfléchissait à diverses parades, car elle avait diagnostiqué que lady Veronica passerait rapidement au stade de l'agressivité. Mais, tout à coup, comme en réponse à une prière, Mlle Chadwick, un peu haletante, apparut au petit trot à hauteur des rhododendrons. « Ma fidèle Chaddy, songea Mlle Bulstrode. On peut toujours compter sur elle, en toutes circonstances, que ce soit pour une artère sectionnée ou pour un parent ivre. »

— C'est honteux ! tonitrua lady Veronica à l'intention de la malheureuse. Ils ont essayé de me tenir à l'écart… Ils ne voulaient pas que je vienne ici… Mais j'ai bien eu Édith. Je suis montée faire ma sieste… J'ai sorti la voiture… Cette idiote d'Édith… La vieille fille toute crachée… Pas un homme ne la regarderait deux fois de suite… Je me suis disputée avec les policiers en venant, ils prétendaient que je n'étais pas en état de conduire… Des sornettes… Je suis venue dire à Mlle Bulstrode que je ramène les filles à la maison… Je les veux à la maison. C'est l'amour maternel… Merveilleux, l'amour maternel.

— Splendide, lady Veronica, enchaîna Mlle Chadwick. Nous sommes ravies que vous soyez venue. Je tenais tellement à vous montrer notre nouveau pavillon des sports. Il vous plaira.

Avec adresse, elle orienta les pas incertains de lady Veronica dans la direction opposée et l'éloigna du bâtiment.

— Je pense que nous trouverons vos filles là-bas, lança-t-elle gaiement. Vraiment, un pavillon des sports superbe, avec de nouveaux casiers fermant à clef, un local spécial pour sécher les maillots de bain, et…

Leurs voix se perdirent dans le lointain.

Mlle Bulstrode lâcha un soupir de soulagement. Cette excellente Chaddy… On pouvait vraiment se reposer sur elle ! Vieux jeu. Pas intelligente – sauf pour les mathématiques. Mais toujours là en cas de problèmes.

Sur un nouveau soupir, et avec un léger sentiment de culpabilité, elle en revint à Mme Upjohn qui poursuivait avec joie son bavardage.

— Naturellement, moi, ce n'était pas du véritable espionnage, était-elle en train de raconter. Je n'ai jamais sauté en parachute, ni fait de sabotage, ni transporté du courrier. Je n'aurais pas été assez courageuse. Non, de la routine. Du travail de bureau. Et puis reporter des renseignements sur des cartes. Mais, bien sûr, c'était très excitant quelquefois, et même souvent très amusant, comme je vous le disais... Tous ces agents secrets se poursuivant les uns les autres à travers Genève, se connaissant tous de vue et finissant souvent dans le même bar. Je n'étais pas encore mariée, cela va de soi. Oui, on s'amusait beaucoup.

Elle s'arrêta tout à coup, avec un sourire d'excuse amical :

— Je suis confuse d'avoir tant jacassé, conclut-elle. Je vous ai fait perdre votre temps. Alors que vous avez tant de gens à recevoir.

Elle tendit la main, dit au revoir et sortit.

Mlle Bulstrode demeura un moment à froncer les sourcils. D'instinct, elle avait vaguement l'impression d'avoir manqué quelque chose qui pourrait se révéler important.

Elle écarta cette impression. C'était la rentrée du trimestre d'été, et il lui restait encore bien des parents à voir. Jamais le collège n'avait été aussi renommé, aussi assuré de son succès. Meadowbank était à son zénith.

Rien ne lui laissait entrevoir qu'en quelques semaines, Meadowbank serait plongé dans un océan de difficultés : que le désordre, la confusion et le meurtre y régneraient en maîtres. Et que le cours de certains événements était déjà lancé...

1

RÉVOLUTION À RAMAT

Deux mois environ avant la rentrée d'été à Mea-dowbank, il s'était en effet produit certains événements qui devaient avoir des répercussions imprévues sur ce célèbre collège de jeunes filles.

Dans le palais de Ramat, deux jeunes hommes réfléchissaient à l'avenir immédiat en fumant. L'un des deux, brun, au doux visage olivâtre et aux grands yeux mélancoliques, était le prince Ali Youssouf, cheik héritier du sultanat de Ramat qui, quoique de faible superficie, figurait parmi les États les plus riches du Moyen-Orient. L'autre, blond avec des taches de rousseur, avait pour seule fortune le salaire copieux que lui valait son poste de pilote privé de son altesse le prince. En dépit de leur différence de statut social, ils se trouvaient sur pied d'égalité parfaite. Ils avaient fréquenté les mêmes grandes écoles. Ils y étaient devenus amis et le restaient.

— Ils nous ont tiré dessus, Bob, dit le prince Ali, presque incrédule.

— Ça, oui, confirma Bob Rawlinson.

— Et c'était sérieux. Ils avaient vraiment l'intention de nous descendre.

— Oui, ces salauds voulaient nous tuer, convint tristement Bob.

Ali réfléchit un instant :

— Ça ne vaudrait pas la peine de retenter le coup ?

— Cette fois, nous pourrions avoir moins de chance. En vérité, Ali, nous avons trop laissé traîner les choses. Vous auriez dû partir il y a quinze jours. Je vous l'avais dit.

— L'idée de fuir ne me plaît guère, déclara le souverain de Ramat.

— Je vous comprends. Mais souvenez-vous de ce que disait Shakespeare, ou je ne sais quel autre poète, à propos de ceux qui prennent la fuite pour mieux repartir au combat.

— Quand je pense à l'argent qui a été dépensé pour créer un État-providence, martela le jeune prince avec conviction. Des hôpitaux, des écoles, un service de santé…

Bob Rawlinson interrompit l'énumération :

— L'ambassade ne pourrait rien faire ?

Ali Youssouf rougit de colère :

— Me réfugier dans votre ambassade ?… Ça, jamais. Les extrémistes la prendraient sans doute d'assaut – ils ne respecteraient pas l'immunité diplomatique. En outre, si je le faisais, ce serait réellement la fin de tout ! Déjà que la principale accusation portée contre moi, c'est d'être pro-occidental.

Il soupira :

— C'est si difficile à comprendre…

Il paraissait songeur, plus jeune que ses vingt-cinq ans :

— Mon grand-père était un homme cruel, un véritable tyran. Il possédait des centaines d'esclaves et il les traitait avec brutalité. Lorsque les tribus du pays se sont soulevées contre lui, il n'a jamais fait preuve d'aucune pitié envers ses ennemis, il les a exécutés dans les pires supplices. Il suffisait de murmurer son nom pour que tout le monde pâlisse. Et pourtant… c'est encore une légende ! Admiré ! Respecté ! Le grand Ahmed Abdullah ! Et moi ? Quelle erreur ai-je donc commise ? J'ai bâti des hôpitaux, des écoles, des services sociaux, des logements… tout ce que les gens sont censés vouloir. Mais est-ce bien cela qu'ils veulent ? Ils préféreraient sans doute un règne de terreur, comme celui de mon grand-père.

— Je crois que oui, dit Bob Rawlinson. Cela peut sembler un peu injuste, mais c'est ainsi.

— Mais pourquoi, Bob ? Pourquoi ?

Bob Rawlinson soupira, se tortilla et s'efforça d'expliquer ce qu'il ressentait. Il lui fallait surmonter son manque d'éloquence :

— Eh bien… lui, comment dire, il se mettait en scène… Oui, je pense que c'était cela. Il se donnait en spectacle en quelque sorte.

Il regardait son ami qui, à n'en pas douter, n'avait pas une personnalité théâtrale. Un garçon charmant et tranquille, honnête, sincère et angoissé : voilà ce qu'était Ali, et Bob l'aimait pour cela. Le prince n'était ni particulièrement haut en couleur ni violent. Mais alors qu'en Angleterre les êtres hauts en couleur et violents suscitent la gêne et ne plaisent guère, il en allait différemment au Moyen-Orient, Bob en avait la conviction.

— Mais la démocratie… commença Ali.

— Bah ! la démocratie… coupa Bob en brandissant sa pipe. Le mot a partout des sens différents. La seule certitude, c'est qu'il ne signifie jamais ce que les Grecs entendaient par là à l'origine. Je vous parie tout ce que vous voulez que, si vos opposants vous renversent, je ne sais quel joyeux marchand d'illusions prendra le pouvoir, chantant ses propres louanges, s'érigeant en Dieu tout-puissant, et qu'il fera pendre ou décapiter tous ceux qui oseront manifester le moindre désaccord. Et, notez-le bien, il clamera sur tous les toits que son gouvernement est démocratique – un gouvernement du peuple, pour le peuple. Et je crois que ça lui plaira aussi, au peuple. Qu'il trouvera ça excitant, le peuple. Des flots de sang…

— Mais nous ne sommes pas des sauvages ! Nous sommes civilisés, aujourd'hui.

— Il existe plusieurs types de civilisations, répliqua Bob sans rentrer dans les détails. En plus… je pense que nous avons tous en nous une part de sauvagerie. Et qu'il nous suffit de trouver une bonne excuse pour lui donner libre cours.

— Peut-être avez-vous raison, s'assombrit Ali.

— Ce dont les gens ne semblent plus vouloir nulle part de nos jours, soupira Bob, c'est de quelqu'un qui ait un peu de sens commun. Je n'ai jamais été un intellectuel – vous le savez assez, Ali –, mais je pense souvent que c'est cela qu'il faut réellement au monde – juste un peu de sens commun.

Il posa sa pipe et se redressa dans son fauteuil :

— Mais tout ça importe peu. Ce qui compte, c'est de savoir comment nous allons vous sortir d'ici. Y a-t-il dans l'armée quelqu'un à qui vous puissiez vraiment vous fier ?

Le prince Ali Youssouf secoua lentement la tête :

— Il y a quinze jours, j'aurais dit « oui ». Mais, aujourd'hui, je ne sais pas… Je ne peux pas être *sûr*…

Bob approuva :

— C'est ça, le pire. Votre palais, il me fout les jetons, pour parler vulgairement.

Ali acquiesça, impassible :

— Oui, il y a des espions partout, dans les palais… Ils écoutent tout… Ils… ils savent tout.

— Il y en a même dans les hangars, coupa Bob. Le vieil Ahmed est parfait. Il a une espèce de sixième sens. Il a découvert un des mécaniciens en train d'essayer de saboter l'avion – un des hommes dont nous aurions juré qu'il était absolument digne de confiance. Écoutez, Ali, si vous voulez tenter de fuir, il ne faut plus tarder.

— Je sais… je sais. Je crois… j'en suis maintenant convaincu… que si je reste, on me tuera.

Le prince s'exprimait avec calme, sans aucune panique, sur un ton tiède et détaché.

— Nous avons de grandes chances d'être tués en tout état de cause, l'avertit Bob. Nous devrons voler en direction du nord, vous savez. Ainsi, ils ne pourront pas nous intercepter. Mais cela signifie qu'il faudra passer au-dessus des montagnes… Et à cette période de l'année…

Il haussa les épaules :

— Il faut que vous le compreniez. C'est extrêmement risqué.

La détresse se peignit sur les traits du prince :

— S'il vous arrive quoi que ce soit, Bob…

— Ne vous inquiétez pas pour moi, Ali. Ce n'est pas ce que je voulais dire. Moi, je n'ai pas d'importance. De toute manière, je suis du genre à être tué tôt ou tard. J'entreprends toujours des trucs dingues. Non… c'est de vous qu'il s'agit… je ne veux pas influencer votre décision, dans un sens ou dans un autre. Si une fraction de l'armée est bel et bien loyale…

— Je n'aime pas l'idée de la fuite, dit Ali avec simplicité. Mais je n'ai aucunement l'intention de jouer au martyr et de me faire découper en morceaux par la populace.

Il garda le silence quelques instants, puis reprit, en soupirant :

— Alors, c'est entendu. Nous tentons le coup, mais quand ?

Bob Rawlinson haussa les épaules :

— Le plus tôt sera le mieux. Il faut que votre départ pour l'aérodrome paraisse naturel… Vous pourriez prétendre que vous allez inspecter la construction de la nouvelle route à Al-Jasar ? Un brusque caprice. Vous y allez cet après-midi même. En passant à côté de la piste, vous vous arrêtez – je serai là avec le taxi, prêt à prendre l'air. L'idée, ce sera une inspection des travaux par les airs, comprenez-vous ? Nous décollons, et *go* ! Naturellement, nous ne pouvons emporter aucun bagage. Il faut que tout ça soit impromptu.

— Il n'y a rien que je souhaite emporter avec moi… sauf une chose…

Le prince sourit et, soudain, son sourire fit de lui un être différent. Il ne s'agissait plus d'un jeune homme consciencieux et occidentalisé – son visage montrait la ruse et l'habileté qui avaient permis d'assurer la survie de la longue lignée de ses ancêtres.

— Vous êtes mon ami, Bob. Vous allez voir.

De la main, il fouilla à l'intérieur de sa chemise. Il tendit au pilote un petit sac en cuir.

— Ça ? s'étonna Bob, interdit.

Le prince le lui reprit, en dénoua le haut, et en répandit le contenu sur la table.

Bob retint un instant sa respiration avant de laisser l'air s'échapper en un léger sifflement :

— Bon Dieu… Elles sont *vraies ?*

Ali parut amusé :

— Elles sont vraies, bien sûr. La plupart appartenaient à mon père. Il en acquérait de nouvelles chaque année. Elles viennent des quatre coins du monde, elles ont été achetées pour le compte de notre famille par des hommes de confiance – à Londres, à Calcutta, en Afrique du Sud. Les avoir en cas de nécessité est une tradition familiale… Au cours d'aujourd'hui, elles valent environ 750 000 livres, ajouta-t-il sur le ton de la constatation.

— Presque un million…

Bob siffla à nouveau, attrapa les pierres et les laissa glisser entre ses doigts.

— C'est incroyable, reprit-il. Comme dans un conte de fées. Ça me fait un drôle d'effet.

— Oui, reconnut le prince, dont les traits exprimaient à nouveau la lassitude. Les hommes ne sont plus les mêmes quand des pierres précieuses sont en jeu. Elles laissent toujours dans leur sillage une trace violente. Des cadavres, du sang, des meurtres. Et les femmes sont pires encore. Cela a quelque chose à voir avec les pierres elles-mêmes. Les belles pierres les rendent folles. Elles veulent les posséder. Les arborer autour de leur cou ou sur leur gorge. Je ne les confierais à aucune femme. Mais je vous les confie, à vous.

— À moi ? dit Bob, les yeux écarquillés.

— Oui. Je ne veux pas que ces pierres tombent aux mains de mes ennemis. Je ne sais pas quand éclatera l'insurrection contre moi. Il se peut qu'elle soit prévue pour aujourd'hui. Il est possible que je ne vive même pas assez longtemps pour arriver à l'aéroport. Prenez-les, et faites de votre mieux.

— Mais, dites-moi… je ne comprends pas. Que dois-je en faire ?

— Vous débrouiller pour les faire sortir du pays.

Le prince observait avec placidité le trouble de son ami.

— Vous voulez dire que vous souhaitez que *moi* je les transporte à votre place ?

— Vous pouvez l'entendre ainsi. Mais je pense, réellement, que vous serez capable d'imaginer le meilleur plan pour les faire parvenir en Europe.

— Mais écoutez-moi, Ali. Je n'ai aucune des compétences requises pour m'acquitter d'une telle mission.

Ali se laissa aller contre son dossier. Il souriait, d'un air calme et amusé :

— Vous avez du bon sens. Et vous êtes honnête. Et je me souviens qu'au temps, où vous étiez mon bizuth, vous concoctiez toujours des stratagèmes ingénieux… Je vais vous donner le nom et l'adresse d'un homme qui s'occupe de ces problèmes pour mon compte… je veux dire… au cas où je ne survivrais pas. Ne prenez pas une mine aussi inquiète, Bob. Faites de votre mieux. C'est tout ce que je demande. Je ne vous reprocherai rien si vous échouez. Qu'il en aille selon la volonté d'Allah. Pour moi, c'est simple. Je ne veux pas que ces pierres soient arrachées à mon cadavre. Pour le reste…

Il haussa les épaules :

— Je vous l'ai dit. Tout s'accomplira selon le vœu d'Allah.

— Vous êtes cinglé !

— Non. Je suis fataliste. C'est tout.

— Enfin, Ali, écoutez. Vous venez de dire que je suis honnête. Mais, tout de même, 750 000 livres… Ne pensez-vous pas que cela peut saper l'honnêteté de n'importe qui ?

Le prince regardait son ami avec affection :

— Étrangement, je n'ai aucune inquiétude sur ce point.

2

LA FEMME DU BALCON

De toute son existence, jamais Bob Rawlinson ne s'était senti aussi malheureux qu'en arpentant les couloirs du palais dont le marbre résonnait sous ses pas. Savoir qu'il transportait dans la poche de son pantalon pas loin d'un million de livres lui causait une détresse profonde. Il avait l'impression que chacun des courtisans qu'il croisait était au courant. Il lui semblait même qu'on pouvait lire sur son visage qu'il portait sur lui un trésor. Il aurait été soulagé d'apprendre que ses traits conservaient leur habituelle joie de vivre.

Lorsqu'il sortit du palais, les sentinelles de faction au portail d'honneur lui présentèrent les armes en claquant les talons. Toujours perplexe, il s'engagea dans la foule de la grand-rue de Ramat. Où devait-il aller ? Qu'allait-il bien pouvoir imaginer ? Il n'en avait pas la moindre idée. Et le temps lui était compté.

La grande rue ressemblait à la plupart des grandes rues du Moyen-Orient. Un mélange de misère et d'opulence. Les banques affichaient la magnificence de leurs bâtiments neufs. Des assortiments d'objets en plastique sans valeur étaient exposés dans les vitrines d'innombrables échoppes. Des chaussons pour bébés y voisinaient bizarrement avec des briquets bon marché. Il y avait des machines à coudre et des pièces détachées pour automobiles. Les pharmacies proposaient des potions maison couvertes de larves de mouche, des prospectus pour de la pénicilline sous toutes ses formes et des antibiotiques à foison. Rares étaient les boutiques où l'on aurait, dans des circonstances normales, acheté quoi que ce soit, à la possible exception d'une montre suisse du plus récent modèle dont des centaines d'exemplaires s'entassaient dans une vitrine minuscule. Mais l'assortiment revêtait une telle ampleur que, même là, stupéfié par

36

sa masse, on aurait reculé devant la perspective d'un achat.

Toujours perdu dans une sorte de stupeur, bousculé par des hommes en costume local ou vêtus à l'européenne, Bob finit par reprendre ses esprits et se demanda une fois encore ce qu'il allait bien pouvoir faire.

Il s'installa dans un bar indigène et commanda un thé au citron. En le buvant, il commença peu à peu à se ressaisir. L'atmosphère de l'endroit l'apaisait. Assis en face de lui, un vieil Arabe égrenait un chapelet de perles d'ambre. Derrière, deux hommes jouaient au trictrac. L'endroit idéal pour s'asseoir et réfléchir.

Et il lui fallait réfléchir. On lui avait confié 750 000 livres de pierres précieuses. Il lui revenait d'imaginer un plan pour les faire sortir du pays. Il n'avait pas non plus de temps à perdre : la situation pouvait se détériorer d'un instant à l'autre.

Ali était cinglé, cela ne faisait aucun doute. Confier ainsi, d'un cœur léger, trois quarts de million en pierres précieuses à un ami. Et puis se carrer tranquillement dans son fauteuil et s'en remettre à la volonté d'Allah... Bob ne disposait pas de ce recours. Son Dieu à lui attendait de Ses serviteurs qu'ils décident et qu'ils agissent au mieux des talents qu'Il leur avait donnés.

Que diable allait-il faire de ces maudites pierres ?

L'ambassade ?... Non, il ne pouvait pas mettre l'ambassade dans le coup. Presque certainement, l'ambassade refuserait de s'impliquer.

Ce qu'il lui fallait, c'était trouver quelqu'un, une personne parfaitement banale dont le départ n'éveillerait pas les soupçons. Si possible, un homme d'affaires, ou un touriste. Quelqu'un sans lien avec la politique, dont les bagages ne seraient soumis, dans le pire des cas, qu'à une fouille superficielle, ou, plus probablement, ne feraient l'objet d'aucun examen. Naturellement, il fallait aussi anticiper l'arrivée en Angleterre... « Sensation à l'aéroport de Londres. Tentative pour faire entrer en contrebande trois quarts de million en pierres précieuses... » Etc. C'était un risque à prendre...

Oui, un quidam quelconque – un voyageur sans histoire. Soudain, Bob se reprocha de ne pas y avoir pensé plus tôt. Il y avait Joan, évidemment. Sa sœur, Joan Sutcliffe. Joan qui séjournait à Ramat depuis deux mois avec sa fille Jennifer à qui, après une mauvaise pneumonie, le médecin avait prescrit du soleil et un climat sec. Elles devaient repartir en paquebot, dans quatre ou cinq jours.

Joan était la personne idéale. Qu'avait donc dit Ali à propos des femmes et des pierres précieuses ?... Bob sourit pour lui-même : cette brave Joan !... *Elle*, des pierres précieuses ne lui feraient pas perdre le nord. On pouvait lui faire confiance pour garder les pieds sur terre. Oui – il pouvait compter sur Joan.

Une minute, quand même... Se reposer entièrement sur Joan ?... Elle était honnête, sans aucun doute, mais discrète ? À regret, Bob secoua la tête : Joan bavarderait, elle ne pourrait pas s'en empêcher. Pire encore, elle procéderait par sous-entendus : « Je rapporte au pays quelque chose de très important. Je ne peux en parler à personne. C'est d'un excitant !... »

Joan n'avait jamais été capable de garder un secret, même si elle entrait en fureur lorsqu'on le lui faisait remarquer. Par conséquent sa sœur ne devrait pas savoir de quoi elle serait chargée. Ce serait de toute façon moins dangereux pour elle. Il mettrait les pierres dans un paquet d'aspect innocent. Il lui raconterait n'importe quelle histoire, au sujet d'un cadeau, ou d'une commission. Il inventerait une histoire quelconque...

Bob jeta un coup d'œil à sa montre et quitta le café. Le temps passait.

Il s'élança dans la rue, indifférent à la chaleur de la mi-journée. Tout paraissait si normal. Rien ne transparaissait en surface. Ce n'était qu'au palais que l'on prenait conscience du feu qui couvait, des espions, des rumeurs. L'armée... tout dépendait de l'armée : qui était loyal ? qui trahissait ? On tenterait certainement un coup d'État. Mais réussirait-il, ou serait-ce un échec ?

Bob pénétra dans le plus grand hôtel de Ramat avec une mine préoccupée. Modestement baptisé le *Ritz Savoy*, le bâtiment possédait une façade d'un modernisme criard. Lors de son ouverture, trois ans auparavant, il avait fait florès grâce à un directeur suisse, un chef cuisinier viennois et un maître d'hôtel italien. Tout avait été merveilleux. Mais le maître queux était parti le premier, suivi du Suisse. L'Italien venait à son tour de rendre son tablier. La cuisine restait ambitieuse, mais mauvaise, le service était devenu exécrable, et l'essentiel du coûteux système de plomberie ne fonctionnait plus.

L'employé de la réception connaissait bien Bob, il lui adressa un large sourire :

— Bonjour, monsieur le *Squadron Leader*[1]. Vous cherchez votre sœur ? Elle est partie pique-niquer, avec la demoiselle.

— Pique-niquer ?

Bob en demeura pantois : n'aurait-elle pas pu choisir un autre moment pour organiser un pique-nique !

— Oui, avec M. et Mme Hurst, de la compagnie pétrolière, précisa le réceptionniste qui, comme tout le monde à Ramat, savait toujours tout. Ils sont allés au barrage de Kalat Diwan.

Bob jura à mi-voix. Joan ne reviendrait pas avant des heures.

— Je monte dans sa chambre, annonça-t-il pour que l'employé lui en donne la clef.

Il déverrouilla la porte et entra. Comme d'habitude, le désordre régnait dans la chambre, grande, à deux lits. Joan n'avait rien d'une femme ordonnée. Des clubs de golf reposaient en travers d'un fauteuil, des raquettes de tennis avaient été jetées sur un lit. Ici ou là gisaient des vêtements. La table était jonchée de pellicules photo, de livres de poche et de tout un bric-à-brac d'artisanat indigène, acheté dans le sud du sultanat mais fabriqué pour l'essentiel à Birmingham et au Japon.

Bob lança un coup d'œil circulaire aux valises et aux sacs de voyage. Il lui fallait résoudre un problème : il n'aurait pas la possibilité de revoir Joan avant de décoller avec Ali. Il n'avait matériellement pas le temps d'aller au barrage et d'en revenir. Il

---

1. L'équivalent anglais du grade de commandant de l'armée de l'air. *(N.d.T.)*

pouvait empaqueter les pierres et lui laisser un message avec le paquet – mais non, il secoua la tête. Il savait pertinemment qu'il était presque toujours filé. Sans doute l'avait-on suivi du palais au café, et du café à l'hôtel. Il n'avait repéré personne – mais l'adversaire, il ne l'ignorait pas, connaissait son métier. Aller voir sa sœur à son hôtel n'éveillerait pas les soupçons – mais s'il abandonnait un paquet et un message, le paquet serait ouvert, et le message lu.

Le temps… le temps… *Il n'avait pas le temps…*

750 000 livres de pierres précieuses dans la poche de son pantalon.

Il parcourut la chambre du regard…

Tout à coup, il sourit et prit dans l'étui accroché à sa ceinture la trousse à outils miniature dont il ne se séparait jamais. Sa nièce Jennifer, avait-il noté, possédait de la pâte à modeler. Cela l'aiderait.

Il travaillait vite, avec dextérité. Une seule fois, soupçonneux, il releva les yeux vers la fenêtre ouverte : non, la chambre ne possédait pas de balcon. Seule la tension nerveuse lui avait fait croire qu'il était observé.

Sa tâche achevée, il hocha la tête, satisfait. Personne ne remarquerait rien – il en avait la certitude. Pas plus Joan que qui que ce soit d'autre. Et certainement pas Jennifer, gamine égocentrique, qui ne voyait ou ne remarquait rien en dehors d'elle-même.

Il ramassa toutes les preuves de son travail et les mit dans sa poche… Hésitant, il regarda autour de lui.

Il prit le bloc de papier à lettres de Joan. Il fronçait les sourcils.

Il devait lui écrire un message…

Mais que pouvait-il dire ? Ce devait être quelque chose que sa sœur comprendrait – mais qui n'aurait aucune signification particulière pour un lecteur mal intentionné.

Cela, réellement, c'était impossible ! Dans le genre de roman policier que Bob lisait pour meubler ses moments perdus, le héros rédigeait un message à double entente dont quelqu'un parvenait toujours à comprendre le sens. Mais là, il n'arrivait même pas à penser à un code – et, de toute manière, Joan était une personne tout ce qu'il y a de terre à terre, qui aurait besoin qu'on lui mette les points sur les i avant de rien remarquer.

Soudain, son front se déplissa. Il y avait une autre méthode – détourner l'attention – laisser à Joan un message banal. Et confier à quelqu'un d'autre un autre message à lui remettre en Angleterre. Il écrivit rapidement :

Chère Joan,
J'étais passé te proposer une partie de golf ce soir. Mais si tu es allée au barrage, tu ne seras probablement pas en état. Et demain après-midi ? À 5 heures, au club ?
Affectueusement,
Bob

C'était là un message d'une rare banalité pour une sœur qu'il ne reverrait peut-être jamais – mais, par certains aspects, cette banalité constituait une garantie. Il ne fallait pas que Joan soit mêlée à une affaire scabreuse, ni même qu'elle sache qu'affaire scabreuse il y avait. Joan ne savait pas dissimuler. Son ignorance la protégerait.

Le message remplirait en outre un second objectif. Il donnerait à croire que lui-même n'avait aucun projet de départ.

Il réfléchit une ou deux minutes, puis décrocha le téléphone et donna à la standardiste le numéro de l'ambassade de Grande-Bretagne. Il eut enfin en ligne Edmundson, le troisième secrétaire, l'un de ses amis :

— John ? Bob Rawlinson à l'appareil. On pourrait se retrouver quelque part, quand vous aurez fini ?... Pas possible que ce soit un peu plus tôt que ça ?... Il le faut, mon vieux. C'est important. Eh bien, en fait, il s'agit d'une fille.

Il toussa, gêné :

— Elle est merveilleuse, tout à fait merveilleuse. Une beauté inhumaine. Mais c'est une histoire un peu tordue.

— Vraiment, Bob, le réprimanda Edmundson d'une voix assez empesée. Ah ! vous et les filles... Très bien, à 2 heures.

Il raccrocha.

Bob entendit en écho le *clic* caractéristique, quand celui qui les écoutait, quel qu'il fût, reposa son récepteur.

Brave vieil Edmundson... Depuis que tous les téléphones de Ramat étaient sur écoute, Bob et John Edmundson avaient inventé un petit système de codage de leur cru. La formule « Une fille merveilleuse d'une beauté inhumaine » avertissait d'un problème urgent et important.

Edmundson viendrait le prendre en voiture, à 2 heures, devant le nouveau bâtiment de la Merchants

Bank. Il lui révélerait la cachette. Il lui dirait que Joan l'ignorait, mais qu'il était important que lui le sache, si jamais quoi que ce soit lui arrivait. Regagnant l'Angleterre par la mer, Joan et Jennifer n'y seraient pas de retour avant six semaines. À ce moment-là, selon toute vraisemblance, la révolution aurait éclaté. Les révolutionnaires auraient, ou non, réussi à prendre le pouvoir. Ali Youssouf serait en Europe, ou bien le prince et son pilote seraient tous deux morts. Il dirait ce qu'il fallait à Edmundson, mais pas trop.

Bob Rawlinson contempla la chambre une dernière fois. Elle n'avait pas changé : paisible, désordonnée, familière. Une seule chose y avait été ajoutée : son message pour Joan. Il le déposa sur la table avant de sortir. Dans le long couloir, il n'y avait personne.

*

La femme qui occupait la chambre voisine de celle de Joan Sutcliffe quitta son balcon. À la main, elle tenait un miroir.

À l'origine, elle était sortie pour examiner de plus près un poil unique qui avait eu l'audace de lui pousser au menton. Elle lui avait réglé son compte avec une pince à épiler, puis elle avait soumis tout son visage à un examen attentif dans la claire lumière du soleil.

C'était alors, au moment où ses inquiétudes esthétiques s'apaisaient, qu'elle avait remarqué autre chose. L'angle selon lequel elle tenait son miroir était tel qu'elle pouvait y distinguer la glace de l'armoire de l'autre chambre. Et dans le reflet de cette glace, elle avait vu un homme affairé à une tâche très curieuse.

Si curieuse et inattendue qu'elle s'était immobilisée pour l'observer. Assis devant une table, il ne pouvait pas l'apercevoir, alors qu'elle-même bénéficiait d'un phénomène de double réflexion.

S'il s'était retourné, il aurait sans doute pu repérer son miroir à elle dans la glace de la commode derrière lui. Mais il était bien trop absorbé par ce qu'il faisait pour tourner la tête…

Une fois, il avait brusquement relevé les yeux en direction de la fenêtre, mais, comme il n'y avait rien à voir, il avait à nouveau baissé la tête.

La femme le vit achever son travail. Après une courte pause, il écrivit un message qu'il posa sur la table. Après quoi il disparut de son champ de vision, mais en tendant l'oreille, elle réussit à comprendre qu'il passait un coup de fil. Elle n'entendait pas ce qui se disait, mais le ton de la conversation lui parut calme et banal. Enfin, elle entendit la porte claquer.

Elle attendit quelques minutes, puis elle ouvrit sa propre porte. Au bout du couloir, un vieil Arabe passait négligemment un plumeau. Il disparut en tournant le coin.

Elle se glissa prestement jusqu'à la porte de l'autre chambre. Elle était fermée à clef, mais elle s'y attendait : une épingle à cheveux et la lame d'un petit canif remplirent rapidement leur office.

Elle entra et repoussa le battant derrière elle. Elle s'empara du message. Le rabat de l'enveloppe, à peine collé, ne lui opposa pas de résistance. Elle lut les quelques lignes, sourcils froncés. Le texte n'apportait aucune explication.

Elle referma l'enveloppe, puis traversa la pièce.

Au moment où elle tendait la main, elle fut arrêtée par les voix qui montaient de la terrasse.

L'une d'elles semblait être celle de la légitime occupante de la chambre. Une voix décidée, pédante, très sûre d'elle-même.

La femme bondit à la fenêtre.

En dessous, sur la terrasse, Joan Sutcliffe, accompagnée de sa fille Jennifer, adolescente de quinze ans, solide mais pâlichonne, prenait à témoin le monde entier, et plus particulièrement un diplomate du consulat de Sa Majesté à la silhouette dégingandée et à l'air malheureux, des sentiments que lui inspiraient les dispositions qu'il était venu lui annoncer :

— Mais c'est absurde ! Je n'ai jamais entendu de telles sornettes. Tout est parfaitement calme, et tout le monde se montre amical. Je crois surtout qu'il y a des gens qui paniquent.

— Nous l'espérons, madame Sutcliffe, nous l'espérons de tout cœur. Mais Son Excellence estime qu'il est de sa responsabilité de…

Mme Sutcliffe l'interrompit. Elle n'entendait pas prendre en considération les responsabilités des ambassadeurs :

— Nous avons énormément de bagages, vous savez. Nous devons rentrer en paquebot – mercredi prochain. La traversée fera du bien à Jennifer. C'est le médecin qui l'affirme. Je refuse absolument de changer tous mes projets et d'être rapatriée en Angleterre par avion à cause de cette agitation stupide.

L'homme à l'air malheureux fit valoir, en manière d'encouragement, que Mme Sutcliffe et sa fille pourraient prendre l'avion, non pour l'Angleterre, mais à destination d'Aden, où elles retrouveraient leur bateau.

— Avec nos bagages ?

— Oui, oui, on peut arranger cela. Une voiture nous attend – un break. Nous pouvons tout y charger tout de suite.

Mme Sutcliffe capitula :

— Alors, bien. Peut-être que nous ferions mieux de commencer nos valises.

— À l'instant même, si vous n'y voyez pas d'inconvénient.

La femme qui se trouvait dans la chambre battit hâtivement en retraite. Elle lança un coup d'œil rapide à l'adresse indiquée par une étiquette collée sur une valise. Puis elle quitta les lieux et regagna sa propre chambre au moment même où Mme Sutcliffe apparaissait au coin du couloir.

Le réceptionniste lui courait après :

— Votre frère, le *Squadron Leader* est passé, madame Sutcliffe. Il est monté dans votre chambre. Mais je crois qu'il est reparti. Vous avez dû le manquer de quelques minutes.

— Comme c'est fâcheux, dit-elle à l'employé. Merci.

Elle se tourna vers Jennifer :

— Sans doute Bob s'agite-t-il lui aussi. Je n'ai personnellement vu aucun signe de désordre dans les rues. Cette porte n'est pas fermée à clef. Les gens sont d'une négligence…

— C'est peut-être oncle Bob, remarqua Jennifer.

— Je regrette de l'avoir manqué… Oh ! il y a un message.

Elle déchira l'enveloppe.

— En tout cas, Bob, *lui*, ne s'inquiète pas, reprit-elle d'un ton de triomphe. Il est évident qu'il n'a entendu parler de rien. Des remous diplomatiques, voilà ce que c'est. Quelle horreur d'avoir à faire les valises par une telle chaleur ! Dans cette chambre, on se croirait dans un four. Allons, Jennifer. Sors tes affaires de la commode et de la penderie. Nous allons tout mettre comme ça dans les valises, l'essentiel c'est que ça rentre. Nous pourrons refaire proprement nos valises plus tard.

— Je ne me suis jamais trouvée au milieu d'une révolution, dit Jennifer, songeuse.

— Je ne pense pas que cela t'arrivera cette fois-ci. Tu verras. Il ne se passera rien.

Jennifer parut déçue.

3

M. ROBINSON ENTRE EN SCÈNE

Quelque six semaines plus tard, un jeune homme frappa discrètement à la porte d'un bureau, dans le quartier de Bloomsbury. On lui ordonna d'entrer.

Le bureau était petit. Derrière la table de travail se trouvait un homme d'âge moyen, ventripotent, avachi dans un fauteuil. Il portait un costume froissé, dont le devant était semé de cendres de cigare. Les fenêtres étaient fermées, et l'atmosphère presque irrespirable.

— Eh bien ? lâcha-t-il d'un ton irrité, les yeux à demi clos. Qu'est-ce que c'est encore, hein ?

On disait du colonel Pikeaway que ses yeux étaient toujours soit en train de se fermer pour un somme soit en train de s'entrouvrir après un somme. On disait aussi qu'il ne s'appelait pas Pikeaway, et qu'il n'était pas colonel. Mais on entend souvent tout et n'importe quoi !...

— Edmundson, du Foreign Office, est là, mon colonel.

— Oh ! se réveilla le colonel.

Il battit des paupières, parut s'assoupir à nouveau, et marmonna :

— Le troisième secrétaire de notre ambassade à Ramat au moment de la révolution. Exact ?

— C'est exact, mon colonel.

— Alors, je ferais mieux de le recevoir, reprit le colonel sans le moindre entrain.

Il se redressa quelque peu et débarrassa sa panse d'une couche de cendre.

M. Edmundson était un grand jeune homme blond, dont les manières s'accordaient à son costume impeccable. Il affichait un air de désapprobation :

— Colonel Pikeaway ? Je suis John Edmundson. On m'a dit que vous... euh... que vous pourriez souhaiter me voir.

— On vous l'a dit ? Eh bien, on devait le savoir. Asseyez-vous.

Les yeux du colonel allaient se fermer de nouveau, mais il reprit, avant que cela ne se produise :

— Vous étiez à Ramat au moment de la révolution ?

— Oui. Une sale affaire.

— Je l'imagine. Vous étiez l'un des amis de Bob Rawlinson, n'est-ce pas ?

— Je le connais très bien, oui.

— Vous vous trompez de temps, grinça le colonel. Rawlinson est mort.

— Oui, mon colonel, je sais. Mais je n'étais pas sûr que…

Il s'interrompit.

— Chez nous, ne vous donnez pas la peine de faire dans la discrétion, lança le colonel. Nous savons tout, ici. Et quand nous ne savons pas, nous faisons semblant. Bob Rawlinson a décollé de Ramat avec Ali Youssouf, le jour de la révolution. Depuis, on n'avait plus entendu parler de leur avion. Il aurait pu s'être posé dans un endroit inaccessible, ou s'être écrasé. On a retrouvé une épave dans les monts Arolez. Deux cadavres. La nouvelle sera divulguée demain à la presse. C'est ça ?

Edmundson concéda que c'était bien ça.

— Ici, nous savons tout, répéta le colonel. Nous sommes là pour ça. L'avion survolait les montagnes. Ç'aurait pu être la météo. Mais il y a quelques raisons de croire que c'était un attentat. Une bombe à retardement. Nous n'avons pas encore le rapport complet. L'avion s'est écrasé dans un endroit assez difficile d'accès. On avait offert une récompense à qui le retrouverait, mais ces choses-là mettent du temps à se savoir. Après cela, il a fallu convoyer des experts sur place. Vous vous imaginez la paperasse que ça représente. La demande officielle à un gouvernement étranger, les ministres qui doivent donner leur autorisation, le graissage de pattes – pour ne rien dire de la paysannerie locale qui s'approprie tout ce qui pourrait un jour lui être utile.

Le colonel s'arrêta et regarda Edmundson.

— Vraiment très triste, tout cela, déplora le jeune diplomate. Le prince Ali Youssouf aurait été un souverain éclairé, respectueux des principes démocratiques.

— C'est probablement ce qui a causé la perte de ce pauvre garçon, répliqua le colonel. Mais nous ne pouvons pas perdre notre temps à nous attendrir sur la mort des rois. Il nous a été demandé de procéder à certaines… disons à certaines enquêtes. Par des parties concernées. Des parties, je le précise, à l'égard desquelles le gouvernement de Sa Majesté est bien disposé.

Il fixa durement son interlocuteur :

— Vous savez ce que je veux dire par là ?

— Eh bien, j'ai eu vent de quelques rumeurs, reconnut Edmundson, réticent.

— Alors, vous avez peut-être appris que rien de précieux n'a été retrouvé sur les cadavres ou dans l'épave, ni n'a été, pour autant que je le sache, subtilisé par les habitants de la région. Remarquez qu'avec des paysans, on ne peut jamais avoir de certitude. Ils sont capables de la boucler aussi bien que le Foreign Office lui-même. Et de quoi d'autre avez-vous encore eu vent, comme vous dites si bien ?

— De rien d'autre.

— Vous n'auriez pas entendu suggérer, par hasard, que quelque chose de précieux *aurait dû* être retrouvé ? Pourquoi vous a-t-on envoyé chez moi ?

— On m'a dit que vous pourriez désirer me poser certaines questions, répondit Edmundson simplement.

— Si je vous pose des questions, j'attends des réponses ! aboya le colonel.

— Naturellement.

— Ça ne semblait pas si évident que ça pour vous, fiston. Est-ce que Bob Rawlinson vous a dit quoi que ce soit avant de décoller de Ramat ? Si quelqu'un avait la confiance d'Ali, c'était bien lui. Allons, maintenant, crachez le morceau. Il vous a dit quelque chose ?

— À quel sujet, mon colonel ?

Le colonel Pikeaway fixa durement son interlocuteur en se grattant l'oreille.

— Très bien, grommela-t-il. Taisez-vous et ne dites rien. Vous en faites trop, à mon avis. Si vous ne savez pas à quoi je fais allusion, vous ne le savez pas. Un point c'est tout.

— Je pense qu'il devait y avoir quelque chose, confessa Edmundson prudemment, et comme malgré lui. Quelque chose d'important que Bob aurait pu souhaiter me dire.

— Ah ! lâcha le colonel, de l'air de celui qui a enfin réussi à déboucher une bonne bouteille. Intéressant. Voyons un peu ce que vous savez.

— Bien peu, mon colonel. Bob et moi, nous avions une espèce de code, très simple. Nous avions compris que tous les téléphones de Ramat étaient sur écoute. De par sa position, Bob pouvait apprendre beaucoup au palais, et moi, j'avais de temps en temps une information utile à lui communiquer. Donc, quand l'un de nous appelait l'autre en parlant d'une fille, ou de plusieurs, et en employant la phrase convenue « d'une beauté inhumaine » à son – ou à leur – propos, cela signifiait que l'on avait découvert quelque chose d'important !…

— Un renseignement important, par exemple ?

— Oui. Bob a employé cette formule quand il m'a téléphoné le jour où tout a commencé. Je devais le retrouver à notre rendez-vous habituel – devant une banque. Mais c'est dans ce quartier-là que les émeutes ont éclaté. La police a bloqué la rue. Je n'ai pas pu reprendre contact avec Bob, ni lui avec moi. Il est parti avec Ali l'après-midi même.

— Je vois. Pas la moindre idée de l'endroit d'où il vous téléphonait ?

— Non. Ç'aurait pu être de n'importe où.

— Dommage…

Le colonel se tut, avant de reprendre, comme en passant :

— Vous connaissez Mme Sutcliffe ?

— La sœur de Bob Rawlinson ? J'ai fait sa connaissance là-bas, bien sûr. Elle y était avec sa collégienne de fille. Je ne la connais pas très bien.

— Bob Rawlinson et elle étaient très proches ?

Edmundson prit le temps de la réflexion :

— Non, je ne dirais pas cela. Elle était nettement plus âgée que lui, et elle jouait trop les sœurs aînées. Et puis Bob n'aimait pas beaucoup son beau-frère… Il parlait toujours de lui comme d'un crétin pompeux.

— C'est bien ce qu'il est ! C'est l'un de nos plus gros industriels – et Dieu sait qu'ils sont pompeux !… Donc, vous ne jugez pas probable que Bob Rawlinson ait pu confier un secret d'importance à sa sœur ?

— Il m'est difficile de me prononcer – mais non, je ne le pense pas.

— Moi non plus, soupira le colonel. Enfin, nous en sommes là. Mme Sutcliffe et sa fille achèvent leur traversée à bord de l'*Eastern Queen*. Elles débarqueront demain à Tilbury.

Le colonel Pikeaway se tut pendant que ses yeux, pensifs, scrutaient longuement le diplomate. Puis, comme s'il venait de prendre une décision, il lui tendit la main.

— C'est gentil à vous d'être venu, dit-il avec vivacité.

— Je regrette seulement de vous avoir été d'aussi peu d'utilité. Vous êtes sûr qu'il n'est rien que je puisse faire ?

— Non. Non. Je crains que non.

John Edmundson s'en fut.

Le jeune homme discret revint.

— Je pensais que j'aurais pu l'envoyer à Tilbury pour annoncer la mauvaise nouvelle à la sœur, révéla le colonel. Un ami de son frère… et tout ça. Mais j'y ai renoncé. Il est du genre rigide. Trop le style du Foreign Office. Rien d'un opportuniste. Je vais plutôt envoyer… comment s'appelle-t-il, déjà ?

— Derek ?

— C'est ça, confirma le colonel en approuvant de la tête. Vous commencez à très bien savoir ce que je veux, non ?

— Je fais de mon mieux, mon colonel.

— Il ne suffit pas d'essayer. Il faut réussir. Envoyez-moi d'abord Ronnie. J'ai une mission pour lui.

Le colonel Pikeaway paraissait sur le point de s'endormir à nouveau quand le dénommé Ronnie pénétra dans son bureau. Il était jeune, grand, brun et musclé, et son comportement dévoilait de la gaieté et de l'insolence.

Après l'avoir étudié quelques instants, le colonel lui sourit.

— Qu'est-ce que vous diriez de vous infiltrer dans un collège de jeunes filles ? demanda-t-il.

— Un collège de jeunes filles ? répéta le jeune homme, les yeux écarquillés. Ça changerait de la routine !... Qu'est-ce qu'elles bricolent ? Elles fabriquent des bombes pendant le cours de chimie ?

— Rien de tout ça. C'est un collège ultra-chic pour demoiselles de la haute. Meadowbank.

— Meadowbank ! siffla Ronnie. Vous vous fichez de moi ou quoi ?

— Gardez vos impertinences pour vous, et écoutez-moi. La princesse Shaista, cousine germaine et unique proche parente du feu prince Ali Youssouf de Ramat y entre le trimestre prochain. Jusqu'à présent, elle suivait les cours d'une école en Suisse.

— Qu'est-ce que je dois faire ? L'enlever ?

— Certainement pas. Je pense qu'il est possible qu'elle focalise l'intérêt dans un proche avenir. Je veux que vous me surveilliez l'évolution de la situation. Je ne peux pas vous en dire plus. Je ne sais pas quoi, ni qui, peut surgir. Mais si l'un de nos amis les plus indésirables paraît intéressé, signalez-le... Une mission d'observation, voilà ce que je vous confie.

Le jeune homme hocha la tête :

— Et comment je m'introduis dans les lieux ? Je me transforme en professeur de dessin ?

Le colonel portait sur son vis-à-vis un regard méditatif :

— Le corps enseignant est exclusivement féminin. Je pense que je vais faire de vous un jardinier.

— Un jardinier ?

— Oui. Je n'ai pas tort de penser que vous vous y connaissez en jardinage, non ?

— Effectivement. Dans ma jeunesse, j'ai tenu pendant un an la rubrique *Votre jardin* dans le *Sunday Mail*.

— Tss ! cracha le colonel. Et vous vous en vantez ?... Je pourrais tenir cette rubrique moi-même sans rien y connaître – il me suffirait de pomper quelques catalogues de pépinières richement illustrés et une bonne encyclopédie. Je connais le topo par cœur : « *Pourquoi ne pas rompre avec la tradition et donner cette année à vos plates-bandes une note résolument tropicale ? Plantez donc des Amabilis patinoria, et quelques-uns de ces merveilleux nouveaux hybrides de Grossi pecchae qui nous viennent de Chine. Tentez aussi la luxuriance d'une touffe de Lugubra tristessa, un peu fragile, mais parfaite contre un mur exposé à l'ouest.* »

Le colonel s'arrêta et sourit.

— Non, continua-t-il. Ça, c'est du blabla. Les gogos gobent n'importe quoi. Et puis il y a des gelées précoces. Tout meurt. Et ils regrettent de ne pas s'en être tenus aux giroflées et aux myosotis ! Non, non, mon garçon, moi, je vous parle de vrai jardinage. Crachez dans vos mains, bêchez, soyez un expert ès composts, usez de la bêche et de toutes les variétés de binettes, et n'oubliez pas de tracer un bon sillon avant de semer vos pois de senteur… et tout le tralala. Vous êtes capable de faire ça ?

— Mais tout ça, je l'ai fait depuis ma plus tendre enfance ! protesta le jeune homme.

— Cela va de soi. Je connais votre mère. Bon, c'est réglé.

— Il y a vraiment un poste de jardinier à Meadowbank ?

— Sans aucun doute. Tous les jardins d'Angleterre manquent de main-d'œuvre. Je vous ferai préparer des références formidables. Voyez-vous, à Meadowbank, elles vont littéralement vous sauter dessus. Mais il n'y a pas de temps à perdre. Le trimestre d'été débute le 29.

— Je jardine et je garde l'œil ouvert, c'est bien ça ?

— C'est ça. Mais si une adolescente en chaleur vous fait des avances, attention ! Sinon, que le Ciel vous protège. Je ne veux pas que vous vous fassiez virer trop vite.

Il prit une feuille de papier :

— Qu'est-ce qui vous plairait, comme prénom ?

— Adam me semblerait très adéquat.

— Nom de famille ?

— Que diriez-vous d'Eden ?

— Je ne suis pas sûr d'apprécier votre sens de l'humour. Adam Goodman serait parfait. Allez donc un peu étudier votre pedigree avec Jenson, et puis filez.

Le colonel regarda sa montre.

— J'en ai fini avec vous, conclut-il. Je ne veux pas faire attendre M. Robinson. Il devrait déjà être là.

Adam Goodman – pour lui donner son nouveau pseudonyme – s'arrêta net, la main sur la poignée de la porte.

— M. Robinson ? s'enquit-il avec curiosité. C'est *lui* qui vient ?

— Oui, c'est bien ce que j'ai dit.

Une sonnerie retentit.

— Le voici. Il est toujours ponctuel, notre M. Robinson.

— Dites-moi… Qui est-il, en réalité ? Quel est son vrai nom ?

— On l'appelle M. Robinson, rétorqua le colonel. C'est tout ce que je sais. Et personne n'en sait davantage.

*

Rien dans l'apparence de l'homme qui entra dans le bureau du colonel n'indiquait qu'il s'appelait ou aurait pu s'appeler Robinson. Son vrai nom aurait pu être Demetrios, Isaacstein ou Perenna. Au choix. Il n'avait rien de précisément juif, mais rien non plus de grec, de portugais, d'espagnol ou de latino-américain. Ce qui semblait hautement improbable, c'est qu'il soit anglais et que son vrai nom soit Robinson. Plutôt gras, bien habillé, il avait le teint jaunâtre, des yeux noirs mélancoliques, un grand front et des lèvres pulpeuses qui découvraient à l'excès des dents très blanches. Il possédait de belles mains, régulièrement manucurées. À l'entendre, on aurait pu croire qu'il était anglais.

Quand le colonel et lui se saluèrent, on eût dit deux monarques régnants. Ils échangèrent des politesses.

M. Robinson accepta un cigare.

— C'est très généreux de nous avoir proposé votre aide, dit le colonel.

M. Robinson allumait son cigare, qu'il savoura en connaisseur.

— Cher ami, finit-il par répondre, je pensais seulement que… Enfin, j'apprends des choses. Je connais beaucoup de monde. On me parle. Je ne sais pas pourquoi.

Le colonel Pikeaway s'abstint de commenter ce « pourquoi ».

Il répondit seulement :

— Je crois comprendre que vous avez appris la découverte de l'avion du prince Ali Youssouf.

— Oui, c'était mercredi dernier, confirma M. Robinson. Le jeune Rawlinson était aux commandes. Un vol difficile. Mais l'accident n'a pas été provoqué par une erreur de pilotage. L'avion avait été saboté… Un certain Ahmed… Le mécanicien en chef. Tout à fait digne de confiance… Du moins, c'est ce que croyait Rawlinson. Mais ça n'était pas le cas. Le nouveau régime a procuré à cet Ahmed un job très lucratif.

— Ainsi, c'était donc un sabotage ! Nous n'en avions pas la certitude. C'est une triste histoire.

— Oui. Ce pauvre jeune homme… Ali Youssouf… était mal préparé à affronter la corruption et la trahison. On a été malavisé de le faire éduquer dans un collège anglais… à mon avis, en tout cas. Mais nous ne nous soucions plus de lui, n'est-ce pas ? C'est du passé. Rien n'est plus mort qu'un roi défunt. Ce qui nous intéresse, vous de votre côté et moi du mien, c'est ce que laisse derrière lui le monarque trépassé.

— C'est-à-dire ?

M. Robinson haussa les épaules :

— Un gros compte en banque à Genève. Un autre – plus modeste – à Londres. Des biens considérables dans son propre pays, qui ont maintenant été saisis par cet arrogant nouveau régime – non sans générer quelques querelles sur le partage du butin. Et, bien sûr, de petites babioles très personnelles.

— Petites ?

— Tout cela est relatif. Petites en volume, tout au moins. Faciles à transporter par une seule personne.

— Elles n'ont pas été retrouvées sur le cadavre du prince, si nous sommes bien informés.

— Non. Parce qu'il les avait confiées au jeune Rawlinson.

— Vous en êtes sûr ? grinça le colonel.

— Eh bien, on n'a jamais de certitude, s'excusa M. Robinson. Il y a tant de ragots, dans un palais. Tout ne peut pas être *vrai*. Mais on m'a rapporté des rumeurs concordantes.

— Ces petites… euh… babioles n'étaient pas non plus sur le cadavre de Rawlinson.

— Dans ce cas, il faut croire qu'elles ont quitté le sultanat de Ramat par un autre chemin.

— Quel autre chemin ? Vous en avez une idée ?

— Rawlinson est allé boire un thé dans un bar après avoir reçu les pierres. Là, on ne l'a vu parler à personne. Ensuite, il s'est rendu à l'hôtel *Ritz Savoy*, où sa sœur séjournait. Il est monté à sa chambre, et il y est resté vingt minutes. La sœur était en excursion.

60

Quand il est ressorti, il est passé à la Merchants Bank, sur Victory Square, pour y encaisser un chèque. L'insurrection débutait déjà lorsqu'il est reparti de la banque. Des étudiants manifestaient pour je ne sais quoi. Il a fallu un certain temps pour que la police dégage le terrain. Rawlinson a filé directement à l'aéroport où, accompagné du sergent Ahmed, il a inspecté l'avion.

» Ali Youssouf, lui, a dit qu'il voulait voir l'état d'avancement des travaux de construction de la nouvelle route. Il s'est fait conduire près de la piste. Il a rejoint Rawlinson. Il a exprimé le désir d'effectuer un court vol pour observer le barrage et le chantier du haut des airs. Ils ont décollé, et ils ne sont jamais revenus.

— Vous en tirez quelles déductions ? interrogea le colonel.

— Les mêmes que vous, mon cher ami. Pourquoi Bob Rawlinson a-t-il passé vingt minutes dans la chambre de sa sœur alors qu'on lui avait dit qu'elle ne reviendrait que dans la soirée ?... Il lui a laissé un message de trois lignes. Qu'a-t-il donc fait le reste du temps ?

— Ainsi, vous sous-entendez qu'il aurait dissimulé les pierres précieuses au milieu des bagages de sa sœur ?

— C'est l'hypothèse la plus plausible, non ?... Le jour même, Mme Sutcliffe a été évacuée, avec d'autres sujets britanniques. On l'a mise, avec sa fille, dans un avion pour Aden. Elle débarquera demain à Tilbury.

Le colonel Pikeaway acquiesça silencieusement.

— Veillez sur elle, conseilla M. Robinson.

— Nous ne la quitterons pas des yeux. Tout est prévu.

— Si elle a les pierres, elle est en danger.

Il ferma les paupières :

— Je déteste tellement la violence…

— Vous pensez qu'il y a un risque de violence ?

— Beaucoup de gens s'y intéressent. Des gens malintentionnés – vous me suivez ?

— Je vous suis, confirma tristement le colonel.

— Des gens qui se trahiront les uns les autres, enchaîna M. Robinson. On s'y perd.

Le colonel Pikeaway avait une question délicate à poser :

— Vous-même, avez-vous… euh… un intérêt particulier dans cette affaire ?

— Je représente certains groupes, glissa M. Robinson, d'une voix où transparaissait une nuance de reproche. Quelques-unes des pierres dont il s'agit ont été fournies à feu son altesse par certains de mes mandants – à un prix très honnête et très raisonnable. Ceux qui m'ont donné pouvoir pour rentrer en possession de ces joyaux auraient bénéficié, j'ose le dire, du consentement de leur dernier propriétaire. Je ne souhaite pas en dire plus. Tout cela est si complexe…

— Mais vous êtes, corps et âme, du bon côté ? sourit le colonel.

— Le bon côté… Oui, le bon côté… Savez-vous, par hasard, qui occupait les chambres qui se trouvaient justement à côté de celle de Mme Sutcliffe et de sa fille ?

Le colonel eut un geste vague :

— Voyons… À gauche, il y avait la señora Angelica de Toredo. Une danseuse… euh… espagnole qui se produisait là-bas dans une boîte de nuit. Peut-être pas vraiment espagnole, ni très bonne danseuse. Mais qui plaisait à la clientèle. De l'autre côté, un groupe d'enseignants qui…

M. Robinson sourit, approbateur :

— Vous êtes bien toujours le même. Moi, je viens pour vous raconter des choses. Mais vous, presque à chaque coup, vous les connaissez déjà.

— Pas du tout, pas du tout, protesta poliment le colonel.

— À nous deux, affirma M. Robinson, nous en savons très long.

Les regards des deux hommes se rencontrèrent.

M. Robinson se levait.

— Tout ce que j'espère, conclut-il, c'est que nous en savons assez…

4

LE RETOUR DES VOYAGEUSES

— Franchement, s'exclama Mme Sutcliffe d'une voix exaspérée, je ne vois pas pourquoi il faut qu'il pleuve toujours quand on rentre en Angleterre ! Ça rend tout affreusement déprimant.

— Moi, je trouve que c'est délicieux d'être de retour, rétorqua Jennifer. D'entendre les gens parler anglais dans la rue ! Et puis nous allons enfin pouvoir commander un vrai thé anglais. Avec du pain, et du beurre, et de la confiture, et des gâteaux dignes de ce nom.

— Je préférerais que tu ne te montres pas aussi insulaire, chérie, rétorqua sa mère. À quoi bon t'avoir emmenée dans le Golfe si c'est pour que tu me dises que tu aurais préféré rester chez nous ?

— Oh ! mais je ne regrette pas d'être partie à l'étranger quelques mois. Je disais juste que je suis contente d'être rentrée.

— Bon, chérie, écarte-toi, laisse-moi vérifier s'ils ont bien monté tous nos bagages. Vraiment, j'ai le sentiment… – depuis la guerre, en fait, me semble-t-il – que nos concitoyens sont devenus très malhonnêtes. Je suis sûre que si je n'avais pas gardé un œil sur tout ça, le bonhomme de Tilbury serait parti avec le sac de voyage vert. Et il y en avait un autre qui rôdait autour. Je l'ai vu après, dans le train. Tu sais, je crois que tous ces voleurs attendent l'arrivée des bateaux pour voir si les gens sont égarés, ou s'ils ont le mal de mer, et partir avec leurs valises.

— Vous ne pensez toujours qu'à des choses comme ça, mère, releva Jennifer. Vous croyez que tous ceux que vous croisez sont des voleurs.

— La plupart, oui, confirma Mme Sutcliffe, la mine assombrie.

— Pas les Anglais, proclama Jennifer avec patriotisme.

— C'est pire. De la part des Arabes ou des continentaux, on s'attend à tout. Mais, en Angleterre, on

64

n'est pas sur ses gardes, et ce n'en est que plus facile pour les gens malhonnêtes. Maintenant, laisse-moi compter. Voilà la grande valise verte, la noire, les deux petites marron, les clubs de golf, les raquettes, le fourre-tout, le sac en tapisserie… et où est donc le sac vert ?… Ah ! le voilà. Et puis le machin que nous avons acheté sur place pour ranger ce que nous avions en trop – oui, un, deux, trois, quatre, cinq, six… nos quatorze bagages sont bien là.

— On ne pourrait pas prendre notre thé maintenant ? demanda Jennifer.

— Le thé ? Mais il n'est que 3 heures.

— J'ai une faim de loup.

— Très bien, très bien. Tu ne pourrais pas descendre et le commander toi-même ? Je pense que j'ai réellement besoin de me reposer, et puis après je déballerai seulement ce qu'il nous faut pour la nuit. C'est bien triste que ton père n'ait pas pu venir nous chercher. Je ne puis tout simplement pas imaginer pourquoi il a fallu qu'il ait une réunion de direction aussi importante à Newcastle-on-Tyne. On aurait pu penser que sa femme et sa fille passeraient d'abord. Tu es sûre que tu peux te débrouiller toute seule pour ce thé ?

— Enfin, maman, vous ne vous souvenez plus de mon âge ?… Puis-je avoir un peu d'argent, s'il vous plaît ? Je n'ai rien, pas même un penny.

Jennifer accepta le billet de dix shillings que sa mère lui tendait, et s'en fut, boudeuse.

Sur la table de chevet, le téléphone se mit à sonner. Mme Sutcliffe attrapa le combiné :

— Allô !… Oui… Oui, Mme Sutcliffe à l'appareil…

On frappait à la porte.

— Une seconde, dit Mme Sutcliffe dans le combiné.

Elle ouvrit la porte à un jeune homme en bleu de travail avec une petite boîte à outils à la main.

— J'suis l'électricien, annonça le nouveau venu. Dans cette suite, les lumières, ça va pas. J'viens vérifier.

— Oh !… très bien.

Elle s'effaça. L'électricien entra :

— La salle de bains ?

— Par ici. Après l'autre chambre.

Elle revint au téléphone :

— Je suis désolée… Vous disiez ?

— Je m'appelle Derek O'Connor. Peut-être vaudrait-il mieux que je monte. Il s'agit de votre frère.

— De Bob ?… On a eu… on a de ses nouvelles ?

— Oui… enfin… hélas, oui.

— Oh !… Ah ! je vois… Oui, montez. C'est au troisième. La 310.

Elle s'assit sur le lit. Elle avait déjà une idée de ce qu'on allait lui annoncer.

Lorsque l'on frappa de nouveau, elle ouvrit à un jeune homme qui lui serra la main avec la gravité qui s'imposait.

— Vous appartenez au Foreign Office ? demanda-t-elle.

— Je suis Derek O'Connor, Mme Sutcliffe. Mon chef m'a envoyé ici parce qu'il semblait que personne d'autre ne puisse vous informer.

— Dites-moi tout, je vous en prie. Il a été tué. C'est cela ?

— Oui, en effet madame Sutcliffe. En quittant Ramat avec le prince Ali Youssouf. Leur avion s'est écrasé dans la montagne.

— Pourquoi n'ai-je pas... Pourquoi personne ne m'a-t-il télégraphié sur le bateau ?

— Nous n'avions aucune information précise. Il y a quelques jours encore, nous savions seulement que l'appareil était porté manquant, c'est tout. Compte tenu des circonstances, on pouvait encore conserver quelques espoirs. Mais maintenant que l'épave a été retrouvée... Je suis convaincu que vous serez soulagée d'apprendre que la mort a été instantanée.

— Le prince a été tué lui aussi ?

— Oui.

— Je n'en suis pas du tout surprise, déclara Mme Sutcliffe d'une voix qui tremblait un peu, mais en demeurant parfaitement maîtresse d'elle-même. J'ai toujours su que Bob mourrait jeune. C'était un casse-cou, vous savez – pilotant sans cesse de nouveaux avions, ou s'essayant à de nouvelles acrobaties. Durant ces quatre dernières années, je l'avais à peine vu. Que voulez-vous, on ne peut pas changer les gens, n'est-ce pas ?

— Non. Je crains que non.

— Henry a toujours dit que Bob finirait tôt ou tard par se tuer.

L'exactitude des prophéties de son mari semblait lui procurer une sorte de satisfaction morose. Une larme roula sur sa joue. Elle chercha des yeux son mouchoir.

— C'est le choc, expliqua-t-elle.

— Je sais – je suis profondément désolé.

— Bob ne pouvait pas s'enfuir, naturellement. Je veux dire qu'il avait accepté de devenir le pilote du prince. Je n'aurais pas aimé qu'il s'avoue vaincu. Et puis il pilotait très bien. Je suis sûre que s'il a percuté une montagne, ce n'était pas de sa faute.

— Non, confirma O'Connor, ce n'était certainement pas de sa faute. Leur seule chance de permettre au prince de s'en tirer, c'était de voler quelles que soient les conditions. C'était dangereux, et cela a mal tourné.

Mme Sutcliffe acquiesça :

— Oui, je comprends. Merci d'être venu.

— J'ai une dernière question. Une question que je dois vous poser. Votre frère vous avait-il confié quelque chose à rapporter en Angleterre ?

— Confié quelque chose... Que voulez-vous dire ?

— Vous a-t-il donné un... je ne sais pas... un petit paquet à emporter et à remettre à quelqu'un en Angleterre ?

Elle secouait la tête, dubitative :

— Non. Qu'est-ce qui vous pousse à croire qu'il l'aurait fait ?

— Nous croyons qu'il aurait pu vous remettre un paquet assez important à rapporter ici. Il est passé à votre hôtel, ce jour-là – le jour de la révolution, j'entends.

— Je sais. Il m'a laissé un message. Mais il n'y avait rien dedans – juste quelques banalités à propos d'une partie de golf ou de tennis le lendemain. Je suppose que, lorsqu'il a écrit ça, il ne savait pas qu'il aurait à emmener le prince l'après-midi même.

— C'était tout ce que cela disait ?

— Le message ? Oui.

— L'avez-vous conservé, madame Sutcliffe ?

— Conservé ce message ? Non, évidemment non. C'était parfaitement banal. Je l'ai déchiré et je l'ai jeté. Pourquoi l'aurais-je gardé ?

— Je ne sais pas. Je me demandais seulement si…

— Vous vous demandiez quoi ?

— S'il n'y aurait pas eu un… un autre message dissimulé entre les lignes. Après tout, sourit-il, il existe une substance que l'on nomme encre sympathique, vous savez.

— De l'encre sympathique ! se récria Mme Sutcliffe avec un vif dégoût. Vous voulez parler de cette encre que les agents secrets utilisent dans les romans d'espionnage ?

— Oui, c'est bien à cela que je faisais allusion, s'excusa O'Connor.

— Quelle idiotie ! Je suis persuadée que Bob n'aurait jamais rien écrit à l'encre sympathique. Pourquoi l'aurait-il fait ? C'était un garçon très bien, sensé, les pieds sur terre…

Une autre larme apparut sur sa joue :

— Oh ! mon Dieu, où peut bien être mon sac ? Il faut que je prenne un mouchoir. Je l'ai peut-être laissé dans l'autre chambre.

— Je vais vous le chercher, proposa O'Connor.

Il franchit la porte de communication et s'arrêta en voyant un jeune homme en bleu de travail, penché sur une valise, lever le nez vers lui en sursautant quelque peu.

— Je suis l'électricien, se hâta de préciser le jeune homme en question. Il y a quelque chose qui marche pas avec cette lumière.

O'Connor actionna un interrupteur :

— Tout semble pourtant fonctionner à merveille, rétorqua-t-il en souriant.

— On a dû me donner un faux numéro de chambre, bougonna l'électricien.

Il s'empara de sa caisse à outils, puis se glissa dans le couloir.

O'Connor fronçait les sourcils. Il prit le sac de Mme Sutcliffe sur la coiffeuse, et le lui porta.

— Excusez-moi un instant, ajouta-t-il en décrochant le téléphone. Ici la chambre 310. Est-ce que vous venez d'envoyer un électricien pour vérifier l'éclairage de la suite ? Oui… Oui, je ne quitte pas.

Il attendit :

— Non ? Je m'en doutais. Non, non, tout va bien.

Il raccrocha et se tourna vers Mme Sutcliffe :

— L'éclairage fonctionne très bien ici. Et la direction n'a jamais envoyé d'électricien.

— Alors que faisait là cet individu ? C'était un voleur ?

— Peut-être.

Elle se dépêcha de regarder à l'intérieur du sac :

— Il n'a rien pris. Tout l'argent est là.

— Êtes-vous sûre, madame Sutcliffe, *absolument* sûre, que votre frère ne vous a rien donné à rapporter en Angleterre au milieu de vos bagages ?

— J'en suis absolument sûre.

— Ou à votre fille – vous avez bien une fille ?

— Oui. Elle est en train de prendre le thé, en bas.

— Votre frère aurait-il pu le lui donner, à elle ?

— Je suis convaincue que non.

— Il y a encore une autre possibilité, insista O'Connor. Il pourrait avoir caché quelque chose dans vos affaires, ce jour-là, pendant qu'il attendait dans votre chambre.

— Mais pourquoi Bob aurait-il agi ainsi ? Cela me semble absurde.

— Ce n'est pas aussi absurde que cela en a l'air. Il nous paraît probable que le prince Ali Youssouf ait confié à votre frère quelque chose à garder pour lui, et que votre frère ait pensé que ce quelque chose serait plus en sécurité dans vos affaires qu'entre ses propres mains.

— Pour moi, c'est hautement invraisemblable.

— Je me demande si… que diriez-vous si nous fouillions ?

— Fouiller dans mes bagages, vous voulez dire ? Les défaire ? gémit-elle.

— Je sais, convint O'Connor. C'est terrible d'avoir à vous demander cela. Mais il se peut que ce soit très important. Je pourrais vous aider, vous savez…

Il se fit persuasif :

— Je faisais souvent les bagages de ma mère. Elle disait que j'étais très doué.

Il déployait tout le charme que le colonel Pikeaway tenait pour l'un de ses atouts.

— Bon, céda Mme Sutcliffe. J'imagine… si vous m'affirmez que… si c'est vraiment important…

— Il se peut que ce soit d'une importance cruciale, renchérit O'Connor.

Il lui sourit :

— Eh bien, mais… allons ! Pourquoi ne commencerions-nous pas tout de suite ?

*

Trois quarts d'heure plus tard, Jennifer remontait. Elle regarda autour d'elle, stupéfaite :

— Maman, mais qu'est-ce qui vous a pris ?

— Nous avons défait les bagages, répliqua sèchement Mme Sutcliffe. Et maintenant nous les refaisons. Je te présente M. O'Connor. Ma fille Jennifer.

— Mais pourquoi les défaire et les refaire ?

— Ne pose pas de question ! aboya Mme Sutcliffe. Certaines personnes pensent que ton oncle Bob aurait pu mettre quelque chose dans les valises pour que je le rapporte en Angleterre. T'a-t-il confié quelque chose, Jennifer ?

— Si oncle Bob m'a donné quelque chose à rapporter ? Non. Pourquoi ? Vous avez aussi déballé mes affaires ?

— Nous avons tout déballé ! lança gaiement O'Connor. Nous n'avons rien trouvé. Et puis, maintenant, nous remballons tout. Je pense que vous devriez boire un thé, ou autre chose, madame Sutcliffe. Que puis-je vous commander ? Un gin tonic, peut-être ?

Il se dirigea vers le téléphone.

— Un thé formidable, raconta Jennifer. Du pain, du beurre, des sandwiches, du cake. Et, en plus, lorsque je le lui ai demandé, le maître d'hôtel a eu la gentillesse de m'en apporter d'autres. C'était merveilleux.

O'Connor commanda un thé, puis il acheva de remballer les affaires de Mme Sutcliffe avec un soin et une dextérité qui, malgré elle, forcèrent son admiration.

— Votre mère semble vous avoir admirablement enseigné l'art de ranger les valises, reconnut-elle.

— Oh ! j'ai toutes sortes de talents, sourit O'Connor.

En réalité, sa mère était morte depuis longtemps, et son habileté en matière de bagages avait été acquise au service du colonel Pikeaway.

— Dernière chose, madame Sutcliffe. Il faut que vous fassiez preuve de la plus grande prudence.

— De la plus grande prudence ? Que voulez-vous dire par là ?

— Eh bien, répondit évasivement O'Connor, les révolutions sont des affaires complexes, Il y a toujours des tas de ramifications. Allez-vous séjourner longtemps à Londres ?

— Nous repartons demain pour la campagne. Mon mari nous y conduira en voiture.

— Alors, c'est parfait. Mais… ne prenez pas de risques. S'il se passe quoi que ce soit d'anormal, appelez immédiatement le 999.

— Oh ! s'exclama Jennifer, enchantée. J'ai toujours rêvé d'appeler les urgences.

— Ne sois pas sotte, Jennifer, lui intima sa mère.

*

Extrait d'un journal local :

Un homme a comparu hier devant le juge de première instance sous l'accusation de s'être introduit par effraction dans la demeure de M. Henry Sutcliffe dans l'intention de voler. La chambre de Mme Sutcliffe avait été fouillée de fond en comble et laissée dans un désordre indescriptible pendant que la famille assistait au service dominical. Le personnel de cuisine, qui préparait le déjeuner, n'avait rien entendu. La police a appréhendé l'homme au moment où il tentait de s'échapper. À l'évidence, quelque chose lui avait fait peur, et il prenait la fuite sans rien emporter.

Il s'est présenté sous le nom d'Andrew Bail, sans domicile fixe. Il a plaidé coupable. Il a expliqué qu'il était au chômage et qu'il cherchait de l'argent. À l'exception de ceux qu'elle portait sur elle, les bijoux de Mme Sutcliffe sont conservés dans le coffre d'une banque.

— Je vous avais dit de faire réparer le verrou de la baie vitrée du salon, se borna à commenter M. Sutcliffe à l'attention des membres de la famille.

— Mon cher Henry, répliqua sa femme, vous semblez oublier que j'ai passé les trois derniers mois à l'étranger. Et, de toute manière, je suis sûre d'avoir lu quelque part que, lorsque des cambrioleurs veulent *vraiment* pénétrer dans une maison, ils y parviennent toujours.

Elle ajouta, songeuse, un œil sur le journal :

— Comme cela nous pose, ce « personnel de cuisine » ! Voilà qui sonne autrement mieux que ce que nous avons en réalité : la vieille Mme Ellis qui est sourde comme un pot et qui tient à peine debout, et cette demeurée de fille des Bardwell qui vient donner un coup de main le dimanche matin.

— Ce que je ne comprends pas, intervint Jennifer, c'est comment la police a pu savoir que la maison était cambriolée et arriver ici à temps pour arrêter le cambrioleur.

74

— Je trouve extraordinaire qu'il n'ait rien pris, dit Mme Sutcliffe.

— Êtes-vous bien sûre de cela, Joan ? s'enquit son mari. Vous me paraissiez un peu en douter, au début.

Mme Sutcliffe émit un soupir d'exaspération :

— On ne peut pas répondre de but en blanc dans un cas pareil. Le désordre de ma chambre – mes affaires sens dessus dessous, les tiroirs retournés. Il a fallu que je regarde tout avant d'en avoir le cœur net – encore que, maintenant que j'y pense, je ne me souviens pas d'avoir revu mon plus beau foulard Jacqmar.

— Je suis confuse, maman. C'est ma faute. Le vent l'a emporté à la mer, en Méditerranée. Je vous l'avais emprunté. J'avais l'intention de vous le dire, mais j'ai oublié.

— Vraiment, Jennifer, combien de fois t'ai-je dit de me demander la permission avant de prendre mes vêtements ?

— Je peux avoir encore du pudding ? lança Jennifer pour créer une diversion.

— Si tu y tiens. Franchement, Mme Ellis a la main merveilleusement légère. Cela compense le fait d'avoir à crier autant avec elle. Mais j'espère bien qu'au collège, on ne te trouvera pas trop gourmande. Rappelle-toi que Meadowbank n'est pas du tout un collège ordinaire.

— Je ne sais pas si j'ai vraiment envie d'aller à Meadowbank. Je connais une fille dont la cousine y était. Elle disait que c'était affreux. Qu'on passe son temps à apprendre à monter en Rolls-Royce et à en descendre, et à se tenir quand on déjeune avec la reine.

— Ça suffit, Jennifer, coupa Mme Sutcliffe. Tu ne mesures pas la chance que tu as d'être admise à Meadowbank. Mlle Bulstrode n'accepte pas n'importe qui, je te le garantis. Si tu y as été admise, c'est entièrement grâce à la situation importante de ton père et à l'influence de ta tante Rosamond. Tu jouis réellement d'une faveur exceptionnelle. Et si jamais tu es invitée à déjeuner chez la reine, ce sera après tout une bonne chose pour toi que de savoir comment te comporter.

— Bah ! minimisa Jennifer, j'imagine que la reine doit souvent recevoir des gens qui ne savent pas se tenir – des chefs d'État africains, ou des jockeys, ou des cheiks arabes.

— Les chefs d'État africains ont d'excellentes manières, fit valoir son père qui avait récemment accompli un court voyage d'affaires au Ghana.

— Les cheiks arabes aussi, renchérit Mme Sutcliffe. Des seigneurs, réellement.

— Vous vous souvenez du méchoui organisé par un cheik auquel nous sommes allées ? dit Jennifer. Quand il a pris l'œil du mouton et vous l'a donné, et qu'oncle Bob vous a fait signe de ne pas faire d'histoire et de le gober ? Si un cheik faisait la même chose avec un agneau rôti à Buckingham Palace, ça secouerait un peu la reine, non ?

— Jennifer, ça suffit.

*

Quand Andrew Bail, sans domicile fixe, fut condamné à trois mois de prison pour effraction, Derek O'Connor, qui avait discrètement assisté à l'audience dans le fond du tribunal, téléphona à Londres :

— Il n'avait rien sur lui quand nous l'avons pincé, dit-il. Et pourtant nous lui avions laissé beaucoup de temps.

— C'est qui ? Quelqu'un que nous connaissons ?

— Quelqu'un de la bande à Gecko, je pense. Une petite pointure. On le paie pour ce genre de bricoles. Pas beaucoup de cervelle, mais on le dit franc du collier.

— Et lorsque le verdict est tombé, il a joué les victimes expiatoires ? sourit le colonel Pikeaway à l'autre bout du fil.

— Oui. Il offrait l'image parfaite du benêt qui a quitté le droit chemin. On n'avait pas cru qu'il puisse être impliqué dans un gros coup. C'est ce qui fait sa valeur, naturellement.

— Et il n'a rien trouvé, médita le colonel. Et vous, vous n'avez rien trouvé non plus. Peut-être cherchons-nous quelque chose qui n'existe pas ? Notre idée selon laquelle Rawlinson avait planqué ce machin dans les affaires de sa sœur semble dénuée de fondement.

— Apparemment, d'autres ont eu la même.

— C'en est même un peu trop ostensible… On essaie peut-être de nous faire mordre à l'hameçon.

— C'est possible. Vous avez d'autres hypothèses ?

— Des tas. Ce que nous cherchons est peut être resté à Ramat. Caché quelque part au *Ritz Savoy*, si ça se trouve. Ou bien Rawlinson l'a refilé à quelqu'un en allant à l'aéroport. Autre hypothèse, il y avait du vrai dans le sous-entendu de M. Robinson. Peut-être qu'une femme a mis le grappin dessus. On peut même imaginer que Mme Sutcliffe l'a eu en sa possession et que, sans le savoir, elle l'a jeté dans la mer Rouge en même temps que d'autres objets dont elle n'avait plus l'utilité. Et ce serait peut-être infiniment mieux comme cela, conclut le colonel, songeur.

— Allons, mon colonel, ça vaut beaucoup d'argent.

— La vie humaine vaut beaucoup, elle aussi, riposta le colonel Pikeaway.

5

PETIT COURRIER DE MEADOWBANK

De Julia Upjohn à sa mère :

Chère maman,
Je suis maintenant installée, et ça me plaît beau-
coup. Ce trimestre, il y a une nouvelle qui s'appelle
Jennifer et nous faisons plein de choses ensemble.
Nous sommes toutes les deux passionnées de tennis.
Elle joue assez bien. Quand elle le réussit, ce qui
n'est pas souvent le cas, elle a un service imparable.
Elle dit que sa raquette a été faussée quand elle était
dans le Golfe persique. Il fait très chaud là-bas. Elle y
était au moment de la révolution. Je lui ai demandé si

elle avait trouvé ça excitant, elle m'a répondu que non, elle et sa mère n'ont rien vu du tout. On les a emmenées à l'ambassade ou je ne sais où, et elles ont tout manqué.

Mlle Bulstrode est très gentille, mais elle fait peur aussi – ou du moins elle sait faire peur. Elle y va doucement avec les nouvelles. Derrière son dos, tout le monde l'appelle la Bulle. Notre professeur de littérature anglaise s'appelle Mlle Rich, elle est formidable. Quand elle se met à s'agiter, sa coiffure se défait. Elle a un visage bizarre, mais assez attirant. Lorsqu'elle nous lit des extraits de Shakespeare, tout paraît différent, réel. L'autre jour, elle nous a parlé de Iago et de ce qu'il ressentait – et aussi beaucoup de la jalousie : comment elle vous dévore, et comment vous souffrez jusqu'au moment où vous devenez fou au point de vouloir blesser la personne que vous aimez. Ça nous a fait froid dans le dos – sauf à Jennifer, parce que rien ne l'atteint. Mlle Rich enseigne aussi la géographie. Jusqu'à présent je pensais que c'était une matière ennuyeuse à mourir, mais pas avec Mlle Rich. Ce matin, elle nous a fait un cours sur le commerce des épices, et explique pourquoi on en avait besoin autrefois à cause de la nourriture qui se gâtait facilement.

J'ai commencé les cours d'art avec Mlle Laurie. Elle vient deux fois par semaine, mais elle nous emmène aussi à Londres pour visiter des galeries de peinture. En français, nous avons Mlle Blanche. Elle n'est pas très douée pour la discipline. Jennifer dit que ce n'est pas le fort des Français. Elle ne se fâche jamais. Elle se contente de répéter : « Voyons, vous m'ennuyez, mes enfants ! » Mlle Springer est

abominable. Elle, c'est la gym et l'éducation phy-
sique. Elle a des cheveux rouges et elle sent mauvais
lorsqu'elle transpire. Et puis il y a encore Mlle Chad-
wick (surnommée Chaddy) – elle est au collège
depuis le début. Elle enseigne les maths et elle est
plutôt maniaque, mais elle est assez gentille au fond.
Et aussi Mlle Vansittart, qui est prof d'histoire et
d'allemand. C'est un genre de Mlle Bulstrode, sans
son entrain.

Ici il y a beaucoup d'étrangères, deux Italiennes,
plusieurs Allemandes, et une Suédoise très sympa-
thique (elle est princesse, ou quelque chose comme
ça), ainsi qu'une fille qui est à moitié turque et à
moitié iranienne. Elle prétend qu'elle aurait dû
épouser le prince Ali Youssouf, celui qui a été tué
dans un accident d'avion. Jennifer dit que ce n'est
pas vrai, que Shaista ne raconte ça que parce qu'elle
était plus ou moins sa cousine et qu'on est censée
épouser un cousin. Jennifer affirme qu'il ne voulait
pas. Qu'il aimait quelqu'un d'autre. Jennifer sait tout
un tas de choses, mais, en général, elle ne veut pas les
raconter.

Vous devez partir bientôt pour votre voyage.
N'oubliez pas votre passeport comme la dernière
fois ! ! ! Et pensez à prendre la trousse de premier
secours, au le cas où vous auriez un accident.

Très affectueusement,
Julia

De Jennifer Sutcliffe à sa mère :

Chère maman,

Vraiment, ici, ça n'est pas mal. Je trouve le col-
lège bien plus agréable que je ne l'aurais cru. Nous
avons eu très beau temps. Hier, nous avons dû
rédiger une dissertation dont le sujet était « Une qua-
lité peut-elle être poussée à l'excès ? » Je n'ai rien
trouvé à dire. La semaine prochaine, le sujet sera
« Comparez les personnages de Juliette et de Desdé-
mone ». Mais ça me semble tout aussi stupide.
Pensez-vous que je pourrais avoir une nouvelle
raquette ? Je sais bien que vous avez fait recorder la
mienne à l'automne dernier – mais il y a quelque
chose qui ne va pas. Peut-être qu'elle s'est faussée.
J'aimerais assez apprendre le grec. Je peux ? J'aime
bien les langues. La semaine prochaine, plusieurs
d'entre nous iront à Londres pour voir un ballet.
C'est Le Lac des cygnes. La nourriture ici est déli-
cieuse. Hier, nous avons eu du poulet pour le
déjeuner, et de délicieux gâteaux maison pour le thé.

Voilà, pour les nouvelles, je crois que je vous ai
tout dit – avez-vous été victimes de nouveaux cam-
briolages ?

Votre fille qui vous aime,
Jennifer

De Margaret Gore-West, senior prefect [1], à sa
mère :

---

1. Élève des grandes classes chargée de la discipline. *(N.d.T.)*

Chère maman,

J'ai bien peu de nouvelles. Ce trimestre, je fais de l'allemand avec Mlle Vansittart. À en croire la rumeur, Mlle Bulstrode va prendre sa retraite, et c'est Mlle Vansittart qui lui succédera, mais on dit cela depuis un an et je suis sûre que ce n'est pas vrai. J'ai posé la question à Mlle Chadwick (je n'aurais, bien entendu, jamais osé demander cela à Mlle Bulstrode !) qui m'a répondu très sèchement que ce n'était certainement pas vrai et qu'il ne fallait pas écouter les ragots. Mardi, nous sommes allées voir un ballet. Le Lac des cygnes. *Un spectacle merveilleux, indescriptible !*

La princesse Ingrid est très amusante. Elle a des yeux très bleus, mais elle a aussi un appareil dentaire. Il y a deux Allemandes parmi les nouvelles élèves. Elles parlent très bien anglais.

Mlle Rich est revenue, et elle semble en bonne forme. Le trimestre dernier, elle nous avait manqué. La nouvelle professeur de sport s'appelle Mlle Springer. Elle est terriblement autoritaire et personne ne l'aime vraiment. Mais c'est un très bon professeur de tennis. Une des nouvelles, Jennifer Sutcliffe, va devenir vraiment bonne, je pense. Son revers est encore un peu faible. Sa grande amie est une prénommée Julia. Nous les appelons les 2 J !

Vous n'oublierez pas de venir me chercher le 20, n'est-ce pas ? La fête des sports aura lieu le 19 juin.

Tendrement,
Margaret

D'Ann Shapland à Dennis Rathbone :

Cher Dennis,
Je n'aurai aucun jour de congé avant la troisième semaine du trimestre. Mais j'aimerais beaucoup dîner avec vous à ce moment-là. Il faudra que ce soit le samedi ou le dimanche. Je vous tiendrai au courant.
Je trouve assez amusant de travailler dans un collège. Mais heureusement que je ne suis pas professeur ! Je deviendrais folle à lier.
Fidèlement,
Ann

De Mlle Johnson à sa sœur :

Chère Édith,
Ici, tout va à peu près comme d'habitude. Le trimestre d'été est toujours agréable. Le jardin resplendit et pour aider le vieux Briggs nous avons engagé un nouveau jardinier, jeune et robuste ! Assez joli garçon, aussi, ce qui est bien regrettable. Les filles sont si bêtes.
Mlle Bulstrode n'a plus parlé de prendre sa retraite, j'espère donc qu'elle a renoncé à cette idée. Avec Mlle Vansittart, ça ne serait pas du tout la même chose. Réellement, je ne crois pas que je pourrais rester.
Mon affection à Dick et aux enfants. Transmets mon bon souvenir à Oliver et à Rate quand tu les verras.
Elspeth

De Mlle Angèle Blanche à René Dupont, poste restante, Bordeaux :

Cher René,
Tout va bien ici, encore que je ne puisse pas dire que je m'amuse. Les filles ne sont ni respectueuses ni bien élevées. J'estime cependant qu'il vaut mieux que je ne me plaigne pas auprès de Mlle Bulstrode. On doit rester sur ses gardes quand on a affaire à celle-là !
Pour le moment, je n'ai rien d'intéressant à te dire.
Mouche

De Mlle Vansittart à une amie :

Chère Gloria,
Ce trimestre d'été a commencé calmement. Nos nouvelles nous donnent toute satisfaction. Les étrangères s'adaptent très bien. Notre petite princesse – celle du Moyen-Orient, pas la Scandinave – a une certaine tendance à manquer d'application, mais sans doute fallait-il s'y attendre. Ses manières, en revanche, sont tout à fait charmantes.
Notre nouvelle professeur de sport, Mlle Springer, est tout sauf populaire. Les filles ne l'aiment pas, elle est beaucoup trop tyrannique. Après tout, nous ne sommes pas un collège ordinaire. Notre survie ne dépend pas de l'éducation physique ! Elle est également d'une curiosité excessive, et pose bien trop de questions personnelles. Ces choses-là peuvent être exaspérantes, et trahissent une mauvaise éducation. Mlle Blanche, le nouveau professeur de français, est

assez aimable, mais elle n'arrive pas à la cheville de Mlle Depuy.

Nous avons frôlé la catastrophe le jour de la rentrée. Lady Veronica Carlton-Sandways a débarqué complètement ivre ! Si Mlle Chadwick n'avait pas été aux aguets pour intervenir sur-le-champ, nous aurions eu un incident tout à fait déplaisant. En revanche, ses jumelles sont des filles adorables.

Mlle Bulstrode n'a encore rien affirmé de précis sur l'avenir – mais, à en juger par son comportement, je crois que son choix est définitivement arrêté. Meadowbank constitue vraiment une belle réussite, je serai fière d'en prendre la direction et de faire perdurer ses traditions.

Dites mon affection à Marjorie lorsque vous la verrez.

Bien à vous,
Eleanor

Au colonel Pikeaway, par le canal habituel :

Parlez-moi d'expédier un homme au cœur de tous les dangers ! Je suis l'unique mâle en état de marche dans un établissement qui compte à peu près cent quatre-vingt-dix représentantes du sexe prétendu faible.

Son Altesse a fait une arrivée de grand style : une Cadillac bicolore bleu pastel et rose bonbon, un notable bronzé en costume d'indigène, sa femme très « gravure de mode de Paris », et le même modèle en plus jeune (Son Altesse Royale).

Je l'ai à peine reconnue le lendemain dans son uniforme de collégienne. Il ne sera pas difficile de rentrer en contact avec elle. Elle a déjà fait les premiers pas mais au moment où elle me demandait le nom de diverses fleurs d'un doux air innocent, une Gorgone à cheveux rouges, taches de rousseur et voix de crécelle, lui a sauté sur le paletot et l'a éloignée de moi. Elle a tenté de résister. J'avais toujours cru comprendre que les filles d'Orient étaient éduquées à faire preuve de réserve derrière leur voile. Celle-là, me semble-t-il, doit avoir acquis une certaine expérience du monde durant sa scolarité en Suisse.

La Gorgone, alias Mlle Springer, le professeur de sport, est ensuite revenue pour me passer un savon. Les jardiniers ne doivent pas parler aux élèves, etc. Cela a été mon tour d'exprimer une naïve surprise : « Désolé, mademoiselle. La jeune demoiselle, elle me demandait comme ça ce que c'était que ces delphiniums-là. Je suppose qu'ils n'en ont pas, là-bas dans son pays. » Le courroux de la Gorgone s'est facilement apaisé et, à la fin, elle en était presque à minauder. Moins de succès avec la secrétaire de Mlle Bulstrode. Le style fille de la campagne en veste et jupe de tweed. La professeur de français est plus coopérative. Le genre réservé et timide, mais pas si farouche que ça. J'ai également noué amitié avec trois glousseuses de charme, prénommées Pamela, Loïs et Mary, noms de famille inconnus, mais de lignage aristocratique. Un vieux cheval rusé, une certaine Mlle Chadwick, me tient à l'œil, et je fais donc attention à ne pas faire de taches dans mon cahier.

Mon patron, le vieux Briggs, est un vieillard racorni, dont le principal sujet de conversation porte

sur le bon vieux temps où il était, je crois, le qua-
trième jardinier d'une équipe de cinq. Il râle sur tout
et sur tout le monde, mais il nourrit un vif respect
pour Mlle Bulstrode. Moi aussi, d'ailleurs. Elle a
échangé avec moi quelques mots très aimables, mais
j'ai eu l'horrible sentiment qu'elle me perçait à jour
et qu'elle savait tout de moi.

Jusqu'ici rien de funeste ou d'alarmant à signaler
– mais l'espoir fait vivre.

6

PREMIERS JOURS

Dans la salle des professeurs, on échangeait des
nouvelles : les voyages que l'on avait faits, les pièces
auxquelles on avait assisté, les expositions que l'on
avait vues. La menace d'une projection de diaposi-
tives planait. Toutes auraient voulu pouvoir montrer
leurs photos sans pour autant se trouver contraintes de
contempler celles des autres.

Peu à peu, la conversation prit un tour moins personnel. On en vint au pavillon des sports, tour à tour
critiqué et admiré. Tout le monde admettait que la
nouvelle construction était un bâtiment superbe, mais
chacune y allait de l'amélioration qu'elle aurait souhaité y voir apporter.

On passa rapidement les nouvelles élèves en revue. Dans l'ensemble, on rendit un verdict favorable.

On s'efforça ensuite de mettre à l'aise les deux nouvelles venues du corps enseignant. Mlle Blanche avait-elle déjà séjourné en Angleterre ? De quelle région de France était-elle originaire ?

Mlle Blanche répondit poliment, mais non sans réserve.

Mlle Springer se montra plus expansive.

Elle s'exprimait avec emphase, et sans ambages. On eût presque pu croire qu'elle donnait une conférence, dont le sujet aurait été : « Les qualités de Mlle Springer. À quel point elle avait été appréciée par ses collègues. Le poids que les directrices avaient accordé à ses avis pour les modifications d'emploi du temps. »

Mlle Springer manquait de sensibilité. Elle n'était pas capable de discerner les réticences de son auditoire. On laissa à Mlle Johnson le soin de remarquer, mi-figue mi-raisin :

— Tout de même, j'ai peine à croire que vos idées aient toujours été acceptées comme… euh… comme elles auraient dû l'être.

— Il faut s'armer contre l'ingratitude, concéda Mlle Springer, d'une voix qui, déjà forte, virait au tonitruant. Le seul problème, c'est que les gens sont lâches – ils refusent de regarder la réalité en face. En général, ils préfèrent ne pas voir ce qu'ils ont sous le nez. Mais moi, je ne suis pas comme ça. Je vais droit au but. Plus d'une fois, j'ai dévoilé des choses scandaleuses – je l'ai étalé au grand jour. J'ai du flair – quand je tiens une piste, je ne la lâche plus – en tout cas, pas avant d'avoir épinglé ma proie.

Elle rit grassement :

— À mon avis, seules devraient enseigner celles dont on peut lire la vie à livre ouvert. Lorsque quelqu'un a quelque chose à cacher, cela se voit *tout de suite*. Oh ! Vous seriez surprises si je vous disais ce que j'ai pu découvrir sur certaines !... Personne ne l'aurait jamais cru.

— Et cela vous réjouissait ? s'enquit Mlle Blanche.

— Bien sûr que non. J'ai fait mon devoir, c'est tout. Mais on ne m'a pas soutenue. Un laxisme invraisemblable... J'ai démissionné – en signe de protestation »

Mlle Springer regarda autour d'elle et éclata d'un rire qui se voulait communicatif.

— J'espère que personne ici n'a rien à cacher ! dit-elle en s'esclaffant.

Personne ne rit. Mais Mlle Springer n'était pas femme à s'en apercevoir.

*

— Puis-je vous dire un mot, mademoiselle Bulstrode ?

Mlle Bulstrode reposa son stylo et leva les yeux sur le visage rougissant de Mlle Johnson, la gouvernante :

— Oui, mademoiselle Johnson ?

— C'est cette Shaista – notre Égyptienne ou je ne sais trop quoi.

— Oui ?

— C'est sa... euh... sa lingerie.

Mlle Bulstrode haussa les sourcils, étonnée mais sans impatience.

— Oui, son... eh bien... son bustier, précisa Mlle Johnson.

— Que reprochez-vous à son soutien-gorge ?

— Eh bien... il n'est pas du genre normal... je veux dire que ça ne lui soutient pas exactement la poitrine. Ça la... euh... ça la pousse vers le haut... d'une manière réellement indécente.

Comme cela lui arrivait souvent lors de ses entretiens avec Mlle Johnson, Mlle Bulstrode se mordit les lèvres pour contenir son sourire.

— Peut-être vaudrait-il mieux que j'aille voir cela par moi-même, dit-elle avec le plus grand sérieux.

Mlle Bulstrode organisa une espèce d'enquête, au cours de laquelle Mlle Johnson produisit le corps du délit tandis que Shaista observait la procédure avec beaucoup d'intérêt.

— C'est cette... enfin, la disposition de cette armature, déclara Mlle Johnson, en montrant les baleines d'un air désapprobateur.

Shaista se lança dans un flot d'explications :

— Mais vous voyez bien que je n'ai pas beaucoup de poitrine... mes seins sont trop petits. Je n'ai pas assez l'air d'une femme. Et c'est très important pour une jeune fille... de montrer qu'elle est une femme, et pas un garçon.

— Vous avez tout le temps qu'il faut pour ça, fit valoir Mlle Johnson. Vous n'avez que 15 ans.

— À 15 ans, on est *déjà* une femme ! Et moi, j'ai l'air d'une femme, non ?

Elle en appelait à Mlle Bulstrode, qui hocha gravement la tête.

— Seulement mes seins, poursuivit Shaista, ils sont petits, alors je voudrais qu'ils paraissent plus gros. Vous comprenez ?

— Je comprends, dit Mlle Bulstrode. Et je saisis très bien votre point de vue. Mais dans ce collège, voyez-vous, vous vous trouvez parmi des jeunes filles qui, pour l'essentiel, sont anglaises. Or, les Anglaises sont rarement femmes à quinze ans. Je tiens à ce que mes élèves se maquillent discrètement et ne portent que des vêtements qui conviennent à leur âge. Je suggérerais que vous portiez ce soutien-gorge lorsque vous vous habillez pour une soirée, ou pour aller à Londres, mais pas ici, dans la vie quotidienne. Nous faisons beaucoup de jeux, et du sport, et pour cela, il faut que votre corps puisse bouger facilement.

— C'est trop… tout le temps à courir et à sauter, répliqua Shaista d'un ton boudeur. Et puis l'éducation physique… Je n'aime pas Mlle Springer… elle répète sans arrêt : « Plus vite, plus vite, ne traînez pas. » Ça me fatigue.

— Cela suffit, Shaista, trancha Mlle Bulstrode d'une voix autoritaire. Votre famille vous a envoyée ici pour recevoir une éducation britannique. Tous ces exercices sont excellents pour votre teint, *et* pour le développement de votre buste.

Renvoyant Shaista d'un geste, Mlle Bulstrode sourit à Mlle Johnson :

— Ce n'est que trop vrai. Cette petite est parfaitement mûre. À la regarder, on lui donnerait vingt ans. C'est ainsi qu'elle se voit. On ne peut pas s'attendre à ce qu'elle se sente du même âge que Julia Upjohn, par exemple. Intellectuellement, Julia est très en avance sur Shaista. Physiquement, elle pourrait encore se contenter d'un maillot de corps de fillette.

— Je voudrais qu'elles soient toutes comme Julia Upjohn, déplora Mlle Johnson.

— Moi pas, répliqua Mlle Bulstrode avec vivacité. Un collège peuplé de filles toutes semblables serait très ennuyeux.

Ennuyeux, songeait-elle en reprenant la correction des dissertations d'éducation religieuse. Depuis quelque temps, ce mot tournait dans son cerveau. *Ennuyeux...*

S'il était un qualificatif que l'on ne pouvait pas appliquer au collège, c'était bien celui-là. Au cours de sa carrière de directrice, elle n'avait jamais connu l'ennui. Il lui avait fallu affronter les difficultés, les crises imprévues, l'irritation provoquée par les parents ou les enfants, les tourments personnels. Elle avait fait face aux désastres qui menaçaient, et elle avait su les transformer en triomphes. Pour elle, tout cela avait été stimulant, excitant, intéressant au plus haut point. Et même maintenant, alors qu'elle s'y était décidée, elle ne voulait pas s'en aller.

Elle bénéficiait d'une excellente santé, presque aussi robuste que lorsque Chaddy – cette fidèle Chaddy ! – et elles s'étaient lancées dans leur grande entreprise, fortes seulement d'une poignée d'élèves et du soutien d'un banquier doué d'une rare prescience. Les diplômes de Chaddy avaient alors plus de valeur que les siens, mais c'était elle qui, en visionnaire, avait imaginé, puis concrétisé, un établissement scolaire dont la réputation s'étendait à l'Europe entière. Elle n'avait jamais redouté de se livrer à de nouvelles expériences, alors que Chaddy s'était toujours contentée d'enseigner avec talent, mais sans flamme, ce qu'elle savait. Ce que Chaddy avait fait de mieux, c'était d'être toujours là, à portée de main, prête à amortir tous les chocs, prompte à prêter main-forte quand on avait besoin de son secours. Comme avec lady Veronica, le jour de la rentrée. Le merveilleux édifice que constituait le collège, songeait Mlle Bulstrode, avait été fondé sur sa solidité.

Tout bien pesé, du point de vue matériel, elles en avaient tiré le meilleur. Si elles prenaient maintenant leur retraite, elles bénéficieraient d'un revenu confortable pour le restant de leurs jours. Mlle Bulstrode se demandait si Chaddy partirait en même temps qu'elle-même. Probablement pas. Parce que pour elle, sans doute, le collège était sa vraie maison. Elle continuerait, fidèle et solide, à seconder celle qui lui succéderait.

Mlle Bulstrode avait pris sa décision : elle devait choisir celle qui la remplacerait. Qui serait d'abord associée à la direction, avec elle – et qui dirigerait seule ensuite. Savoir quand partir – dans la vie, c'était l'un des grands impératifs. S'en aller avant de perdre son autorité, avant de ne plus être capable de tenir fermement les rênes en main... avant de ressentir la moindre lassitude, la plus petite réticence à poursuivre son effort...

Mlle Bulstrode acheva de noter les dissertations. Au passage, elle avait remarqué que la petite Upjohn faisait preuve d'une tournure d'esprit originale. Que Jennifer Sutcliffe manquait totalement d'imagination, mais qu'elle avait une perception des faits exceptionnelle. Naturellement, Mary Vyse obtiendrait une bourse – une mémoire fantastique. Mais,

Dieu, qu'elle était ennuyeuse ! *Ennuyeuse* – encore ce mot. Mlle Bulstrode l'écarta et sonna sa secrétaire.

Elle entreprit de dicter son courrier :

Chère lady Valance, Jane a eu quelques problèmes d'oreilles. Je vous envoie, ci-jointes, les conclusions du médecin, etc.

Cher baron von Eisenger, nous nous arrangeons pour que Hedwige puisse aller à l'opéra, afin d'entendre la Hellstern dans le rôle d'Isolde...

Une heure passa en un éclair. Mlle Bulstrode s'arrêtait rarement pour trouver ses mots. Le crayon d'Ann Shapland courait sur le bloc-notes.

Une très bonne secrétaire, pensait Mlle Bulstrode. Bien meilleure que Vera Latimer. Une fille sans relief, cette Vera. Qui avait démissionné sans préavis. Une dépression nerveuse, avait-elle dit. À cause d'un homme, se souvint Mlle Bulstrode, résignée : en règle générale, il y a un homme dans le tableau.

— Voilà, c'est fini, soupira Mlle Bulstrode avec soulagement, après avoir dicté la dernière phrase. J'ai tant de choses ennuyeuses à faire. Écrire aux parents, c'est comme nourrir des chiens. Ça consiste à déverser des pelletées de platitudes apaisantes dans des gueules affamées.

Ann Shapland éclata de rire. Mlle Bulstrode lui lança un regard approbateur :

— Ann qu'est-ce qui vous a donc poussée à devenir secrétaire ?

— Je ne sais pas trop. Je n'avais pas d'inclinaison particulière pour quoi que ce soit. Ça s'est fait comme ça, c'est le genre de job que presque tout le monde peut faire.

— Vous ne trouvez pas ça monotone ?

— J'imagine que j'ai eu de la chance. J'ai occupé des postes très variés. J'ai travaillé pendant un an avec sir Mervyn Todhunter, l'archéologue, et puis, après cela, avec sir Andrew Peters, à la Shell. Pendant une période, j'ai aussi été la secrétaire de Monica Lord, l'actrice – là, ça ne s'arrêtait jamais !…

Elle souriait à ce souvenir.

— Je vois beaucoup de cela parmi les jeunes femmes d'aujourd'hui, grinça Mlle Bulstrode. Beaucoup de décisions et d'inconstance…

— En fait, si je ne peux rester longtemps nulle part c'est parce que ma mère a un problème de santé. Régulièrement, elle devient… disons… difficile à vivre. Et il faut que je rentre à la maison pour m'occuper d'elle.

— Je vois.

— Mais, même sans ça, je crois que j'aimerais changer souvent de poste de toute façon. Je n'ai pas reçu le don de la persévérance. Je trouve que le changement, c'est bien moins ennuyeux.

— *Ennuyeux*, murmura Mlle Bulstrode, à nouveau agitée par ce mot fatal.

Ann Shapland la regarda, interdite.

— Ne vous souciez pas de moi, enchaîna Mlle Bulstrode. C'est juste que, quelquefois, un mot en particulier semble revenir tout le temps. Vous auriez aimé être professeur ? s'enquit-elle avec une certaine curiosité.

— Je crois que j'aurais détesté ça, répondit Ann franchement.

— Pourquoi ?

— J'aurais trouvé ça affreusement ennuyeux… Oh ! excusez-moi…

— L'enseignement n'a rien d'ennuyeux, riposta Mlle Bulstrode avec feu. Ce peut être la chose la plus exaltante du monde. Cela me manquera terriblement quand je prendrai ma retraite.

Ann la fixait :

— Mais enfin… vous pensez sérieusement à vous retirer ?

— C'est décidé – oui. Oh ! dans un an… peut-être deux…

— Mais… mais pourquoi ?

— Parce que j'ai donné à ce collège le meilleur de moi-même. Et que j'en ai reçu le meilleur. Je ne veux rien au rabais.

— Le collège continuera ?

— Oh ! oui. Je serai très bien remplacée.

— Par Mlle Vansittart, j'imagine ?

— Alors, c'est sur elle que votre choix se porte automatiquement, constata Mlle Bulstrode avec un regard aigu. C'est intéressant…

— J'ai peur de n'y avoir pas beaucoup réfléchi. Je répète juste ce que les enseignantes disent lorsqu'elles en parlent entre elles. Mais je crois qu'elle vous succédera très bien – qu'elle s'inscrira précisément dans votre tradition. Et puis elle a énormément d'allure… une présence qui s'impose. J'imagine que c'est important, non ?

— Certes, absolument. Oui, je suis convaincue qu'Eleanor Vansittart est la femme qui convient.

— Elle reprendra les choses exactement là où vous les aurez laissées, dit Ann Shapland en rassemblant ses affaires.

« Mais est-ce vraiment ce que je souhaite ? s'interrogeait Mlle Bulstrode tandis que sa secrétaire rangeait ses affaires pour partir. Continuer lorsque je serai partie ? Mais c'est *exactement* ce qu'Eleanor fera ! Pas d'expériences nouvelles, rien de révolutionnaire. Ce n'est pas ainsi que j'ai fait de cette école ce qu'elle est devenue. J'ai pris des risques. Ça a perturbé beaucoup de gens. Je leur ai forcé la main, je les ai cajolés, et je me suis refusée à suivre la trace des autres. Mais n'est-ce pas dans cette voie-là que je voudrais que l'on poursuive ? Quelqu'un qui saurait insuffler une vie nouvelle dans mon vieux collège ? Une personnalité dynamique comme... comme – oui – comme Eileen Rich ?... »

À l'évidence, Eileen Rich n'avait pas encore l'âge requis, ni l'expérience... Mais elle possédait le dynamisme nécessaire, et un vrai sens de la pédagogie. Elle avait des idées. Jamais elle ne serait ennuyeuse – ce mot-là, de nouveau. Sottises ! Eleanor Vansittart n'avait rien d'ennuyeux...

Mlle Chadwick entra. Mlle Bulstrode releva la tête :

— Ah ! Chaddy, comme je suis *contente* de vous voir !

— Pourquoi ? s'étonna Mlle Chadwick. Quelque chose ne va pas ?

— Oui, moi. Je n'arrive plus à me décider.

— Cela ne vous ressemble pas, Honoria.

— Certes, non. Comment se passe ce trimestre, Chaddy ?

— Assez bien, je pense.

Un peu d'incertitude transparaissait dans la voix de Mlle Chadwick.

Mlle Bulstrode insista :

— Allons. Pas de faux-fuyants. Qu'est-ce qui cloche ?

— Rien. Vraiment, Honoria, rien du tout. Il y a seulement que…

Mlle Chadwick dégagea ses cheveux de son front, ce qui lui donna l'apparence d'un bouledogue perplexe.

— Oh ! reprit-elle, ce n'est qu'une impression. Rien de vraiment précis. Les nouvelles élèves me plaisent assez. En revanche, je n'apprécie guère Mlle Blanche. Mais je n'aimais pas beaucoup non plus cette Mlle Depuy. Des sournoises.

Mlle Bulstrode accorda peu d'attention à ces critiques. Chaddy accusait toujours les professeurs françaises de sournoiserie.

— C'est une enseignante médiocre, convint-elle cependant. J'en suis surprise. Elle avait d'excellentes références.

— Les Françaises sont incapables d'enseigner. Elles n'ont aucun sens de la discipline. À part cela, et de vous à moi, je trouve que, dans son genre, Mlle Springer en fait un petit peu trop ! On la dirait montée sur ressort. À croire qu'elle veut faire honneur à son nom…

— Elle remplit très bien ses fonctions.

— Ça oui. Elle est parfaite.

— Au début, nous ne sommes jamais à l'aise avec les nouvelles enseignantes, souligna Mlle Bulstrode.

— Ça, c'est bien vrai, s'empressa d'approuver Mlle Chadwick. Je suis persuadée qu'il n'y a pas d'autre problème que celui-là. À propos, notre nouveau jardinier est très jeune. De nos jours, ça n'est pas courant. Tous les jardiniers ont l'air centenaires et cacochymes. Dommage qu'il soit aussi joli garçon. Il nous faudra le tenir à l'œil.

De concert, les deux vieilles demoiselles dodelinèrent de la tête. Elles savaient, mieux que personne, les ravages qu'un Adonis peut causer dans le cœur des adolescentes.

7

COMME LA PLUME AU VENT...

— Pas trop mal, mon garçon, grogna le vieux Briggs. Pas trop mal.

Il approuvait la manière dont son nouvel adjoint avait bêché les plates-bandes. Mais il ne fallait quand même pas, estimait-il, que ce jeune blanc-bec se monte la tête.

— Faut y aller mollo, reprit-il. Mollo, c'est ce que j'dis toujours. Mollo, c'est comme ça qu'on fait du bon boulot.

Le jeune homme comprit que son rythme de travail s'avérait trop élevé par rapport à celui de Briggs.

— Bon, alors, voilà, continua le vieux jardinier. Là, on va planter des asters. *Elle,* elle aime pas les asters – mais j'm'en fiche. Les femmes, c'est des capricieuses. Mais si on fait semblant de rien, elles remarquent pas ce qu'on a fait. Remarquez bien que, *elle,* elle a l'œil à tout. On le croirait pas, pourtant, avec tout ce qu'elle a à faire pour diriger une école comme celle-ci.

Adam comprenait que le *elle* auquel il était si abondamment fait référence désignait Mlle Bulstrode.

— Et à qui que c'est-y donc que tu causais tout à l'heure ? reprit Briggs d'un ton soupçonneux. Oui, là, pendant que tu bouturais les bambous là-bas ?

— Bah ! c'était rien qu'une des demoiselles.

— Ah !... Une des Macaronis, qu'c'était, hein ? Faut faire gaffe, mon garçon. Les Macaronis, faut s'en méfier, et je sais ce que j'dis. Je les ai connus pendant la Grande Guerre, les Macaronis, et si j'avais su ce que je sais maintenant, j'aurais été plus prudent. Vu ?

— Elle ne faisait pas de mal, protesta Adam, boudeur. Elle passait juste l'temps avec moi, à me demander le nom de deux ou trois trucs.

— Ah ! Mais faut quand même faire gaffe. Faut rester à vot'place et pas parler à aucune des jeunes demoiselles. *Elle* aimerait pas ça.

— Je faisais pas de mal, et j'ai rien dit de mal non plus.

— Je disais pas ça, mon garçon. Je disais seulement qu'il y a ici tout un lot de jeunes donzelles entassées ensemble, avec même pas un professeur de dessin homme pour se changer les idées… Eh bien, faut faire gaffe. C'est tout. Ah ! v'là la vieille chouette qui arrive, maintenant. Elle veut quelque chose de difficile, c'est sûr.

Mlle Bulstrode approchait d'un pas rapide :

— Bonjour, Briggs. Bonjour… euh…

— Adam, mademoiselle.

— Ah ! oui, Adam. Eh bien, vous me semblez avoir parfaitement bêché cette plate-bande. Le grillage du court de tennis du fond est très abîmé, Briggs. Il ne faudrait pas tarder à vous en occuper.

— Très bien, mademoiselle, très bien. On verra ça.

— Qu'est-ce que vous allez planter ici ?

— Eh bien, mademoiselle, j'avais pensé à...

— *Pas* d'asters, dit Mlle Bulstrode sans laisser au jardinier le temps de répondre. Des dahlias pompons.

Elle repartit aussi vite qu'elle était venue.

— Elle débarque – et elle donne des ordres, grogna Briggs. Notez bien *qu'elle* a l'œil. Si le boulot a pas été fait comme il faut, *elle* le remarque tout d'suite. Et n'oublie pas c'que j'ai dit et sois prudent, mon garçon. Avec les Macaronis et les autres.

— Si elle est pas contente de moi, je saurai vite ce qui me reste à faire, gronda Adam. C'est pas les boulots qui manquent.

— Ah !... Vous, les jeunes d'aujourd'hui, vous êtes bien tous les mêmes. Vous acceptez pas un mot de personne. Tout ce que je te disais, c'est de faire gaffe.

Adam continuait d'afficher une mine maussade, mais il se remit au travail.

Mlle Bulstrode, les sourcils à peine froncés, marchait en direction du bâtiment principal.

Mlle Vansittart venait dans la direction opposée.

— Qu'il fait chaud, cet après-midi, dit-elle.

— Oui, c'est très lourd, étouffant.

Le froncement de ses sourcils s'accentua :

— Aviez-vous prêté attention à ce jeune homme – le jeune jardinier ?

— Non, pas particulièrement.

— Il me paraît… eh bien… d'un genre bizarre, avoua Mlle Bulstrode, pensive. On ne dirait pas un type du coin.

— Peut-être qu'il vient d'Oxford et qu'il cherche à gagner un peu d'argent.

— Il est beau garçon. Les filles le remarquent.

— Le problème habituel.

Mlle Bulstrode sourit :

— Concilier la liberté pour les filles *avec* une stricte supervision… C'est ce que vous voulez dire, Eleanor ?

— Oui.

— Nous veillerons au grain, affirma Mlle Bulstrode.

— Oui, évidemment. Vous n'avez jamais connu de scandale à Meadowbank, n'est-ce pas ?

— Nous l'avons frôlé, une fois ou deux, sourit Mlle Bulstrode. Ah ! on n'a pas une seconde d'ennui lorsque l'on dirige un collège. Avez-vous jamais trouvé ici la vie ennuyeuse, Eleanor ?

— Ça, certainement pas. Je trouve que mon travail est, à la fois, des plus stimulants et des plus épanouissants. Vous devez vous sentir très fière et très heureuse, Honoria, de votre belle réussite.

— J'estime que j'ai fait du bon travail, concéda Mlle Bulstrode, méditative. Rien, naturellement, n'est jamais ce que l'on avait imaginé de prime abord… Dites-moi, Eleanor, si vous dirigiez cet établissement à ma place, quels changements décideriez-vous ? N'ayez pas peur de me parler franchement. Votre avis m'intéresse.

— Je ne crois pas que je souhaiterais apporter le moindre changement, répondit Eleanor Vansittart. Il

102

me semble que l'esprit de ce collège et son organisation d'ensemble sont proches de la perfection.

— Vous entendez par là que vous poursuivriez dans la même ligne ?

— Oui, certes. Je ne pense pas que l'on puisse faire mieux.

Mlle Bulstrode marqua un instant de silence. « Je me demande, pensait-elle, si elle dit cela pour me plaire. Avec les gens, on ne sait jamais – on a beau avoir été proche d'eux longtemps. Ce n'est certainement pas cela qu'elle pense en réalité. Quiconque possède une once d'instinct créatif brûle d'envie d'apporter des changements. Il est vrai, cependant, que le dire ouvertement pourrait passer pour du manque de tact... Et le tact, c'est *très* important. Important pour les parents, important pour les filles, important pour le personnel. Eleanor ne manque certainement pas de tact. »

— Il doit tout de même y avoir en permanence des ajustements, n'est-ce pas ? reprit-elle à haute voix. Pour tenir compte de l'évolution des idées, j'entends, et des conditions de vie en général.

— Oh ! cela, oui, admit Mlle Vansittart. Il faut, comme l'on dit, vivre avec son temps. Mais c'est *votre* collège, Honoria. Vous en avez fait ce qu'il est, et la tradition que vous avez instituée constitue son essence même. Je pense qu'il est primordial de respecter les traditions, pas vous ?

Mlle Bulstrode ne répondit pas. Elle hésitait à prononcer des mots irrévocables. L'offre d'une association était dans l'air. Mlle Vansittart, quoiqu'elle ne parût pas consciente des bonnes dispositions de sa directrice, devait tout de même le sentir. Mlle Bulstrode ne savait

103

pas vraiment ce qui la retenait. Pourquoi rechignait-elle tellement à s'engager ? Probablement, s'avoua-t-elle sans ambages, parce qu'elle haïssait la perspective d'abandonner le pouvoir. Bien entendu, au fond d'elle-même, elle aurait voulu rester, continuer à diriger son collège. Mais, à coup sûr, il n'existait pas de successeur mieux désigné qu'Eleanor Vansittart. Si solide, si digne de confiance. Naturellement, sur ce terrain, on pouvait en dire autant de cette chère Chaddy – la solidité faite femme. Et, pourtant, il était difficile d'imaginer Chaddy en directrice d'un collège d'exception.

« Enfin, qu'est-ce que je *veux* ? se reprocha mentalement Mlle Bulstrode. Je deviens assommante. Vraiment, jusqu'à présent, l'indécision ne faisait pas partie de mes défauts. »

Une sonnerie retentit dans le lointain.

— Mon cours d'allemand, expliqua Mlle Vansittart. Il faut que je me dépêche.

Elle s'élança d'un pas rapide, mais digne, vers le bâtiment principal. Mlle Bulstrode, la suivant d'une démarche plus mesurée, faillit entrer en collision avec Eileen Rich qui débouchait à vive allure d'une autre allée.

— Oh ! je suis confuse, mademoiselle Bulstrode. Je ne vous avais pas vue.

Comme d'habitude, des cheveux s'échappaient de son chignon. Une fois de plus Mlle Bulstrode fut frappée par la laideur de l'ossature de son visage, un visage intéressant. Quelle étrange jeune femme, quelle forte personnalité !

— Vous avez cours ?

— Oui. Un cours d'anglais.

— Vous aimez l'enseignement, n'est-ce pas ? s'enquit Mlle Bulstrode.

— J'adore cela. Il n'est rien au monde de plus fascinant.

— Pourquoi ?

Eileen Rich s'arrêta net. Elle passa une main dans sa chevelure. Sous son effort de réflexion, elle plissait le front :

— Comme c'est intéressant. Je ne sais pas si j'y ai jamais réellement *pensé*. Pourquoi *aime-t-on* enseigner ? Est-ce parce que cela vous donne un sentiment d'importance ? Non, non… ce ne peut être aussi bas que cela. Non, c'est plus comme d'aller à la pêche, je crois. Vous ne savez pas d'avance ce que vous allez prendre, ce que vous retirerez de la mer. Ce qui compte, c'est la qualité de la *réaction* des élèves. C'est si exaltant de l'obtenir. On ne l'obtient pas souvent, naturellement.

Mlle Bulstrode approuvait de la tête : elle ne s'était pas trompée ! Cette fille avait quelque chose !

— Je pressens qu'un jour vous dirigerez votre propre école, dit-elle.

— Oh ! je l'espère, confirma Eileen Rich. Je l'espère de tout mon cœur. C'est ce qui me plairait par-dessus tout.

— Vous avez déjà des idées, n'est-ce pas, sur la manière de diriger un établissement scolaire ?

— Tout le monde a ses idées, je présume. Je reconnais que beaucoup de celles qui nous paraissent merveilleuses tourneraient peut-être au cauchemar si on les mettait à l'épreuve de la réalité. C'est là un risque, bien entendu. Mais il faudrait les expérimenter, apprendre à partir de l'expérience… Ce qu'il y a de terrible, c'est que l'on ne peut réellement profiter de l'expérience des autres, non ?

— Pas vraiment, non, convint Mlle Bulstrode. Dans la vie, chacun doit commettre ses propres erreurs.

— Dans l'existence, cela ne pose pas de problèmes. Dans la vie, on peut se reprendre en main, repartir de zéro et prendre un nouveau départ.

Elle crispa les poings. Son expression se durcit. Puis elle se détendit soudain et retrouva sa bonne humeur :

— Mais si une école part en morceaux, on ne peut guère les ramasser et recommencer, n'est-ce pas ?

— Si *vous*, vous dirigiez un collège comme Meadowbank, quels changements apporteriez-vous – quelles expériences tenteriez-vous ? interrogea Mlle Bulstrode.

Eileen Rich parut embarrassée :

— C'est… c'est affreusement difficile à dire.

— Cela signifie que vous changeriez des choses. Ne craignez pas de vous exprimer avec franchise.

— Je suppose que je souhaiterais toujours mettre en œuvre mes propres idées. Je ne dis pas qu'elles marcheraient. Il est bien possible que non.

— Mais le risque vaudrait la peine d'être pris ?

— Le jeu en vaut toujours la chandelle, non ? Quand les choses vous tiennent vraiment à cœur, j'entends.

— Vous ne répugnez pas à prendre des risques, constata Mlle Bulstrode. Je vois…

— Je crois que j'ai toujours mené une vie dangereuse, dit Eileen Rich, rembrunie. Mais je dois m'en aller. Mes élèves m'attendent.

Elle se hâta vers sa classe.

Mlle Bulstrode la suivit du regard. Elle était toujours là, perdue dans ses pensées, quand Mlle Chadwick arriva :

— Ah ! vous voilà. Nous vous cherchions partout. Le Pr Anderson vient tout juste de téléphoner. Il veut savoir si Meroe pourrait sortir le week-end prochain. Il sait que, si tôt dans le trimestre, c'est contraire au règlement, mais il doit brusquement partir en mission pour le… quelque chose comme l'Azurbajun.

— L'Azerbaïdjan, corrigea machinalement Mlle Bulstrode, encore dans ses réflexions.

— Pas assez d'expérience, murmura-t-elle à voix basse. C'est là le risque. Que me disiez-vous, Chaddy ?

Mlle Chadwick répéta le message :

— J'ai dit à Mlle Shapland de lui répondre que nous le rappellerions, et d'aller vous chercher.

— Dites-lui qu'il n'y a aucun problème. Je reconnais qu'il s'agit d'un événement qui mérite une exception.

Mlle Chadwick lui lança un regard aigu :

— Vous vous inquiétez, Honoria.

— Oui, c'est vrai. Je ne parviens pas à me décider. Chez moi, c'est inhabituel – et cela me dérange. Je sais ce que je voudrais faire – mais il me semble qu'il serait malhonnête à l'égard du collège de passer la main à quelqu'un qui manque de l'expérience requise.

— Je voudrais que vous abandonniez vos idées de retraite. C'est ici qu'est votre place. Meadowbank a besoin de vous.

— Meadowbank signifie beaucoup pour vous, n'est-ce pas, Chaddy ?

— Le collège n'a pas son pareil en Angleterre. Nous pouvons être fières de nous, vous et moi, de l'avoir créé.

Mlle Bulstrode lui enlaça affectueusement les épaules :

— Certes, Chaddy. Vous, vous êtes le réconfort de ma vie. Vous savez tout de Meadowbank. Vous l'aimez autant que moi. Et ce n'est pas peu dire, ma chère.

Mlle Chadwick rougit de plaisir : Honoria Bulstrode sortait rarement de sa réserve.

*

— Je ne peux tout simplement pas jouer avec cette cochonnerie. Elle ne vaut plus rien.

De désespoir, Jennifer jeta sa raquette par terre.

— Oh ! Jennifer, que d'histoires tu peux faire !

— C'est une question d'équilibre.

Elle la ramassa et esquissa un coup droit :

— Elle est faussée, déséquilibrée.

— Elle est quand même beaucoup mieux que mon bout de bois, dit Julia en les comparant. La mienne, ce n'est plus un tamis, on dirait un hamac ! Tu as déjà essayé de jouer au tennis avec un hamac ? Non, mais écoute un peu ce que ça donne.

Elle tenta d'en faire sonner les cordes :

— Nous avions l'intention de la faire recorder, mais maman a oublié.

— Je préférerais quand même avoir celle-là que la mienne, répondit Jennifer en esquissant avec la raquette de son amie quelques mouvements dans le vide.

— Eh bien, moi, je préférerais *la tienne*. Je pourrais au moins marquer un point de temps en temps. On fait un échange, si tu veux.

— Très bien, échangeons.

Les deux jeunes filles détachèrent le petit morceau d'adhésif qui portait leur nom et le recollèrent chacune sur la raquette de l'autre.

— Je te préviens, maintenant je ne reprendrai plus la mienne, avertit Julia. Alors, inutile que tu reviennes me dire que tu n'aimes pas mon vieux hamac.

*

Adam sifflotait gaiement en remontant le grillage qui entourait le court de tennis. La porte du pavillon des sports s'ouvrit. Mlle Blanche, le professeur de français aux allures de souris, apparut sur le seuil. Elle sembla surprise de voir le jeune jardinier. Après un instant d'hésitation, elle regagna l'intérieur.

« Je me demande ce qu'elle fabrique », se murmura Adam.

Il ne se serait douté de rien s'il n'y avait pas eu son comportement. Elle avait pris un air coupable, qui avait immédiatement engendré ses soupçons. Elle finit par ressortir, ferma la porte derrière elle et s'arrêta pour lui parler en arrivant à sa hauteur :

— Tiens ! je vois que vous réparez le grillage.

— Oui, mademoiselle.

— Il y a de très beaux courts de tennis, ici, sans parler de la piscine et du pavillon des sports. Oh ! le sport… Vous, en Angleterre, vous tenez le sport en haute estime, n'est-ce pas ?

— Je suppose que oui, mademoiselle.

— Vous-même, vous jouez au tennis ?

Les yeux de la jeune femme le jaugeaient de manière très féminine, et sa voix laissait transparaître comme une invite. Adam s'interrogea une fois de plus à son sujet. Il lui vint à l'esprit que Mlle Blanche n'était pas tout à fait le professeur de français qui convenait à Meadowbank.

— Non, mentit-il, je ne joue pas au tennis. J'ai jamais eu le temps.

— Vous jouez au cricket, alors ?

— Ouais, l'cricket, j'y ai joué, quand j'étais gamin. Comme tous les garçons.

— Je n'avais pas encore eu l'opportunité de venir jusqu'ici. Pas jusqu'à aujourd'hui. Mais il faisait si beau que j'ai pensé que c'était l'occasion rêvée pour venir voir le pavillon des sports. Je veux pouvoir le décrire dans une lettre à une de mes amies qui dirige une école en France.

De nouveau, Adam s'interrogea. Une explication aussi circonstanciée ne lui paraissait pas nécessaire. On eût presque dit que Mlle Blanche cherchait des excuses à sa présence dans le pavillon des sports. Or, pourquoi s'excuser ? Elle avait parfaitement le droit de se rendre où bon lui semblait à l'intérieur du domaine du collège. Et il était inutile de se justifier auprès d'un assistant jardinier. Dans l'esprit d'Adam, des questions se faisaient jour. Qu'est-ce que la jeune femme était venue faire dans le pavillon des sports ?

Songeur, il observa Mlle Blanche. Ce serait une bonne chose que d'en savoir un peu plus long sur elle.

Subtilement, délibérément, il changea d'attitude. Il se montrait toujours respectueux, mais plus tout à fait autant. Il permit à son regard de dire à la jeune femme qu'il la jugeait séduisante :

— Vous d'vez trouver quelquefois ennuyeux de travailler dans un collège de filles, mademoiselle, dit-il.

— Cela ne m'amuse pas beaucoup, non.

— Pourtant, je suppose que vous avez aussi du temps libre, non ?

Il y eut un court silence. Comme si elle débattait en elle-même. Et puis, Adam le ressentit non sans un léger regret, la distance qui les séparait fut volontairement élargie.

— Oh ! oui, répondit-elle. J'ai bien assez de loisirs. Mes conditions de travail sont excellentes, ici.

Elle fit un petit signe de la tête :

— Bonne journée.

Elle repartit en direction du bâtiment principal.

— Vous faisiez bel et bien quelque chose de louche dans le pavillon des sports, lâcha Adam entre ses dents.

Il attendit qu'elle soit hors de vue. Il abandonna alors sa tâche, se dirigea vers le pavillon et regarda à l'intérieur. Mais rien de ce qu'il put voir ne semblait avoir été dérangé.

— N'empêche, dit-il encore pour lui-même, c'est plus que louche.

En sortant, il bouscula Ann Shapland qui arrivait à l'improviste.

— Savez-vous où est Mlle Bulstrode ? demanda-t-elle.

— Je crois qu'elle est retournée là-bas, mademoiselle. Elle vient juste de parler à Briggs.

Ann fronçait les sourcils :

— Que faisiez-vous dans le pavillon des sports ?

Adam fut quelque peu pris au dépourvu. En tout cas, pensa-t-il, en voilà une qui avait l'esprit sacrément soupçonneux. Il répliqua, avec une légère nuance d'insolence :

— J'ai pensé comme ça que je pouvais venir y jeter un coup d'œil. Y a pas de mal à ça, non ?

— Ne devriez-vous pas plutôt continuer votre travail ?

— Je viens juste de finir d'accrocher le fil autour de ce court de tennis-là.

Il se retourna, désignant le pavillon :

— C'est tout neuf, hein ? Ça a dû coûter la peau des fesses. Les jeunes demoiselles, elles ont rien que le meilleur, pas vrai ?

— Elles paient pour cela, répliqua sèchement Ann.

— Les yeux d'la tête, à c'qu'on m'a dit.

Il éprouvait le désir, qu'il ne comprenait guère lui-même, de blesser cette fille ou de l'offenser. Elle était toujours si froide, si suffisante. Il aurait été réellement heureux de la voir en colère.

Mais elle ne lui accorda pas cette satisfaction.

— Vous feriez mieux d'achever la mise en place du grillage, se contenta-t-elle de dire.

Elle tourna les talons. À mi-chemin, elle ralentit le pas pour regarder en arrière. Adam s'activait. Elle observa le jeune jardinier et le pavillon des sports avec une expression de perplexité.

8

MEURTRE

De permanence de nuit au poste de police de Hurst St Cyprian, le sergent Green bâillait. Le téléphone sonna. Il s'empara du combiné. Un instant plus tard, son attitude avait complètement changé. Il prenait des notes à toute vitesse sur son bloc :

— Oui ? Meadowbank ? Oui… Et le nom ? Voulez-vous l'épeler, s'il vous plaît ? S-P-R-I-N… G comme George ? E-R. Springer. Oui. Oui, s'il vous plaît, veillez à ce que rien ne soit dérangé. Nous vous envoyons quelqu'un dans les plus brefs délais.

Rapidement, avec méthode, le sergent mit en route les procédures requises.

— Meadowbank ? dit l'inspecteur Kelsey quand il fut informé à son tour. C'est le collège de jeunes filles, non ? Et qui donc a été assassiné ?

« Mort d'un professeur de sport, médita-t-il un peu plus tard. On dirait le titre d'un roman policier bas de gamme. »

— À votre avis, qui pourrait avoir fait le coup ? lui demanda le sergent. Ça semble surréaliste.

— Même les professeurs de sport ont le droit d'avoir une vie amoureuse, répliqua l'inspecteur. Où ont-elles dit avoir trouvé le corps ?

— Dans le pavillon des sports. Je suppose que c'est comme ça qu'elles appellent leur gymnase.

— Peut-être bien. Mort d'un professeur de sport dans le gymnase. Ça nous fait un crime tout ce qu'il y a d'athlétique. Vous disiez qu'elle a été tuée par balle ?

— Oui.

— Elles ont retrouvé le pistolet ?

— Non.

— Intéressant.

Ayant rassemblé ses affaires, l'inspecteur Kelsey partit pour accomplir son devoir.

*

La porte d'entrée de Meadowbank était grande ouverte, éclairée *a giorno*, et l'inspecteur Kelsey y fut accueilli par Mlle Bulstrode en personne. Comme la plupart des gens du voisinage, il la connaissait de vue. Jusque dans ce moment de confusion et d'incertitude, Mlle Bulstrode demeurait plus que jamais maîtresse d'elle-même, dominant la situation et ses subordonnées.

— Inspecteur Kelsey, se présenta-t-il.

— Que souhaitez-vous voir d'abord, inspecteur ? Voulez-vous aller au pavillon des sports, ou préférez-vous un récit détaillé ?

— Le médecin légiste m'accompagne. Si on pouvait montrer, à lui et à deux de mes hommes, l'endroit où se trouve le corps, j'échangerais volontiers quelques mots avec vous.

— Certainement. Venez dans mon bureau. Mademoiselle Rowan, voudriez-vous montrer le chemin au docteur et à ces deux messieurs ?... Quelqu'un de chez nous veille à ce que l'on ne touche à rien, expliqua-t-elle à Kelsey.

— Merci beaucoup.

Il suivit Mlle Bulstrode dans son bureau, et reprit :

— Qui a découvert le corps ?

— Mlle Johnson, la gouvernante. Elle était occupée à soigner une de nos filles qui souffrait des oreilles lorsqu'elle a remarqué que les rideaux étaient mal tirés. Elle s'est levée pour les arranger. Elle a alors aperçu de la lumière dans le pavillon des sports. Ce qui n'aurait pas dû être le cas à 1 heure du matin, conclut-elle sèchement.

— En effet. Où se trouve Mlle Johnson maintenant ?

— Elle se tient à votre disposition, si vous voulez la voir.

— Tout à l'heure. Mais poursuivez, je vous prie.

— Mlle Johnson est allée réveiller Mlle Chadwick, un autre membre de l'administration du collège. Ensemble, elles ont décidé de partir voir sur place. Alors qu'elles sortaient par la petite porte, elles ont entendu un coup de feu. Elles ont couru aussi vite qu'elles le pouvaient vers le pavillon. En arrivant là-bas...

— Je vous remercie, mademoiselle Bulstrode, coupa l'inspecteur. Si, comme vous venez de me le dire, Mlle Johnson est à ma disposition, j'écouterai la suite de sa propre bouche. Mais, pour commencer, peut-être pourriez-vous me parler de la victime.

— Elle s'appelait Grace Springer.

— Elle était chez vous depuis longtemps ?

— Non, seulement depuis le début du trimestre. Mon ancienne professeur de sport est partie travailler en Australie.

— Et que saviez-vous au sujet de cette Mlle Springer ?

— Elle avait d'excellentes références, indiqua Mlle Bulstrode.

— Mais, avant cela, vous la connaissiez personnellement ?

— Non.

— Avez-vous la moindre idée, même la plus vague, de ce qui pourrait avoir provoqué ce drame ? Était-elle malheureuse ? Avait-elle des relations disons compliquées ?

Mlle Bulstrode secoua la tête :

— Rien, à ma connaissance... Je peux d'ailleurs dire que cette éventualité me paraît des plus improbables. Ce n'était pas du tout son genre.

— On a parfois de belles surprises, répliqua froidement l'inspecteur.

— Voulez-vous que je fasse venir Mlle Johnson ?

— S'il vous plaît, oui. Quand je l'aurai entendue, j'irai au gymnase – ou plutôt... comment l'appelez-vous ?... au pavillon des sports.

— C'est une construction qui a été ajoutée au collège cette année, expliqua Mlle Bulstrode. Il a été bâti à côté de la piscine, et il comprend un court de squash et diverses autres installations. Nous y entreposons les raquettes, ainsi que les crosses de hockey, et il dispose d'un local pour le séchage des maillots de bain.

— Voyez-vous une raison pour laquelle Mlle Springer aurait pu se trouver dans le pavillon en pleine nuit ?

116

— Absolument aucune, trancha Mlle Bulstrode.

— Très bien, mademoiselle Bulstrode. Je vais voir Mlle Johnson, maintenant.

Elle se leva, sortit, et revint avec la gouvernante. On avait administré à Mlle Johnson une bonne dose de cognac après la découverte du cadavre. Cela se traduisait par une propension à la loquacité légèrement plus marquée.

— Voici l'inspecteur Kelsey, lui dit Mlle Bulstrode. Remettez-vous, Elspeth, et dites-lui exactement ce qui s'est passé.

— C'est épouvantable, geignit Mlle Johnson, c'est vraiment épouvantable. Rien de pareil ne m'était jamais arrivé de toute ma vie. Jamais !... Je n'aurais pas pu le croire, ça, pas du tout. Et Mlle Springer, en plus !

L'inspecteur Kelsey ne manquait pas d'intuition. Lorsqu'il était frappé par un propos inhabituel, ou digne d'être explicité, il ne craignait jamais de s'éloigner des sentiers balisés et des questions ordinaires.

— Il vous semble donc très étrange, lança-t-il, que ce soit Mlle Springer que l'on ait assassinée, n'est-ce pas ?

— Eh bien, oui, inspecteur. Elle était tellement... comment dire ?... tellement taillée en force, vous savez. Le genre de femme à régler seule son compte à un cambrioleur – voire à plusieurs.

— Des cambrioleurs ? Hum !... Y avait-il quoi que ce soit à voler, dans le pavillon des sports ?

— Non, vraiment, là, je ne vois pas. À part des maillots de bain, bien sûr, et des accessoires de sport...

— Ça n'aurait pu tenter qu'un chapardeur, confirma Kelsey. Mais ça ne mérite pas une effraction. Y a-t-il eu effraction, à propos ?

— Eh bien, non, je n'ai pas pensé à regarder. Je veux dire que la porte était ouverte quand nous sommes arrivées et...

— Je vois. On s'est servi d'une clef. Mlle Springer était-elle aimée ?

— Ça, par exemple, je ne saurais le dire. Après tout, elle est morte, n'est-ce pas ?

— Donc, vous ne l'aimiez pas, trancha l'inspecteur, sans souci des sentiments intimes de Mlle Johnson.

— Je ne crois pas que quiconque aurait pu l'aimer beaucoup. Elle avait un comportement très affirmé, voyez-vous. Elle ne se gênait jamais pour contredire les gens de but en blanc. Mais elle était très efficace, et elle prenait son travail très au sérieux, je dirais. N'est-ce pas, mademoiselle Bulstrode ?

— Certainement, approuva la directrice.

Kelsey abandonna les chemins de traverse :

— Maintenant, mademoiselle Johnson, dites-moi seulement ce qui s'est passé.

— Jane, l'une de nos élèves, souffrait d'une otite. Elle s'est réveillée avec une forte crise, et elle est venue chez moi. Je lui ai donné des médicaments et, au moment d'aller me recoucher, j'ai vu que les rideaux battaient. Et j'ai pensé qu'en l'occurrence, il valait mieux que sa fenêtre soit fermée pendant la nuit, parce que le vent soufflait très fort dans cette direction. Naturellement, nos filles dorment toujours avec la fenêtre ouverte. Nous avons quelquefois des difficultés avec les étrangères, mais j'insiste toujours pour que...

118

— Peu importe, interrompit Mlle Bulstrode. Nos règlements en matière d'hygiène n'intéressent pas l'inspecteur Kelsey.

— Non, non, évidemment que non, enchaîna Mlle Johnson. Bon. Donc, comme je vous le disais, je suis allée fermer cette fenêtre. Et j'ai eu la surprise de voir de la lumière dans le pavillon des sports. C'était très net, je ne pouvais pas me tromper. On avait l'impression que quelqu'un se déplaçait à l'intérieur.

— Vous voulez dire que l'on n'avait pas actionné l'interrupteur, mais que c'était la lueur d'une lampe torche, ou d'une lampe de poche ?

— Oui, oui, c'est ce que ça devait être. J'ai pensé tout de suite : « Seigneur ! qu'est-ce qu'on peut faire là-bas à cette heure de la nuit ? » Je n'ai bien évidemment pas songé à des cambrioleurs. Ç'aurait été une idée idiote, comme vous venez juste de le dire.

— Qu'avez-vous imaginé, alors ? reprit l'inspecteur.

— Eh bien, je ne sais pas si j'ai eu une idée en particulier. Je veux dire que… Eh bien, à la vérité, il me semblait plutôt que…

Mlle Bulstrode intervint :

— J'imagine que Mlle Johnson a cru que l'une de nos élèves était sortie pour un rendez-vous avec je ne sais qui. Est-ce bien cela, Elspeth ?

Mlle Johnson tressaillit :

— Oui. C'est ce que j'ai pensé sur le moment. L'une de nos Italiennes, peut-être. Les étrangères sont tellement plus précoces que nos jeunes filles anglaises.

— Ne soyez pas trop nationaliste, lui intima Mlle Bulstrode. Nous ne manquons pas d'Anglaises qui souhaitent des rendez-vous des plus inopportuns. Mais il vous était bien naturel de penser cela. Et c'est probablement ce que j'aurais pensé moi aussi.

— Continuez, ordonna l'inspecteur.

— Il m'a donc semblé, reprit Mlle Johnson, que la meilleure chose à faire, c'était d'aller chez Mlle Chadwick et de lui demander de venir avec moi voir ce qui se passait.

— Pourquoi Mlle Chadwick ? Vous aviez un motif spécial pour choisir précisément ce professeur-là ?

— Bon, eh bien, je ne voulais pas déranger Mlle Bulstrode. Et j'ai bien peur que nous n'ayons l'habitude de nous adresser toujours à Mlle Chadwick quand nous ne souhaitons pas importuner Mlle Bulstrode. Voyez-vous, Mlle Chadwick est ici depuis très longtemps, et elle a une formidable expérience.

— Quoi qu'il en soit, résuma l'inspecteur, vous vous êtes rendue chez Mlle Chadwick, et vous l'avez réveillée. C'est bien cela ?

— Oui. Elle était d'accord avec moi, il fallait y aller sur-le-champ. Nous n'avons pas perdu une minute, pas même pour nous habiller, rien. Nous avons seulement enfilé des pull-overs et des manteaux, et nous sommes sorties par la petite porte. Et c'est juste à ce moment, quand nous étions dans l'allée, que nous avons entendu un coup de feu dans le pavillon des sports. Nous avons couru aussi vite que possible. Bêtement, nous n'avions pas pris de torche, et nous avions de la peine à voir où nous allions. Une ou deux fois, nous avons trébuché, mais nous sommes arrivées là-bas assez vite. La porte était ouverte. Nous avons actionné l'interrupteur et…

— Il n'y avait donc plus de lumière lorsque vous êtes parvenues là-bas, souligna Kelsey. Plus de lampe de poche ?

— Non. Là-bas, tout était dans l'obscurité. Nous avons donc allumé la lumière et nous l'avons vue. Elle…

— C'est très bien comme cela, coupa l'inspecteur avec gentillesse. Inutile de m'en dire davantage. Je vais y aller, et je verrai par moi-même. Vous avez croisé quelqu'un, en y allant ?

— Non.

— Ou entendu quelqu'un qui courait ?

— Non. Nous n'avons rien entendu.

Kelsey se tourna vers Mlle Bulstrode :

— Dans le bâtiment principal, quelqu'un a-t-il entendu le coup de feu ?

Elle secoua la tête :

— Non. Pas que je sache. Personne ne m'a dit avoir entendu quoi que ce soit. Le pavillon des sports est situé assez loin, et je doute fort qu'il soit possible d'entendre un coup de feu qui en provienne.

— Même pas quelqu'un dont la chambre donnerait de ce côté-là ?

— Je n'y crois guère, sauf si l'on s'y attendait. Je suis persuadée que le bruit ne serait pas assez fort pour réveiller quiconque.

— Eh bien, merci, conclut l'inspecteur. Je vais aller voir le pavillon, maintenant.

— Je vous accompagne, décida Mlle Bulstrode.

— Souhaitez-vous que je vienne aussi ? proposa Mlle Johnson. C'est comme vous voulez. Rien ne sert de se boucher les yeux. J'ai toujours pensé qu'il faut savoir affronter les réalités quelles qu'elles soient, et…

— Merci, sourit Kelsey. Mais ce ne sera pas nécessaire. Je ne tiens pas à vous infliger d'autres épreuves.

— C'est si affreux, s'émut-elle. Et, pour moi, ça rend pire encore le fait que je ne l'aimais pas. D'ailleurs, pas plus tard qu'hier soir, nous avions eu une dispute dans la salle des professeurs. Moi, j'affirmais que trop d'éducation physique, c'était mauvais pour certaines de nos filles… les plus fragiles. Mlle Springer soutenait que j'étais stupide, que c'était justement celles-là auxquelles ça faisait le plus de bien. Que ça leur donnait du tonus et que ça en faisait des femmes, disait-elle. Je lui ai rétorqué qu'elle n'avait pas la science infuse, même si elle pensait le contraire. Après tout, moi, j'ai été formée à ça, et j'en sais bien plus sur les fragilités et sur les maladies que n'en sait Mlle Springer – qu'elle n'en savait, veux-je dire – encore que je sois prête à admettre qu'elle connaissait tout des barres parallèles, du cheval d'arçon et de l'enseignement du tennis. Mais, Seigneur ! maintenant que je repense à ce qui s'est passé, je voudrais bien n'avoir jamais dit ce que je lui ai dit. J'imagine qu'on se sent toujours comme ça après un drame. Je me le reproche, je me le reproche sincèrement. Je…

— Allons, allons, ma chère, asseyez-vous, lui ordonna Mlle Bulstrode en la poussant vers le canapé. Calmez-vous, restez tranquille et cessez de vous tourmenter au sujet des petits conflits que vous pouvez avoir eus. La vie serait bien ennuyeuse si nous étions d'accord sur tout.

122

Mlle Johnson s'installa, et se mit à bâiller. Mlle Bulstrode suivit l'inspecteur Kelsey dans le hall.

— Je lui ai donné beaucoup de cognac, s'excusa-t-elle. Ça l'a rendue un peu bavarde. Mais pas incohérente, non ?

— Certes non. Elle m'a fourni un récit très clair des événements.

La directrice conduisit l'inspecteur à la petite porte.

— C'est par là que Mlle Chadwick et Mlle Johnson sont sorties ? demanda-t-il.

— Oui. Vous voyez qu'elle donne sur l'allée qui mène au pavillon par le massif de rhododendrons.

L'inspecteur s'était muni d'une torche puissante. Mlle Bulstrode et lui arrivèrent bientôt au pavillon, maintenant éclairé à plein.

— Belle construction, commenta Kelsey.

— Cela nous a coûté beaucoup d'argent, répliqua Mlle Bulstrode. Mais nous pouvions nous l'offrir, ajouta-t-elle avec sérénité.

La porte ouvrait sur une pièce de vastes dimensions. On y voyait des casiers, qui portaient les noms des élèves. Au fond, il y avait des râteliers pour les raquettes et pour les crosses. Sur le côté, un passage menait vers les douches et les vestiaires. L'inspecteur observa une pause avant d'aller plus loin. Deux de ses hommes s'affairaient. Un photographe en terminait avec son travail, tandis qu'un autre recherchait des empreintes.

— Vous pouvez y aller franco, patron, dit ce dernier. Il n'y a pas de problème. C'est de ce côté-ci qu'on n'a pas encore fini.

Kelsey se rapprocha du médecin légiste qui examinait toujours le cadavre.

— On lui a tiré dessus à un mètre cinquante, à peu près, annonça l'homme de l'art en relevant la tête. La balle a traversé le cœur. La mort doit avoir été quasi instantanée.

— Oui. Il y a combien de temps ?

— Je dirais une heure à peu près.

Kelsey hocha la tête. Il se tourna vers la haute silhouette de Mlle Chadwick qui, appuyée contre le mur, la mine défaite, semblait monter la garde. Dans les cinquante-cinq ans, jugea-t-il. Un beau front, des lèvres têtues, des cheveux gris en désordre, et pas trace d'hystérie. Le genre de femme, estima l'inspecteur, auquel on pouvait se fier en période de crise alors qu'on l'aurait négligée dans la vie de tous les jours.

— Mademoiselle Chadwick ? demanda-t-il.

— Oui.

— Vous êtes arrivée ici avec Mlle Johnson et vous avez découvert le corps ensemble ?

— Oui. C'était comme maintenant. Elle était morte.

— À quelle heure ?

— J'ai regardé ma montre quand Mlle Johnson m'a réveillée. Il était 0 h 50.

Kelsey hocha la tête. Cela coïncidait avec l'horaire que lui avait fourni Mlle Johnson. Pensif, il contemplait la morte. Ses cheveux roux étaient coupés court. Semé de taches de rousseur, son visage possédait un menton proéminent. Son corps était celui d'une sportive. Elle portait une jupe de tweed et un pull-over sombre. Aux pieds, elle avait des mocassins, sans bas.

— Pas trace d'une arme ? s'enquit l'inspecteur.

L'un de ses hommes fit non de la tête :

— Pas la moindre trace, patron.

— Et la lampe torche ?

— Il y en a une, là, dans le coin.

— Des empreintes ?

— Oui. Celles de la morte.

— C'était donc elle qui tenait cette fameuse lampe, dit l'inspecteur, pensif. Elle est venue ici avec une torche – pourquoi ?

La question s'adressait aussi bien à lui-même qu'à ses hommes et à Mlle Chadwick. En fin de compte, son attention parut se concentrer sur elle.

— Une idée ? demanda-t-il.

Mlle Chadwick fit non de la tête :

— Pas la moindre, elle avait peut-être oublié quelque chose ici – dans l'après-midi ou dans la soirée – qu'elle est revenue chercher. Mais, au beau milieu de la nuit, ça me paraît peu vraisemblable.

— Si elle l'a fait, ce devait être quelque chose de très important, releva Kelsey.

Il lança un coup d'œil circulaire : à première vue, on n'avait rien dérangé. Sauf le râtelier à raquettes du fond, que l'on semblait avoir tiré violemment en avant. Plusieurs raquettes gisaient sur le sol.

— Naturellement, dit Mlle Chadwick, elle pourrait avoir vu la lumière, comme Mlle Johnson un peu avant, et être venue vérifier. C'est ce qui me paraît le plus plausible.

— Vous avez sans doute raison, approuva l'inspecteur. Dites-moi : Serait-elle venue ici toute seule ?

— Oui, répondit Mlle Chadwick sans hésitation.

— Mlle Johnson est venue chez vous et vous a réveillée, lui rappela Kelsey.

— Je sais. Et c'est ce que j'aurais fait, moi, si j'avais vu cette lumière. J'aurais été trouver Mlle Bulstrode, ou Mlle Vansittart, ou quelqu'un d'autre. Mais ce n'était pas le style de Mlle Springer. Elle était très sûre d'elle – et elle était du genre à préférer régler elle-même le sort de l'intrus.

— Autre chose, encore. Avec Mlle Johnson, vous avez emprunté la petite porte. Elle n'était pas fermée à clef ?

— Non.

— Peut-on présumer que Mlle Springer l'avait laissée ouverte ?

— Cela me paraît une conclusion évidente, confirma Mlle Chadwick.

— Donc, résuma l'inspecteur, il nous faut supposer que Mlle Springer a vu une lumière dans le gymnase – ou dans le pavillon des sports, peu importe – et que la personne qui s'y était introduite, quelle qu'elle soit, lui a tiré dessus.

Le policier se tourna vers Mlle Bulstrode, immobile sur le seuil.

— Ça se tient, vous pensez ? interrogea-t-il.

— Pas du tout, répliqua la directrice de Meadowbank. Je vous accorde le premier acte. Admettons que Mlle Springer ait vu une lumière, et qu'elle ait voulu venir voir. Cela, c'est tout à fait probable. Mais que la personne qu'elle aurait dérangée lui tire dessus – je n'y crois pas. Un intrus aurait sans doute pris la fuite ou du moins aurait-il essayé. Pourquoi quelqu'un serait-il venu ici aux petites heures avec un pistolet ? C'est ridicule. Voilà ce que c'est. Ridicule !... Il n'y a rien ici qui vaille la peine qu'on le vole, et certainement rien qui vaille un meurtre.

126

— Vous pensez qu'il est plus vraisemblable que Mlle Springer ait interrompu un rendez-vous ?

— C'est la première chose à laquelle j'ai pensé et qui me semble l'hypothèse la plus probable. Mais elle n'expliquerait pas l'assassinat, n'est-ce pas ? Mes pensionnaires ne se promènent pas avec des pistolets, et les jeunes gens qu'elles pourraient avoir envie de rencontrer ne sont pas du genre à porter une arme non plus.

L'inspecteur approuva :

— Les éventuels galants n'auraient, au mieux, qu'un couteau à cran d'arrêt. Disons donc que Mlle Springer est sortie pour retrouver un homme qui…

— Oh ! non, pas Mlle Springer, rit soudain Mlle Chadwick.

— Je ne pensais pas forcément à un rendez-vous amoureux, corrigea l'inspecteur. Je formulais seulement l'hypothèse qu'il s'agissait d'un assassinat prémédité. Et que celui ou celle qui avait décidé de tuer Mlle Springer avait tout combiné pour la rencontrer ici, et pour l'y assassiner.

9

LE CHAT ET LES PIGEONS

Lettre de Jennifer Sutcliffe à sa mère :

Chère maman,
Un meurtre a été commis au collège la nuit dernière. Mlle Springer, la prof de gym a été assassinée. Ça s'est passé au milieu de la nuit. Les policiers sont arrivés et, ce matin, ils posent des questions à tout le monde.
Mlle Chadwick nous a dit de n'en parler à personne, mais j'ai pensé que vous aimeriez être au courant.
Affectueusement,
Jennifer

*

Meadowbank était un établissement d'une importance suffisante pour que le chef de la police du comté prenne le soin de se déplacer en personne. Pendant que l'enquête de police suivait son cours, Mlle Bulstrode n'était pas restée inactive. Elle avait appelé au téléphone un magnat de la presse et le ministre de l'Intérieur, qui figuraient tous deux au nombre de ses amis personnels. Grâce à quoi les journaux n'avaient accordé qu'une place minime au fait divers. Une professeur de sport avait été retrouvée morte dans le gymnase du collège. Elle avait été tuée d'un coup de feu. On n'avait pas encore déterminé s'il s'agissait ou non d'une mort accidentelle. À la lecture de la plupart des articles, on avait presque l'impression que si la professeur de sport avait été assassinée, c'était certainement un peu de sa faute.

Ann Shapland s'affaira toute la journée à expédier des lettres aux parents. Mlle Bulstrode n'avait pas gaspillé un temps précieux à ordonner à ses pensionnaires de garder le silence. Elle savait que ç'aurait été peine perdue. Des récits plus ou moins sensationnels seraient à coup sûr envoyés à des familles ou à des tuteurs anxieux. Elle tenait à ce que son propre compte rendu du drame, sobre et raisonnable, leur parvienne en même temps.

Vers la fin de l'après-midi, elle tint un conclave avec M. Stone, le chef de la police susnommé, et l'inspecteur Kelsey. Les policiers étaient parfaitement satisfaits de voir la presse accorder à l'événement le moins d'importance possible. Cela leur permettait de poursuivre leur enquête tranquillement, sans être gênés aux entournures.

— Je suis désolé de ce qui vous arrive, Mlle Bulstrode, vraiment désolé, compatit M. Stone. Je veux bien croire que ce soit… eh bien… mauvais pour vous.

— Un meurtre est mauvais pour n'importe quel collège, certes, convint Mlle Bulstrode. Mais il ne sert à rien d'insister là-dessus maintenant. Nous survivrons à cette crise, comme nous avons survécu à d'autres tempêtes. Tout ce que j'espère, c'est que cette affaire sera réglée *rapidement*.

— Je ne vois pas pourquoi elle ne le serait pas, hein ?

M. Stone regardait Kelsey.

— Notre travail sera facilité quand nous connaîtrons le passé de la victime, répondit l'inspecteur.

— Vous le croyez vraiment ? lança Mlle Bulstrode, dubitative.

— Quelqu'un avait peut-être des raisons de lui en vouloir, glissa Kelsey.

Mlle Bulstrode ne répliqua pas.

— Vous pensez que ce meurtre est lié à Meadowbank ? reprit M. Stone.

— L'inspecteur Kelsey en est persuadé, dit Mlle Bulstrode. Il essaie seulement de me ménager.

— Je crois en effet que l'affaire a un lien avec Meadowbank, concéda lentement l'inspecteur. Après tout, Mlle Springer avait autant de temps libre que tous les autres membres du personnel. Elle pouvait voir qui elle voulait à l'heure et à l'endroit de son choix. Pourquoi aurait-elle choisi le gymnase, et au milieu de la nuit ?

— Vous ne voyez pas d'objection à une fouille des locaux, mademoiselle Bulstrode ? interrogea le chef de la police.

— Aucune. Vous recherchez le pistolet, ou le revolver, ou l'arme du crime, je présume ?

— Oui. L'arme était un pistolet de petit calibre, de fabrication étrangère.

— Étrangère, répéta Mlle Bulstrode, pensive.

130

— À votre connaissance, est-ce qu'un des membres de votre personnel ou une des élèves avait un tel pistolet en sa possession ?

— Certainement pas à ma connaissance. En tout cas pas une des élèves, j'en suis pratiquement certaine. On défait leurs bagages à leur arrivée et un tel objet aurait été remarqué et, je peux vous le certifier, aurait provoqué bien des commentaires. Mais je vous en prie, inspecteur, agissez comme bon vous semble dans ce domaine. J'ai vu vos hommes fouiller le parc aujourd'hui.

Kelsey hocha la tête :

— Oui. J'aimerais aussi interroger les autres membres du personnel. L'une ou l'autre peut avoir entendu une remarque de Mlle Springer qui nous mettrait sur une piste. Ou bien avoir observé un comportement étrange.

Il marqua une pause, puis :

— Il faudrait bien évidemment poser la même question aux élèves.

— Je me propose de m'adresser brièvement aux pensionnaires ce soir, après la prière, enchaîna Mlle Bulstrode. Je leur dirai que si certaines d'entre elles savent quoi que ce soit qui ait un rapport avec la mort de Mlle Springer, elles doivent venir m'en parler.

— Très bonne idée, approuva le chef de la police.

— Mais, avertit Mlle Bulstrode, vous devez vous souvenir de ceci : il est possible que l'une ou l'autre de nos élèves veuille faire l'intéressante et exagère un incident minime, ou même en invente un. Les jeunes filles sont susceptibles d'actes très étranges. Enfin j'imagine que vous avez l'habitude de cette forme d'exhibitionnisme.

— J'ai déjà rencontré cela, en effet, confirma Kelsey. Maintenant, donnez-nous, s'il vous plaît, la liste de votre personnel, sans oublier les domestiques.

*

— J'ai vérifié tous les placards du pavillon, patron.

— Et vous n'avez rien trouvé d'intéressant ? interrogea Kelsey.

— Non, patron, rien d'important. Des trucs marrants dans certains, mais rien d'intéressant pour nous.

— Aucun n'était fermé à clef, n'est-ce pas ?

— Ils sont munis de serrures, et les clefs étaient dessus. Mais aucun n'était fermé.

Kelsey, pensif, contemplait le sol nu. Les raquettes de tennis et les crosses de hockey avaient été soigneusement replacées sur leurs râteliers.

— Enfin bon, dit-il, je vais retourner au bâtiment principal pour m'entretenir avec le personnel.

— Vous pensez que le crime a été commis par quelqu'un de l'intérieur, patron ?

— C'est bien possible. Personne n'a d'alibi, sauf Mlle Chadwick et Mlle Johnson, et cette petite Jane qui souffrait des oreilles. Théoriquement, toutes les autres étaient au lit et dormaient, mais il n'y a personne pour le certifier. Les filles ont des chambres individuelles et le personnel aussi, bien entendu. N'importe laquelle, y compris Mlle Bulstrode, a pu sortir pour retrouver Mlle Springer ici ou l'avoir suivie. Et puis, après l'avoir abattue, on s'est glissé

132

dans les bosquets jusqu'à la petite porte, et on était sagement au lit avant que l'alerte soit donnée. Mais c'est le mobile qui pose problème. Oui, c'est le mobile. À moins qu'il ne se passe ici des choses que nous ignorions, il ne semble pas qu'il y ait réellement un mobile.

Il quitta le pavillon et se dirigea à pas lents vers le collège. Malgré l'heure tardive, le vieux Briggs, le jardinier, accomplissait encore de menus travaux sur un massif de fleurs. Il se redressa au passage de l'inspecteur.

— Vous travaillez bien tard, lui sourit Kelsey.

— Ah ! répliqua Briggs, les petits jeunes, ils savent pas ce que c'est, le jardinage. Venir à 8 heures et filer à 5 – c'est ça qu'ils croient que c'est. Mais faut regarder le temps qu'il fait. Y a des jours où c'est même pas la peine d'aller au jardin. Et y en a d'autres qu'il faut travailler depuis 7 heures du matin jusqu'à 8 heures du soir. C'est-à-dire, si vous aimez votre jardin et que vous en avez l'orgueil.

— Vous pouvez être fier de celui-là, le félicita l'inspecteur. Je n'ai jamais rien vu d'aussi bien tenu, surtout par les temps qui courent.

— Par les temps qui courent, c'est le mot. Mais moi, je suis un veinard. J'ai un jeune costaud qui travaille pour moi. Et puis une paire de gamins. Mais ils sont pas bons à grand-chose. Comme la plupart des jeunes, d'ailleurs. Ils préfèrent tous aller à l'usine, ou devenir employés et travailler dans un bureau. Ils veulent pas se salir les mains avec un peu de bonne terre. Mais moi, comme je vous le disais, j'ai de la chance. Je me suis trouvé quelqu'un de bien qui est venu et qui s'est proposé de lui-même.

— Récemment ? s'enquit Kelsey.

— Au commencement du trimestre. Adam, qu'il s'appelle. Adam Goodman.

— Je ne crois pas avoir entendu parler de lui.

— Un jour de congé, qu'il m'a demandé. Je lui ai donné. Il me semblait pas qu'il y avait grand-chose de bon à faire avec vos types, là, à piétiner de partout.

— Quelqu'un aurait dû m'en parler, grinça l'inspecteur.

— Ça veut dire quoi, vous en parler ?

— Il n'est pas sur ma liste. La liste de gens employés ici, j'entends.

— Bah ! vous pourrez le voir demain. Remarquez bien qu'il m'est avis qu'il aura rien à vous dire.

— On ne sait jamais, répondit Kelsey.

Un jeune homme costaud qui était venu de lui-même se faire embaucher au début du trimestre ?... L'inspecteur estimait que, pour la première fois, il venait de tomber sur un élément sortant un peu de l'ordinaire.

*

Comme à l'accoutumée, les élèves s'assemblèrent dans le hall pour la prière du soir. Mais, cette formalité achevée, Mlle Bulstrode leva la main pour les retenir :

— J'ai quelque chose à dire à vous toutes. Comme vous le savez, Mlle Springer a été tuée la nuit dernière dans le pavillon des sports. Si, la semaine dernière, l'une d'entre vous a vu ou entendu quoi que ce soit – un geste quelconque qui vous aurait étonnées de la part de Mlle Springer, une phrase qu'elle pourrait avoir dite ou qui vous semblerait avoir une significa- tion particulière, je souhaiterais le savoir. Vous pouvez venir me voir ce soir, n'importe quand, dans mon bureau.

— Ah ! soupira Julia Upjohn pendant que les pen- sionnaires s'en allaient, comme j'aimerais que nous sachions quelque chose. Mais nous ne savons rien, n'est-ce pas, Jennifer ?

— Non, répondit Jennifer. Naturellement non.

— Mlle Springer a toujours paru tellement banale. Bien trop banale pour qu'on la tue mystérieusement.

— Je suis persuadée qu'il n'y a rien eu de mysté- rieux là-dedans, décida Jennifer. C'est sûrement un cambrioleur.

— Qui en voulait à nos raquettes de tennis, ricana Julia.

— Peut-être que quelqu'un la faisait chanter, sug- géra une autre jeune fille avec enthousiasme.

— À propos de quoi ? s'enquit Jennifer.

Mais personne ne put trouver de raison pour qu'on ait pu vouloir exercer un chantage sur Mlle Springer.

*

L'inspecteur Kelsey débuta l'interrogatoire du per- sonnel de Meadowbank en auditionnant Mlle Vansit- tart. Une belle femme, nota-t-il. Quarante ans, sans doute, ou un peu plus peut-être. Grande, solidement charpentée, cheveux gris impeccablement coiffés. De la dignité et du maintien, pensa-t-il, une femme consciente de sa propre importance. Assez semblable à Mlle Bulstrode en fait : enseignante jusqu'au bout des ongles. Et cependant, réfléchissait-il, Mlle Bulstrode possédait une qualité que Mlle Vansittart n'avait pas. Il y avait chez Mlle Bulstrode un côté inattendu. L'inspecteur ne croyait pas qu'il pût jamais y avoir quoi que ce soit d'inattendu chez Mlle Vansittart.

Commença alors le jeu habituel des questions et des réponses. Mlle Vansittart n'avait rien vu, rien remarqué, rien entendu. Mlle Springer, estimait-elle, accomplissait admirablement son travail. Son comportement, certes, n'avait pas été dépourvu d'une certaine rudesse, mais rien d'exagéré. Peut-être n'avait-elle pas une personnalité très attirante, mais ce n'était pas réellement nécessaire chez un professeur de sport. Il valait mieux, en fait, ne pas avoir des professeurs à la personnalité attirante. Il n'était pas souhaitable que les élèves s'attachent trop à leurs enseignantes. Ayant ainsi apporté à l'enquête une contribution nulle, Mlle Vansittart se retira.

— Elle ne voit rien de mal, elle n'entend rien de mal et elle ne pense à rien de mal. Comme les trois singes, observa le sergent Percy Bond qui assistait l'inspecteur Kelsey.

— C'est à peu près ça, sourit Kelsey.

— Il y a quelque chose chez les enseignantes qui me fiche le bourdon, reprit Bond. Elles me terrorisent depuis que je suis tout petit. J'en ai eu une, une vraie catastrophe. Distante et prétentieuse au point qu'on ne comprenait même pas ce qu'elle essayait de nous apprendre.

Eileen Rich fut le second témoin à comparaître. « Laide comme ça n'est pas permis », pensa Kelsey en la voyant, avant de nuancer son jugement ; elle avait quand même un certain charme. Il se lança dans la litanie des questions, mais les réponses ne furent pas aussi ordinaires qu'il s'y était attendu. Après avoir expliqué que non, elle n'avait rien entendu ou remarqué de particulier dans ce qu'on avait dit de Mlle Springer, ou dans ce que la victime avait elle-même pu dire, Eileen Rich lâcha une phrase que l'inspecteur n'avait pas prévue.

Il avait demandé :

— Autant que vous le sachiez, personne ne nourrissait envers elle de ressentiment personnel, n'est-ce pas ?

— Oh ! non, répondit-elle avec vivacité. Ce n'était pas possible. Du reste, je pense que c'était son drame, vous savez. Mlle Springer n'était pas quelqu'un que l'on puisse jamais détester.

— Tiens ! qu'entendez-vous au juste par là, mademoiselle Rich ?

— Je veux dire que ce n'était pas une personne que qui que ce soit pouvait avoir envie de supprimer. Tout ce qu'elle faisait, tout ce qu'elle était restait superficiel. Elle lassait les gens. Ils échangeaient souvent avec elle des propos très vifs, mais cela ne signifiait rien. Rien de profond. Je suis sûre qu'elle n'a pas été tuée *pour elle-même*, si vous voyez ce que je veux dire.

— Je ne suis pas tout à fait sûr de vous suivre, mademoiselle Rich.

— Eh bien, j'estime que s'il s'était agi d'un hold-up contre une banque, elle aurait très bien pu être la caissière qui se fait tuer. Mais ç'aurait été en tant que caissière, pas en tant que Grace Springer. Elle n'était pas le genre de femme à susciter un amour ou une haine assez forts pour que quelqu'un veuille se débarrasser d'elle. Je pense que, probablement, elle le ressentait elle-même sans pouvoir le formuler, et que c'est cela qui la rendait si ennuyeuse. Toujours à repérer ce qui n'allait pas, voyez-vous, à appliquer le règlement, à guetter et à découvrir ce que faisaient certaines quand elles ne l'auraient pas dû, et à les dénoncer.

— À espionner ? demanda Kelsey.

— Non, pas exactement, précisa Eileen Rich. Elle ne se serait pas promenée en cachette pour fouiner, rien de ce genre. Mais si elle tombait sur quelque chose qu'elle ne comprenait pas, elle était déterminée à tirer l'affaire au clair. Et elle finissait par en avoir le cœur net.

— Je vois… Vous-même, vous ne l'aimiez pas beaucoup, n'est-ce pas, mademoiselle Rich ?

— Je ne crois pas avoir jamais pensé à son cas. Pour moi, elle n'était que le professeur de sport. Oh ! que c'est affreux à dire, de n'importe qui ! Seulement ceci – seulement cela !… Mais c'était bien ainsi qu'elle envisageait elle-même son travail. Ce n'était qu'un travail qu'elle se faisait une fierté de bien accomplir. Cela ne l'amusait pas. Elle ne s'enthousiasmait pas lorsqu'elle découvrait qu'une fille avait le potentiel pour devenir une championne de tennis, ou d'une des disciplines de l'athlétisme. Elle n'en éprouvait ni joie ni sentiment de triomphe.

Kelsey jeta à Eileen Rich un regard curieux. Bizarre jeune femme que celle là, pensa-t-il.

— Vous semblez avoir des idées très personnelles des choses, mademoiselle Rich, commenta-t-il.

— Oui. Oui, peut-être bien.

138

— Depuis combien de temps êtes-vous à Mea-dowbank ?

— À peine un peu plus d'un an et demi.

— Il n'y a jamais eu de problème auparavant ?

— À Meadowbank ?

Elle paraissait surprise.

— Oui.

— Oh ! non. Tout s'est toujours très bien passé, jusqu'à ce trimestre.

Kelsey insista :

— Qu'est-ce qui cloche ce trimestre ? Ce n'est pas au meurtre que vous faites allusion, n'est-ce pas ? Vous pensez à autre chose...

— Non, je... enfin, oui, peut-être – mais c'est si vague.

— Précisez.

— Ces derniers temps, Mlle Bulstrode semble moins heureuse. Vous ne le remarqueriez pas du reste. Je ne crois pas que quelqu'un d'autre s'en soit aperçu. Mais moi, oui. Et elle n'est pas la seule à être malheureuse. Mais là, je vous parle de ce que les gens ressentent, de cette sensation que l'on éprouve lorsque l'on se retrouve enfermées toutes ensemble et que l'on pense trop à un problème particulier, ce n'est pas ce qui vous intéresse, n'est-ce pas ? Votre ques-tion, c'était : est-ce qu'il y avait quelque chose qui paraissait ne pas coller, précisément depuis la rentrée. Je ne me trompe pas, je crois ?

— Non, confirma Kelsey en l'observant avec curiosité. Non, en effet. Eh bien ?

— Je pense que quelque chose ne colle effective-ment pas ici, répondit-elle avec lenteur. C'est comme s'il y avait parmi nous une étrangère...

Elle le regarda, sourit, rit presque :

— Le chat au milieu des pigeons, ou le loup dans la bergerie, quelque chose comme cela. Nous sommes toutes des pigeons, nous autres, et le chat est là. Mais nous ne savons pas qui il est.

— C'est très flou, mademoiselle Rich.

— Oui, n'est-ce pas ? Cela paraît complètement idiot. Je m'en rends compte moi-même. En fait, ce que je voulais dire, c'est qu'il y a eu quelque chose – une toute petite chose – qui a attiré mon attention. Mais je ne sais pas quoi.

— À propos de quelqu'un en particulier ?

— Non, il n'y a que cela, je vous l'ai dit. Je ne sais pas qui c'est. La seule manière dont je puisse vous le résumer, c'est de dire qu'il y a ici quelqu'un qui… je ne sais pas comment… qui ne colle pas ! Qu'il y a ici quelqu'un – je ne sais pas qui – qui me met mal à l'aise. Pas quand je la regarde, mais quand elle me regarde moi, parce que, quoi que cela puisse être, c'est à ce moment-là que ça se produit. Oh ! je deviens encore plus incohérente que tout à l'heure. Et puis, de toute façon, ça n'est qu'une intuition. Ce n'est pas ce que vous désirez. Ce n'est pas un élément de preuve.

— Non, déplora Kelsey. Ce n'est pas un élément de preuve. Pas encore. Mais c'est intéressant. Et si vos intuitions se précisent, Mlle Rich, je serai heureux de les entendre.

Elle hocha la tête :

— Oui. Parce que c'est sérieux, non ? Je veux dire par là que quelqu'un a été tué – nous ne savons pas pourquoi –, et que l'assassin peut déjà être à des kilomètres. Ou, à l'inverse qu'il peut se trouver encore dans l'enceinte du collège. Et si tel est le cas, ce revolver, ou ce pistolet, ou je ne sais, s'y trouve aussi. Ce qui n'est pas une idée très rassurante, non ?

Alors, elle fit un petit salut avec la tête et sortit.

— Cinglée, déclara le sergent Bond. Vous ne croyez pas ?

Non, trancha Kelsey. Je ne crois pas qu'elle soit cinglée. Je crois qu'elle est ce que l'on peut appeler quelqu'un d'hypersensible. Vous savez, comme ces gens qui sentent qu'il y a un chat dans la pièce long-temps avant de l'avoir vu. Si elle était née dans une tribu africaine, elle serait devenue une sorcière gué-risseuse.

— Ces femmes qui flairent le mal ? interrogea Bond.

— C'est cela, Percy. Et c'est exactement ce que je suis en train de faire en ce moment. Personne ne nous a apporté de faits concrets, donc il faut que je flaire les choses. Nous allons voir la Française, maintenant.

10

UNE HISTOIRE À DORMIR DEBOUT

Pas de maquillage, des cheveux bruns coiffés avec netteté mais sans grâce, un tailleur sévère. À vue de nez, on aurait donné trente-cinq ans à Mlle Angèle Blanche.

Avec un fort accent et dans un anglais assez mal maîtrisé, elle expliqua que c'était là son premier trimestre à Meadowbank et qu'elle n'était pas persuadée de souhaiter y rester trois mois de plus.

— Vivre dans un collège où l'on vous assassine n'a rien de particulièrement attrayant, dit-elle d'un ton désapprobateur.

Il ne semblait pas, ajouta-t-elle, qu'il y ait eu de système d'alarme contre les cambriolages – et cela, c'était dangereux.

— Rien n'est ici d'une si grande valeur que cela puisse attirer des cambrioleurs, mademoiselle Blanche, fit valoir Kelsey.

Mlle Blanche haussa les épaules :

— Comment le savoir ? Les filles qui sont scolarisées ici ont des pères richissimes. Elles peuvent avoir avec elles des objets de valeur. Un voleur informé pourrait avoir eu l'idée de venir visiter les casiers du gymnase.

— Si une des jeunes filles avait en sa possession un objet de valeur, elle ne le dissimulerait pas dans le gymnase.

— Qu'est-ce qui vous fait croire ça ? objecta Mlle Blanche. Elles y ont des casiers individuels fermés à clef, non ?

— Seulement pour y conserver leurs tenues de sport.

— Oui, en théorie. Mais rien n'empêche une fille de cacher quelque chose dans la pointe d'une chaussure de gymnastique, ou de l'envelopper dans un vieux pull ou dans une écharpe.

— Quel genre de chose, mademoiselle Blanche ?

Mlle Blanche n'en avait pas idée.

— Même les pères les plus prodigues ne donnent pas à leurs filles des colliers de diamants à emporter au collège, reprit l'inspecteur.

Avec un nouveau haussement d'épaules, Mlle Blanche déclara :

— Peut-être s'agit-il d'un autre genre de valeur – d'un scarabée, mettons, ou d'un objet qu'un collectionneur serait prêt à payer très cher. L'une de ces filles a un père archéologue.

Kelsey sourit :

— Je ne pense pas que ce soit très probable, vous savez, mademoiselle Blanche.

Elle eut un geste d'indifférence :

— Bof ! Vous savez, moi, ce que je vous en dis…

— Mademoiselle Blanche, avez-vous enseigné dans d'autres écoles anglaises ?

— Oui, dans le Nord du pays, il y a un certain temps. À part cela, j'ai surtout travaillé en Suisse et en France. Ainsi qu'en Allemagne. Et puis je me suis dit qu'il fallait que je revienne en Angleterre pour améliorer mon anglais. J'avais une amie, ici. Elle est tombée malade et m'a dit que je pourrais prendre sa place, parce que Mlle Bulstrode serait heureuse de trouver rapidement quelqu'un pour la remplacer. Alors je suis venue. Mais ça ne me plaît pas beaucoup. Comme je vous l'ai dit, je ne pense pas que je resterai.

— Pourquoi cela ne vous plaît-il pas ? insista Kelsey.

— Je n'aime pas les endroits où on vous tire dessus, répéta-t-elle. Et puis les gamines ici n'ont aucun respect pour vous.

— Ce ne sont plus vraiment des gamines, si ?

— Certaines se conduisent comme des bébés, d'autres pourraient avoir vingt-cinq ans. On trouve de tout, ici. Elles ont beaucoup de liberté. Je préfère les établissements plus classiques.

— Vous connaissiez bien Mlle Springer ?

— Je ne la connaissais pratiquement pas. Elle était mal élevée, et je lui parlais aussi peu que possible. Elle avait une carrure de charretier, des taches de rousseur et une vilaine voix trop forte. On aurait dit une caricature d'Anglaise. Elle était souvent grossière avec moi, et je supportais ça très mal.

— À quel sujet était-elle grossière avec vous ?

— Elle n'aimait pas que j'aille à son pavillon des sports. On aurait juré qu'il lui appartenait en propre – que c'était *son* pavillon des sports ! J'y suis allée faire un tour une fois parce que cela m'intéressait. Je n'y avais jamais mis les pieds et je voulais voir à quoi il ressemblait. Il a été très bien conçu, très bien agencé. Tout ce que je voulais, c'était y jeter un coup d'œil. Sur quoi Mlle Springer arrive comme une furie et me hurle : « Qu'est-ce que vous venez fabriquer ici ? Vous n'avez rien à y faire. » Me dire ça à moi – *à moi*, une de ses collègues ! Elle m'avait prise pour qui ? Pour une élève ?

— Oui, oui, ça a dû être très irritant, je me mets à votre place, concéda Kelsey pour l'apaiser.

— Un caractère de cochon, voilà ce qu'elle avait. Et puis ce n'est pas tout. Elle a aussitôt enchaîné en vociférant : « Vous n'allez quand même pas repartir en emportant la clef ! » Ça m'a achevée. J'avais ramassé la clef qui était tombée lorsque j'avais ouvert la porte, mais son comportement m'avait tellement choquée que j'avais oublié de la remettre en place. Et voilà qu'elle me criait dessus comme si j'avais l'intention de la voler. C'était sa clef, probablement, comme c'était *son* pavillon des sports.

— Ce genre de sentiments à propos du gymnase, cela paraît un peu bizarre, non ? Comme si c'était sa chasse gardée. Comme si elle avait eu peur que les gens y trouvent quelque chose qu'elle y aurait dissimulé.

Kelsey avait tenté de donner dans le sous-entendu suggestif, Angèle Blanche se contenta d'éclater de rire :

— Dissimuler quelque chose là-dedans… mais qu'est-ce que vous voulez cacher dans un endroit pareil ? Vous pensez qu'elle y cachait ses lettres d'amour ? Je vous parie tout ce que vous voudrez que personne ne lui en a jamais écrit une ! Les autres professeurs, elles, elles sont au moins polies. D'accord, Mlle Chadwick est passablement vieux jeu et maniaque. Mais Mlle Vansittart est très bien, très *grande dame*, et elle vous donne l'impression de s'intéresser à vous. Mlle Rich est à mon avis un peu folle, mais plutôt sympathique. Quant aux plus jeunes, elles sont adorables.

Kelsey posa ensuite quelques questions anodines, puis il remercia Mlle Blanche.

— Susceptible comme pas deux, commenta le sergent Bond. Tous les Français le sont.

— C'est tout de même intéressant, répliqua Kelsey. Mlle Springer n'aimait pas qu'on vienne rôder autour de *son* gymnase – ou de son pavillon des sports, je ne sais jamais comment appeler ce machin. *Pourquoi ?*

145

— Elle pensait peut-être que cette Française l'espionnait, suggéra Bond.

— Bien. Mais *pourquoi* aurait-elle pensé ça ? Et qu'est-ce que ça aurait pu lui faire qu'Angèle Blanche l'espionne ? À moins qu'elle n'ait eu quelque chose à cacher que la Française était sur le point de découvrir.

— Qui nous reste-t-il encore à voir ?

— Les deux professeurs assistants, Mlle Blake et Mlle Rowan, et puis la secrétaire de Mlle Bulstrode.

Jeune, sérieuse, Mlle Blake possédait un visage rond et avenant. Elle n'avait rien à dire qui soit de nature à faire avancer l'enquête. Elle avait très peu vu Mlle Springer et ignorait ce qui avait pu entraîner sa mort.

Mlle Rowan, comme il sied à une psychologue diplômée, avait des vues très arrêtées qu'il lui tardait de faire connaître. Il était hautement probable, affirma-t-elle, que Mlle Springer se soit suicidée.

L'inspecteur Kelsey haussa les sourcils :

— Et pourquoi donc ? Elle était malheureuse ?

— Elle était agressive, répondit Mlle Rowan, penchée en avant, les yeux plissés derrière ses lunettes à verres épais. Très agressive. Je considère cela comme très significatif. C'était un mécanisme de défense, pour occulter un sentiment d'infériorité.

— D'après tout ce que j'ai entendu jusqu'à présent, elle était très sûre d'elle.

— *Trop* sûre d'elle, martela Mlle Rowan. Et beaucoup de ses propos appuient mon hypothèse.

— Par exemple ?

— Elle faisait allusion à des gens « qui n'étaient pas ce qu'ils voulaient faire croire ». Elle nous avait raconté que, dans l'école où elle était en poste précédemment, elle avait « démasqué » quelqu'un. Mais que la directrice, bourrée de préjugés à son égard, avait préféré faire la sourde oreille. Et que la plupart des autres professeurs, s'étaient liguées contre elle. Vous voyez ce que cela signifie, inspecteur ?

Mlle Rowan faillit tomber de sa chaise tant elle se penchait. De longues mèches de cheveux bruns et ternes lui retombèrent sur le visage :

— Ce sont les premiers symptômes d'un complexe de persécution.

L'inspecteur Kelsey répliqua poliment que les hypothèses de Mlle Rowan étaient sans aucun doute correctes dans leurs prémisses, mais qu'il ne pouvait accepter la théorie du suicide à moins que Mlle Rowan ne parvienne à lui expliquer comment Mlle Springer était parvenue : 1) à se tirer dessus d'une distance de plus de 1,20 m ; 2) s'était débrouillée pour que le pistolet se volatilise ensuite.

Mlle Rowan rétorqua aigrement que les policiers étaient réputés pour leur parti pris à l'encontre de la psychologie.

Sur quoi elle fit place à Mlle Shapland.

— Eh bien, Mlle Shapland, dit l'inspecteur en détaillant d'un œil approbateur sa silhouette impeccable d'employée modèle, quelles lumières pouvez-vous nous apporter ?

— Absolument aucune, et vous m'en voyez confuse. Je suis tout le temps enfermée dans mon bureau, je ne croise pas beaucoup les enseignantes. Mais toute cette histoire est incroyable.

— Qu'est-ce qui est incroyable ?

— Qu'on ait assassiné Mlle Springer, pour commencer. On prétend que quelqu'un se serait introduit par effraction dans le gymnase et que Mlle Springer s'y serait précipitée pour voir de qui il s'agissait. D'accord, mettons, mais qui aurait bien pu vouloir s'introduire par effraction dans le gymnase ?

— Des gamins, peut-être. Des jeunes voyous du coin qui voulaient se procurer gratis des équipements de sport, ou qui auraient fait ça pour s'amuser.

— Si c'était le cas, je ne peux pas m'empêcher de penser que Mlle Springer leur aurait braillé : « Sacré nom d'une pipe ! Qu'est-ce que vous êtes venus fabriquer ici ? Vous allez me faire le plaisir de déguerpir en quatrième vitesse ! » Et ils auraient fichu le camp.

— Vous a-t-il jamais semblé que Mlle Springer avait adopté une attitude bizarre en ce qui concernait le pavillon des sports ?

Ann Shapland ne cacha pas sa perplexité :

— Une attitude bizarre ?

— Oui. Ne le considérait-elle pas comme son fief, et ne détestait-elle pas que d'autres personnes s'y rendent ?

— Pas que je sache. Pourquoi, d'ailleurs ? Le pavillon fait partie des bâtiments du collège.

— Vous n'avez donc rien remarqué de particulier ? Vous n'avez pas eu l'impression que votre présence là-bas l'agaçait ? Rien de ce genre ?

Elle secoua la tête :

— Je n'ai pas dû y aller plus de deux ou trois fois. Je n'avais pas le temps. Et ces deux ou trois fois, c'était pour transmettre un message de Mlle Bulstrode à l'une des élèves. C'est tout.

— Vous ne saviez pas que Mlle Springer avait reproché à Mlle Blanche de s'y être rendue ?

— Non, je n'ai jamais entendu parler de ça. Oh ! mais si, peut-être bien, après tout. Mlle Blanche est montée un jour sur ses grands chevaux à propos de je ne sais quelle rebuffade, mais il faut bien avouer qu'elle est un peu susceptible, vous savez. Il y a d'ailleurs eu un autre esclandre, la fois où elle est rentrée dans la classe de dessin et où elle s'est vexée de ce que le professeur lui avait dit. Il est vrai que Mlle Blanche n'a pas grand-chose à faire. Elle n'enseigne qu'une seule matière, le français, et elle a beaucoup de temps libre. Il n'est en outre pas à exclure que…

Elle hésita :

— … que ce ne soit une personne assez indiscrète.

— Vous estimez possible que, lorsqu'elle était au pavillon des sports, elle ait fouillé dans un des placards ?

— Les placards des filles ? Ma foi, je ne vous jurerai pas mes grands dieux qu'elle en soit incapable. Je la verrais même assez bien se distraire de cette façon-là.

— Mlle Springer y avait un placard, elle aussi ?

— Oui, bien sûr.

— Si Mlle Blanche avait été prise, en flagrant délit, en train de fouiller le placard de Mlle Springer, je peux imaginer que Mlle Springer se serait mise en colère, non ?

— Ça, certainement !

— Vous ne savez rien de la vie privée de Mlle Springer ?

— Je pense que personne n'en sait rien. D'ailleurs en avait-elle une ? Je me le demande.

— Et il n'y a rien d'autre – rien qui concernerait le pavillon des sports, par exemple – que vous ne m'auriez pas dit ?

Elle hésita de nouveau :

— Eh bien…

— Oui, je vous en prie, mademoiselle Shapland ?

— Ce n'est rien, en réalité, dit-elle avec lenteur. Mais un des jardiniers… Pas Briggs, non, le jeune… Je l'ai vu un jour sortir du pavillon alors qu'il n'avait rien à y faire. Peut-être n'était-ce que curiosité de sa part – ou alors un prétexte pour flemmarder un peu. Ce jour-là, il était censé réparer le grillage de l'un des courts de tennis. Je suppose que ça n'a pas grande importance.

— Et, pourtant, vous vous en êtes souvenue, releva Kelsey. Alors, pourquoi ?

Elle fronça les sourcils :

— Je pense que… Oui, c'est sans doute parce que son comportement était un peu bizarre. Il s'est montré… insolent. Et puis… il a fait une remarque désagréable au sujet de tout l'argent qui était dépensé ici pour les pensionnaires.

— Je vois le genre.

— J'imagine qu'il n'y a pas lieu d'en tirer de grandes conclusions.

— Probablement pas – mais je note tout de même le renseignement.

— On n'arrête pas de tourner en rond, fulmina Bond après le départ d'Ann Shapland. Encore et toujours la même rengaine ! Bon Dieu, espérons que nous obtiendrons plus d'informations avec les domestiques.

Mais les policiers en furent pour leurs frais.

— Ça sert à rien de me poser des questions, jeune homme, décréta Mme Gibbons, la cuisinière. Pour commencer, je suis un peu sourde. Ensuite, je sais rien du tout. Je suis allée me coucher hier soir, et comme par un fait exprès j'ai dormi que c'en était une bénédiction. J'ai rien entendu de toute l'agitation qu'il y a eu. Personne ne m'a réveillée pour me dire ce qui se passait.

Elle paraissait néanmoins vexée :

— C'est rien que ce matin qu'on m'en a causé.

Kelsey hurla encore quelques questions, et reçut des réponses qui ne lui apprirent rien.

Mlle Springer, raconta Mme Gibbons, avait débuté ce trimestre, et elle n'était pas autant aimée que Mlle Jones, qui avait occupé la fonction avant elle. Mlle Shapland était nouvelle, elle aussi, mais c'était une jeune personne tout ce qu'il y a de comme il faut. Mlle Blanche était comme toutes ces gourdes de Françaises – à penser que les autres professeurs étaient contre elle et à laisser les jeunes demoiselles la traiter en classe comme c'est pas pensable.

— Mais ce qu'il faut au moins reconnaître à celle-là, admit Mme Gibbons, c'est qu'elle est pas du genre à pleurer tout le temps comme une madeleine. Dans certaines écoles où j'ai travaillé, c'étaient des vraies fontaines, les professeurs françaises !

La plupart des autres domestiques travaillaient à la journée. Il n'y avait qu'une seule femme de chambre qui dormait au collège. Dotée de capacités auditives parfaites, elle se révéla néanmoins tout aussi incapable que la cuisinière de fournir des informations intéressantes. Elle ne savait rien de rien, affirma-t-elle. Elle avait bien remarqué que Mlle Springer avait des manières assez rudes, mais elle ne connaissait rien du pavillon des sports, ni de ce qu'il contenait, et elle n'avait jamais vu nulle part quelque chose qui ressemblait à un pistolet.

Ce flot de dénégations fut interrompu par Mlle Bulstrode :

— L'une des petites voudrait vous parler, inspecteur.

Kelsey lui lança un regard vif :

— Allons bon ? Elle sait quelque chose ?

— Cela, j'en doute fort. Mais il vaut mieux que vous vous entreteniez vous-même avec elle. C'est l'une de nos étudiantes étrangères. La princesse Shaista – la nièce de l'émir Ibrahim. Elle a peut-être bien une certaine tendance à se donner plus d'importance qu'elle n'en a. Vous comprenez ?

Kelsey acquiesça de la tête. Mlle Bulstrode sortit et une mince jeune fille brune de taille moyenne fit son entrée.

Elle regarda les deux policiers de ses yeux en amande, l'air modeste :

— Vous êtes la police ?

— Oui, sourit Kelsey. Nous sommes la police. Voulez-vous vous asseoir et nous dire ce que vous savez au sujet de Mlle Springer ?

— Oui, bien sûr.

Elle s'assit, se pencha en avant et déclara d'une voix brusquement très basse :

— Il y a des gens qui surveillent les lieux. Oh ! ils ne se montrent pas, mais ils sont bien là !

L'inspecteur Kelsey songea à ce que lui avait confié Mlle Bulstrode. La jeune fille se mettait en scène – et elle y prenait plaisir.

— Et pourquoi surveilleraient-ils ce collège ?

— À cause de *moi* ! Ils veulent me kidnapper.

Cela dépassait de loin tout ce à quoi Kelsey s'était préparé.

Il haussa les sourcils :

— Pourquoi voudraient-ils vous kidnapper ?

— Pour obtenir une rançon, bien sûr. Ils pourraient soutirer beaucoup d'argent à mes proches.

— Euh… eh bien… peut-être, souffla l'inspecteur, dubitatif. Mais… euh… à supposer qu'il en soit bien ainsi, qu'est-ce que cela a à voir avec la mort de Mlle Springer ?

— Elle devait les avoir repérés, affirma Shaista. Peut-être les a-t-elle menacés de tout révéler… peut-être, alors, lui ont-ils proposé de l'argent en échange de son silence, et elle, naïve, elle les aura crus… Elle s'est donc rendue au pavillon des sports pour y toucher l'argent et là… ils l'ont abattue !

— Mais Mlle Springer n'aurait certainement jamais accepté l'argent d'un chantage ?

— Vous pensez que c'est amusant d'être professeur de collège – et professeur de gymnastique, qui plus est ? lança Shaista d'un ton méprisant. Vous ne croyez pas qu'il est plus agréable d'avoir de l'argent, de voyager, de faire ce que vous voulez ? Surtout pour quelqu'un comme Mlle Springer qui n'était pas jolie, et que les hommes ne regardaient même pas ! Vous ne pensez pas qu'elle pouvait être plus intéressée par l'argent que la plupart des gens ?

— Eh bien… euh… je ne sais pas trop quoi dire, avoua l'inspecteur qui jusqu'à ce jour n'avait jamais eu l'occasion d'entendre un tel point de vue.

Il se racla la gorge :

— Il s'agit là d'une interprétation toute personnelle, n'est-ce pas ? Mlle Springer ne vous a jamais rien dit ?

— Mlle Springer ne disait jamais rien, sauf « tirez sur les bras et penchez-vous en avant », et « plus vite que ça » et « ne lambinez pas », grinça Shaista avec rancune.

— Ouï… je vois tout à fait. Entre nous, vous ne pensez pas que vous pourriez avoir imaginé toute cette histoire de kidnapping ?

Shaista réagit instantanément, d'un ton furieux :

— Vous ne comprenez décidément rien à rien ! Mon cousin était le prince Ali Youssouf de Ramat. Il a été tué pendant une révolution, ou du moins en fuyant une révolution. Il était prévu que, quand je serais grande, je l'épouserais. Alors vous voyez que je suis une personne importante. Peut-être que ce sont les communistes qui sont venus ici. Peut-être ce n'est pas pour me kidnapper. Peut-être qu'ils ont l'intention de m'assassiner.

L'inspecteur Kelsey afficha une mine plus incrédule encore :

— C'est un peu tiré par les cheveux, non ?

— Vous pensez que ce genre de choses ne peut pas arriver ? Moi, je vous dis que si. On peut s'attendre à tout, avec les communistes ! Tout le monde le sait.

Kelsey demeurait dubitatif. Elle reprit :

— Peut-être qu'ils s'imaginent que je sais où sont les pierres précieuses !

154

— Quelles pierres précieuses ?

— Mon cousin possédait des pierres précieuses. Ils croient peut-être que je sais où elles sont. Ma famille a toujours eu des pierres précieuses. Pour les coups durs, vous comprenez.

Elle présentait le fait comme une simple évidence.

Kelsey écarquilla les yeux :

— Mais qu'est-ce que cela aurait à faire avec vous – ou avec Mlle Springer ?

— Je vous l'ai déjà dit ! Ils doivent s'être mis en tête que je sais où sont les pierres précieuses. D'où leur idée de me faire prisonnière pour me forcer à parler.

— Et ces pierres, vous savez réellement où elles sont ?

— Non, bien sûr que non. Elles ont disparu pendant la révolution. Peut-être que ce sont ces affreux communistes eux-mêmes qui les ont prises. Mais peut-être aussi que non.

— À qui appartiennent-elles ?

— Maintenant que mon cousin est mort, elles m'appartiennent, à moi. Il n'y a plus d'homme dans sa lignée. Sa tante, ma mère, est morte. Il aurait voulu qu'elles m'appartiennent. S'il n'était pas mort, je l'aurais épousé.

— C'était prévu ainsi ?

— Il fallait bien que je l'épouse. C'était mon cousin, comprenez-vous.

— Et vous auriez eu les pierres précieuses en l'épousant ?

— Non, j'en aurais eu de nouvelles. De chez Cartier, à Paris. On aurait toujours gardé les autres pour les cas de coups durs.

L'inspecteur Kelsey cligna des yeux, le temps de laisser ce système oriental de police d'assurance pénétrer dans sa conscience.

Mais Shaista poursuivait, très animée :

— Je pense que c'est ça qui est en train de se passer. Quelqu'un a réussi à sortir les pierres de Ramat. Peut-être quelqu'un de bien, peut-être quelqu'un de mal intentionné. Quelqu'un de bien me les apportera. Il me dira : « Ceci vous appartient. » Et je le récompenserai.

Elle vivait déjà la scène et hochait la tête d'un air royal.

« Une véritable actrice en herbe », jaugea l'inspecteur.

— Mais si c'est quelqu'un de mal intentionné, continua Shaista, il gardera les pierres et il les vendra. Ou bien il viendra me dire : « À combien ira chiffrer ma récompense si je vous les rapporte ? » Et si le montant est assez gros, il me les rapportera – et s'il ne l'est pas, il ira voir ailleurs !

— Mais, pour mettre très précisément les choses au clair, personne n'est encore venu vous dire quoi que ce soit ?

— Non, avoua Shaista.

L'inspecteur Kelsey avait fait son choix :

— Vous savez, dit-il avec bonne humeur, je crois que vous me racontez réellement un tas de sornettes.

Shaista darda sur lui des prunelles furieuses.

— Je vous dis ce que je sais, c'est tout, cracha-t-elle, boudeuse.

— Oui… eh bien, c'est très gentil à vous, et je garderai cela à l'esprit.

Il se leva et lui ouvrit la porte.

156

— Les mille et une nuits continuent, grinça-t-il en regagnant sa table. Un enlèvement et des joyaux fabuleux ! Et puis quoi encore ?...

11

CONFÉRENCE

Lorsque l'inspecteur Kelsey regagna le poste de police, le sergent de service lui annonça :

— Adam Goodman est ici, il vous attend, patron.

— Adam Goodman ? Oh ! oui, le jardinier.

Un jeune homme s'était levé avec déférence. Il était grand, brun et beau garçon. Il portait un pantalon de velours taché retenu tant bien que mal par une vieille ceinture, et une chemise à col ouvert d'un bleu quelque peu aveuglant.

— Vous vouliez me voir, à ce qu'on m'a dit.

Il avait une voix rude et, comme celle de bien des jeunes gens d'aujourd'hui, légèrement insolente.

Kelsey se contenta de répondre :

— Oui, venez dans mon bureau.

— Je sais rien du meurtre, ajouta Adam d'un ton désagréable. J'ai rien à voir là-dedans. J'étais chez moi, cette nuit, et au lit.

Peu soucieux de s'engager, l'inspecteur se borna à hocher la tête.

Il prit place derrière sa table de travail et fit signe au jeune homme de s'asseoir sur la chaise, en face de lui. Discrètement, un jeune policier en civil avait suivi Kelsey et Goodman, et s'était assis dans le fond.

— Voyons maintenant, dit l'inspecteur. Vous vous appelez Goodman…

Il consulta une note :

— Adam Goodman.

— C'est cela, inspecteur. Mais, avant, je voudrais vous montrer ceci.

Son comportement s'était modifié. Il n'était plus insolent, ni revêche, mais calme et respectueux. Il sortit un document de sa poche et le passa à Kelsey. En l'examinant l'inspecteur eut un haussement de sourcil presque imperceptible. Puis il releva les yeux :

— Je n'aurai pas besoin de vous, Barber.

Le jeune policier discret se leva et sortit. Il parvint à ne pas paraître surpris, mais il l'était.

— Alors, dit Kelsey en regardant Goodman d'un air interrogateur. C'est donc ce que vous êtes ? Et que diable, je voudrais bien le savoir, êtes-vous en train de…

— De faire dans un collège de jeunes filles ? acheva Goodman à sa place, d'une voix toujours déférente, mais en souriant malgré lui. C'est certainement la première fois que je reçois une mission de ce genre. Je n'ai pas l'air d'un jardinier ?

— Pas d'un jardinier du coin. Ils sont en général assez âgés. Vous vous y connaissez en jardinage ?

— Assez, oui. Il se trouve que j'ai l'une de ces mères à la main verte qui sont une spécialité anglaise. Elle a veillé à me former afin d'avoir un assistant capable.

— Et qu'est-ce qui se mijote au juste à Meadow-bank – pour vous amener ainsi sur la scène ?

— En fait, nous ne savons pas s'il s'y mijote quelque chose ou non. La nature de ma mission est plutôt celle d'un observateur. Ou du moins l'était – jusqu'à cette nuit. Meurtre d'un professeur de sport. Ça ne fait pas partie de l'enseignement du collège, ça.

— Ça peut néanmoins arriver, soupira Kelsey. N'importe quoi peut arriver – partout. C'est une leçon qu'on finit par apprendre. Mais je dois reconnaître que les derniers événements sortent un peu de l'ordinaire. Qu'est-ce qui se profile derrière cette histoire ?

Adam le lui dit. Kelsey l'écouta avec intérêt.

— J'ai été injuste avec cette fille, reconnut l'inspecteur. Mais vous admettrez que ça paraissait trop fantastique pour être vrai. Des pierres précieuses valant entre cinq cent mille livres et un million ? À qui disiez-vous qu'elles appartiennent ?

— C'est une très bonne question. Pour y répondre, il nous faudrait une armée d'avocats spécialistes du droit international – et ils ne seraient probablement pas d'accord entre eux. On peut présenter le dossier sous bien des angles. Il y a trois mois, elles apparte-naient à son altesse le prince Ali Youssouf de Ramat. Mais maintenant ? Si elles avaient réapparu à Ramat, elles seraient aujourd'hui le bien de l'actuel gouvernement. Ali Youssouf aurait pu les léguer à quelqu'un par testament. Là, tout dépendrait du lieu d'exécution du testament et de la reconnaissance de son authenti-cité. Elles peuvent même appartenir à sa famille. Mais le vrai fond du problème, c'est que, s'il nous arrivait à vous ou à moi de les ramasser dans la rue et de les mettre dans nos poches, nous en serions, sur le plan pratique, les propriétaires. Autrement dit, je doute qu'il existe une machine juridique qui pourrait nous les enlever. On pourrait essayer, bien entendu, mais les complexités du droit international sont inimaginables...

— Vous voulez dire que, concrètement, les trouver, c'est les posséder ? demanda l'inspecteur Kelsey en hochant la tête avec une moue de désapprobation. Ça n'est pas très joli.

— Non, répondit fermement Adam, ça n'est pas très joli. Et il y a plus d'une équipe à leur recherche, également. Toutes sans scrupules. La nouvelle s'est ébruitée, vous voyez. Ce n'est peut-être qu'une rumeur, ce peut être aussi le strict reflet de la réalité. Mais ce qu'on raconte, c'est que les pierres ont été emportées de Ramat juste avant le coup de force. Le *comment* fait l'objet d'une douzaine de versions.

— Mais pourquoi Meadowbank ? À cause de la petite princesse Sainte-Nitouche ?

— La princesse Shaista, la cousine germaine d'Ali Youssouf. Oui. Quelqu'un peut essayer de lui remettre la marchandise, ou d'entrer en contact avec elle. Il y a quelques personnages, douteux de notre point de vue, qui traînent dans les parages. Par exemple une Mme Kolinsky, qui est descendue au *Grand Hôtel*. Une figure éminente de ce qu'on pourrait appeler la Racaille Internationale. Rien qui vous concerne, toujours dans le plus strict respect de la loi, mais une moissonneuse patentée de renseignements utiles. Et puis il y avait une bonne femme qui était à Ramat, où elle dansait dans un cabaret. On affirme qu'elle travaillait pour le compte d'un certain gouvernement étranger. Où est-elle maintenant, nous ne le savons pas, et nous ne savons même pas à quoi elle ressemble, mais, à en croire les rumeurs, elle *pourrait* séjourner dans ce bled perdu. On dirait bien, n'est-ce pas, que tout cela orbite autour de Meadowbank ? Sur quoi, la nuit dernière, Mlle Springer s'est fait assassiner.

Kelsey hocha la tête, songeur :

— Quelle salade…

Une tempête tourbillonnait sous son crâne :

— Ce genre de trucs, ça ressemble à ce qu'on voit à la télé… On se dit que le scénario est vraiment tiré par les cheveux – ou que, du moins, il en a l'air… On se rassure en se répétant que ça ne peut pas arriver dans la réalité. Et ça n'arrive pas dans la réalité – pas dans la réalité… normale.

— Les agents secrets, le vol, la violence, le meurtre, le double jeu, concéda Adam. Tout est absurde – mais c'est cela.

— Mais pas à Meadowbank ! jeta l'inspecteur.

— Je saisis votre point de vue, dit Adam. Ça équivaut à un crime de lèse-majesté.

Il y eut un silence. Puis l'inspecteur Kelsey interrogea :

— Qu'est-ce que vous pensez qu'il s'est passé la nuit dernière, vous ?

Adam prit son temps avant de répondre :

— Springer était dans le pavillon des sports – au milieu de la nuit. Pourquoi ? C'est de là qu'il nous faut partir. Il ne sert à rien de nous demander qui l'a tuée avant que nous n'ayons décidé pourquoi elle était là-bas, dans le pavillon des sports, aux petites heures. Peut-être qu'en dépit de sa vie sportive et sans tache, elle ne dormait pas bien, qu'elle s'est levée, qu'elle a jeté un coup d'œil par sa fenêtre et qu'elle a vu une lumière dans le pavillon – sa fenêtre donnait de ce côté-là ? Alors c'est possible.

Kelsey acquiesça de la tête.

— En femme forte et sans peur, elle est sortie pour savoir de quoi il s'agissait, enchaîna Adam. Elle a dérangé là-bas quelqu'un qui était en train de… de faire quoi, à propos ? Nous n'en savons rien. Mais c'était quelqu'un de suffisamment déterminé pour l'abattre.

De nouveau, Kelsey opina du bonnet :

— C'est bien comme cela que nous l'avons envisagé. Mais ce dernier point… il y a quelque chose qui cloche, je n'arrête pas d'y penser. Vous ne tirez pas pour tuer – et vous ne vous tenez pas prêt à le faire, à moins que…

— À moins que vous ne soyez sur un très gros coup ?… Bien d'accord avec vous ! Eh bien, c'est là que réside tout le mystère du meurtre de cette malheureuse Springer – abattue dans l'accomplissement de son devoir. Mais il existe une autre possibilité. Springer, sur la foi d'informations exclusives, se fait embaucher à Meadowbank, ou bien elle y est envoyée par ses patrons – à cause de ses qualifications. Elle attend une nuit propice, et elle file en douce vers le pavillon des sports – et là, nous retombons sur notre grande question : pourquoi ?… Bref, quelqu'un la suit – ou l'attend – quelqu'un qui est armé d'un pistolet, et préparé à l'utiliser… Mais, là, encore une fois, pourquoi ? Dans quel but ? En fait, que diable peut-il bien y avoir dans ce pavillon des sports ? Ça n'est pas le genre d'endroit où on peut imaginer cacher quelque chose.

— Il n'y avait rien de caché, je peux vous le garantir. Nous avons tout passé au peigne fin – les placards des filles, comme celui de Mlle Springer. Rien que des équipements de sport – le tout parfaitement conforme à la norme et bien à sa place. Il s'agit en outre d'un bâtiment moderne et flambant neuf ! Ni coins ni recoins pour y dissimuler une succursale de joaillier ou les bijoux de la Couronne.

— Quoi qu'il en soit, il n'est bien entendu pas exclu que l'objet convoité ait pu être emporté. Par le meurtrier, envisagea Adam. L'autre éventualité, c'est que le pavillon n'ait servi que de lieu de rendez-vous – pour Mlle Springer, ou pour quelqu'un d'autre. C'est un endroit très commode pour ça. Pas trop près, pas trop loin. À distance somme toute raisonnable du bâtiment principal. Et si on avait remarqué quelqu'un en train d'en sortir, l'excuse toute prête aurait été qu'on pensait avoir vu de la lumière, etc. Disons donc que Mlle Springer est sortie pour rencontrer quelqu'un – qu'il y a eu conflit et qu'elle a été tuée. Ou bien, à titre de variante, que Mlle Springer a remarqué que quelqu'un quittait la maison, qu'elle a suivi ce quelqu'un, et qu'elle est tombée sur quelque chose qu'elle n'aurait pas dû voir, ou pas entendre.

— Je ne l'avais jamais rencontrée de son vivant, dit Kelsey. Mais d'après la façon dont chacune m'a parlé d'elle, j'ai eu l'impression que c'était une fouinarde comme on en fait peu.

— Je pense que c'est réellement l'explication la plus plausible, approuva Adam. La curiosité a tué le chat [1]. Oui, je pense que c'est ainsi que le pavillon des sports joue un rôle dans cette affaire.

— Mais s'il y avait un rendez-vous, alors…

Kelsey s'interrompit.

Adam hocha la tête avec vigueur :

— Oui. On dirait bien qu'il y a dans le collège quelqu'un qui mérite que nous nous y intéressions de très près. Le chat parmi les pigeons, en fait.

— Le chat parmi les pigeons… répéta Kelsey, frappé par cette formule. Mlle Rich, l'un des professeurs, m'a dit quelque chose comme ça, aujourd'hui.

Il s'accorda le temps de la réflexion.

— Il y avait, ce trimestre, trois nouvelles venues dans le personnel, dit-il enfin. Shapland, la secrétaire, Blanche, la professeur de français, et, cela va de soi, Mlle Springer elle-même. Elle, elle est morte, et hors de cause. S'il y a un chat au milieu des pigeons, il semblerait que notre meilleure candidate soit l'une des deux autres.

Il fixa Adam :

— Vous miseriez sur laquelle, vous ?

Adam réfléchit :

— J'ai surpris un jour Mlle Blanche sortant du pavillon des sports. Elle avait un air coupable. Comme si elle venait de faire quelque chose qu'elle n'aurait pas dû. Il n'empêche que, tout bien pesé, je crois que je pencherais pour l'autre. Pour Shapland. Elle n'a pas froid aux yeux, et elle ne manque pas de cervelle. Je vérifierais soigneusement ses antécédents, si j'étais vous. Qu'est-ce qui vous réjouit comme ça ?

---

1. Version anglaise du diction « La curiosité est un vilain défaut ». (N.d.T.)

164

Kelsey était hilare :

— Elle, elle vous soupçonne très nettement. Elle vous a surpris, vous, à la sortie du pavillon des sports – et elle a tout de suite pensé qu'il y avait quelque chose de bizarre dans votre comportement !

— Alors, là, c'est le comble ! s'indigna Adam, furieux. Elle est vraiment culottée, celle-là !

L'inspecteur Kelsey reprit un air sérieux :

— Ce qui compte, c'est que, dans ce coin, nous pensons beaucoup de bien de Meadowbank. C'est un collège de premier plan. Et Mlle Bulstrode est une femme de premier plan, elle aussi. Plus vite nous irons au fond des choses, mieux ce sera pour le collège. Ce que nous voulons, c'est éclaircir cette affaire, et rédiger pour Meadowbank un bulletin d'excellente santé.

Il marqua un temps d'arrêt, et fixa Adam d'un œil pensif.

— Je pense, dit-il encore, que nous allons devoir dire à Mlle Bulstrode qui vous êtes. Elle gardera le secret – ne craignez rien.

Adam médita un instant. Puis il hocha la tête :

— Oui. Compte tenu des circonstances, je crois que c'est plus ou moins inévitable.

12

LA NOUVELLE LAMPE D'ALADIN

Mlle Bulstrode bénéficiait d'une faculté supplémentaire qui la distinguait de la majorité des femmes : elle savait écouter.

Elle écouta donc en silence Adam et l'inspecteur Kelsey. On ne la vit même pas ciller. Puis elle prononça un seul mot :

— Remarquable.

« C'est vous qui êtes remarquable », songea Adam. Mais il ne le dit pas tout haut.

— Eh bien, que voulez-vous que je fasse ? reprit Mlle Bulstrode, allant droit à l'essentiel, conformément à son habitude.

L'inspecteur Kelsey se racla la gorge :

— C'est ainsi. Nous pensions que vous deviez être pleinement informée – pour le bien du collège.

Mlle Bulstrode hocha la tête :

— Naturellement, le collège est mon premier souci. Il doit en être ainsi. Je suis responsable du bien-être et de la sécurité de mes élèves – et, à un moindre degré, de ceux de mon personnel. Et j'aimerais ajouter que moins la mort de Mlle Springer recevra de publicité, mieux cela vaudra pour moi. C'est là un point de vue purement égoïste – même si j'estime que mon collège a de l'importance en lui-même… et pas seulement pour moi. Mais je comprends tout à fait que s'il vous est nécessaire de tout étaler sur la place publique, il vous faut aller de l'avant. Est-ce le cas, cependant ?

— Non, répondit l'inspecteur. Je dirais que dans cette affaire, moins il y a de publicité et meilleur c'est. L'enquête judiciaire sera reportée, et nous laisserons entendre que nous croyons qu'il s'agit d'un fait divers local : de jeunes voyous – des délinquants juvéniles, comme nous devons les appeler aujourd'hui – avec quelques armes, et la gâchette qui les démange. En général, ils n'ont que des couteaux à cran d'arrêt, mais il arrive que certains d'entre eux aient des armes à feu. Mlle Springer les a surpris. Ils l'ont abattue. C'est la version que j'aimerais diffuser – et qui empêchera les débordements dans la presse. Mais il est vrai que Meadowbank est célèbre. Qu'il intéresse les journalistes. Un meurtre à Meadowbank, ça peut faire les gros titres.

— Je pense pouvoir vous aider dans ce domaine, dit vivement Mlle Bulstrode. Je ne suis pas dépourvue d'influence dans les hautes sphères.

Elle sourit et cita quelques noms, notamment ceux du ministre de l'Intérieur, de deux barons de la presse, d'un évêque et du ministre de l'Éducation.

— Je ferai ce que je pourrai, affirma-t-elle. Vous en êtes d'accord ? ajouta-t-elle pour Adam.

— Oui, certes, répondit-il en hâte. Nous préférons toujours jouer profil bas.

— Et vous allez continuer à faire le jardinier chez moi ?

— Si vous n'y voyez pas d'objection. Cela me permet de me trouver exactement où je veux. Et je peux garder l'œil sur ce qui se passe.

Cette fois, Mlle Bulstrode leva les sourcils :

— J'espère que vous ne vous attendez pas à d'autres assassinats ?

— Non, non.

— J'en suis heureuse. Aucun pensionnat ne pourrait survivre à deux meurtres dans le cours du même trimestre.

Elle se tourna vers Kelsey :

— En avez-vous terminé avec le pavillon des sports ? Ce serait un peu ennuyeux de ne pas pouvoir l'utiliser.

— Oui, nous en avons fini. Rien à signaler – de notre point de vue, j'entends. Quelle que soit la raison pour laquelle le meurtre y a été commis, il n'y a rien dedans qui puisse nous aider. Pour nous, ce n'est qu'un pavillon des sports, avec l'équipement habituel.

— Rien dans les casiers des filles ?

L'inspecteur esquissa un sourire :

— Bah ! des broutilles – un livre... français... ça s'appelle *Candide*... avec des... euh... des illustrations. Un livre de valeur.

— Ah ! soupira Mlle Bulstrode. C'est donc là qu'elle le cache ! Le placard de Gisèle d'Aubray, je suppose ?

Le respect que Kelsey nourrissait déjà pour Mlle Bulstrode s'accrut :

— Il n'y a pas grand-chose qui vous échappe.

— Elle ne fera guère de mal avec *Candide*. C'est un classique. En revanche tout ce qui s'apparente à de la pornographie, je le confisque. J'en reviens toutefois à ma première question. Vous m'avez soulagé l'esprit en ce qui concerne la mauvaise publicité dont aurait pu souffrir le collège. Mais le collège pourrait-il vous aider en quoi que ce soit ? Et puis-je vous aider, moi ?

— Pour le moment, je ne le pense pas. Le seul point sur lequel j'aimerais vous interroger est le suivant : quelque chose vous a-t-il troublée, ou causé une gêne, un malaise, ce trimestre ? Un incident ? Ou une personne ?

Mlle Bulstrode observa un instant de silence.

— La réponse, finit-elle par énoncer avec lenteur, est, au sens littéral de la phrase : je ne sais pas.

— Mais vous avez cependant le sentiment que quelque chose ne va pas – ou a cloché à un moment quelconque ? s'enquit Adam avec vivacité.

— Oui… exactement. Rien de vraiment précis. Je ne saurais mettre le doigt sur une personne donnée, ni sur un fait. À moins que…

De nouveau, Mlle Bulstrode marqua une pause, avant de reprendre :

— J'ai eu, c'est vrai, l'intuition – je l'ai eue sur le moment – que j'avais manqué quelque chose que je n'aurais pas dû. Permettez-moi de vous l'expliquer.

Elle fit pour Adam et pour Kelsey un bref récit de sa conversation avec Mme Upjohn et de l'irruption, malencontreuse et inattendue, de lady Veronica.

Adam marqua son intérêt :

— Laissez-moi préciser tout cela, mademoiselle Bulstrode. Mme Upjohn, en regardant par la fenêtre – la fenêtre de façade qui donne sur l'allée – a reconnu quelqu'un. Ça n'a rien de significatif. Vous avez plus de cent pensionnaires, et rien n'aurait été plus naturel pour Mme Upjohn que d'avoir aperçu un parent d'élève qu'elle connaissait ou une relation. Mais vous avez la conviction qu'elle a été stupéfaite de reconnaître cette personne – qu'il s'agissait en fait de quelqu'un qu'elle ne se serait pas *attendue* à voir à Meadowbank ?

— Oui, c'est exactement l'impression que j'ai eue.

— Et c'est alors que vous-même, par la fenêtre opposée, vous avez vu la mère de deux de vos pensionnaires, en état d'ébriété, ce qui vous a complètement distraite de ce que disait Mme Upjohn ?

Mlle Bulstrode acquiesça de la tête.

— Elle parlait depuis quelques minutes ? reprit Adam.

— Oui.

— Et quand votre attention s'est à nouveau portée sur elle, elle parlait d'espionnage, et du travail de renseignement qu'elle avait accompli durant la guerre, avant de se marier ?

— Oui.

— Il peut y avoir un lien, médita Adam. Quelqu'un qu'elle aurait connu au cours des hostilités. Un parent ou un proche d'une élève, ou peut-être un membre du corps enseignant.

— Certainement pas quelqu'un du personnel, protesta Mlle Bulstrode.

— C'est possible.

— Nous ferions mieux de prendre contact avec Mme Upjohn, décida Kelsey. Au plus vite. Avez-vous son adresse, mademoiselle Bulstrode ?

— Naturellement. Mais je la crois actuellement à l'étranger. Attendez, je vais vous trouver ça.

Elle pressa deux fois le bouton d'appel de sa secrétaire, puis, perdant patience, alla vers la porte, l'ouvrit et interpella une pensionnaire qui passait :

— Voulez-vous me trouver Julia Upjohn, Paula, je vous prie ?

— Oui, mademoiselle Bulstrode.

— Il est préférable que je m'en aille avant que la petite n'arrive, proposa Adam. On ne trouverait pas naturel que je prête mon concours à l'enquête de l'inspecteur. Officiellement, il m'a fait venir ici pour me tirer les vers du nez. Persuadé qu'il n'a rien à retenir contre moi pour l'instant, il me dit maintenant de prendre mes cliques et mes claques.

— Prenez vos cliques et vos claques, et souvenez-vous que je vous ai à l'œil, gronda Kelsey en souriant.

Adam s'arrêta sur le seuil :

— À propos, demanda-t-il à Mlle Bulstrode, verriez-vous un inconvénient à me voir légèrement abuser de ma position ? À ce que je devienne, dirons-nous, un peu plus intime avec certaines de vos enseignantes ?

— Lesquelles ?

— Eh bien – Mlle Blanche, par exemple.

— Mlle Blanche ? Vous pensez qu'elle…

— Je pense qu'elle s'ennuie beaucoup ici.

— Ah ! lâcha Mlle Bulstrode, l'air sombre. Vous avez peut-être raison. Quelqu'un d'autre ?

— Je vais à la pêche, dit Adam avec gaieté. Si vous découvrez que certaines de vos jeunes filles se conduisent un peu bêtement et trouvent tous les prétextes pour aller dans le parc, croyez bien, je vous

prie, que mes intentions sont d'ordre strictement
« détectif » – pour autant qu'un tel mot existe.

— Vous pensez que les filles peuvent savoir
quelque chose ?

— Tout le monde sait toujours quelque chose,
même si l'on ignore qu'on le sait.

— Vous voyez peut-être juste.

On frappa à la porte.

— Entrez, ordonna Mlle Bulstrode.

Julia Upjohn apparut, presque hors d'haleine.

— Entrez, Julia.

— Ça suffit, Goodman, grogna l'inspecteur.
Prenez vos cliques et vos claques, et retournez à votre
travail.

— Je vous avais dit que je savais rien de rien, mau-
gréa Adam.

Il sortit en marmonnant « pire que la Gestapo ».

— Je suis désolée d'être aussi essoufflée, mademoiselle Bulstrode, s'excusa Julia. J'ai couru depuis
les courts de tennis.

— Ne vous inquiétez pas, Julia. Je voulais seulement vous demander l'adresse de votre mère – ou,
plutôt, où je pourrais la joindre, j'entends.

— Oh ! Il vous faudra écrire à tante Isabel. Maman
est à l'étranger.

— J'ai l'adresse de votre tante. Mais j'ai besoin
d'entrer en contact avec votre mère personnellement.

— Je ne vois pas trop comment vous allez faire,
répondit Julia, sourcils froncés. Maman est partie
pour l'Anatolie en autocar.

— En *autocar* ? répéta Mlle Bulstrode, interloquée.

Julia confirma de la tête avec vigueur :

172

— C'est tout à fait le genre de choses qu'elle aime faire. Et puis c'est incroyablement bon marché. Un peu inconfortable, mais maman s'en fiche. Comme ça, je dirais qu'elle devrait arriver à Van dans environ trois semaines.

— Je vois... oui. Dites-moi, Julia, votre mère vous aurait-elle jamais dit qu'elle avait vu ici quelqu'un qu'elle aurait connu pendant ses activités de guerre.

— Non, mademoiselle Bulstrode. Je ne crois pas. Non, je suis sûre que non.

— Votre mère faisait du renseignement, n'est-ce pas ?

— Oh ! oui. Apparemment, elle a adoré ça. Moi, ça ne me paraît pas très excitant. Elle n'a jamais rien fait sauter à la dynamite. Elle n'a jamais été arrêtée par la Gestapo. On ne lui a jamais arraché les ongles des orteils. Ni rien de ce genre. Elle travaillait en Suisse, je crois – ou bien était-ce au Portugal ?... On finit par se lasser de toutes ces vieilles histoires de guerre. Et j'ai bien peur de ne pas toujours écouter maman très attentivement, conclut-elle en manière d'excuse.

— Eh bien, merci, Julia. Ce sera tout.

— Vraiment ! s'exclama Mlle Bulstrode après son départ. Partir pour l'Anatolie en autocar ! La petite nous a dit cela exactement comme elle nous aurait raconté que sa mère avait pris le bus 73 pour aller faire ses courses chez Marshall & Snelgrove !

*

Revenant du court de tennis l'air morose, Jennifer balançait sa raquette. Le nombre de doubles fautes qu'elle avait commises dans la matinée la déprimait. Bien sûr avec cette raquette on ne pouvait pas s'attendre à avoir un service puissant. Mais depuis quelque temps il lui semblait qu'elle ne savait plus servir. En revanche, son revers s'était nettement amélioré. Les leçons de Mlle Springer avaient porté leurs fruits. Sous bien des aspects, c'était dommage qu'elle soit morte.

Jennifer prenait le tennis très au sérieux. C'était l'un des rares sujets sur lesquels il lui arrivait de réfléchir.

— Excusez-moi…

Jennifer releva les yeux en sursautant. Une femme élégante aux cheveux blonds, portant un long paquet plat, se dressait sur le sentier, à deux mètres à peine. Jennifer se demanda pourquoi elle ne l'avait pas vue arriver à sa rencontre. Il ne lui vint pas à l'esprit que la femme avait pu se dissimuler derrière un arbre ou un massif de rhododendrons et sortir de sa cachette. Semblable idée ne serait jamais venue à Jennifer : pourquoi diable une femme irait-elle se cacher derrière des rhododendrons pour en surgir tout à coup ?

La femme s'exprimait avec un léger accent américain :

— Je me demandais si vous ne seriez pas par hasard en mesure de m'indiquer où je pourrais trouver une jeune personne qui s'appelle…

Elle consulta un morceau de papier :

— … qui s'appelle Jennifer Sutcliffe ?

— Je suis Jennifer Sutcliffe, répliqua la jeune fille au comble de l'étonnement.

— Ça, par exemple ! C'est incroyable ! En voilà une *coïncidence*. ! Dire que je me suis aventurée dans un collège immense, que j'y cherche une jeune fille bien précise et que c'est justement à elle que je pose la question… Et on prétend que les miracles, ça n'arrive jamais.

— J'imagine que ça arrive parfois, répondit Jennifer avec indifférence.

— Je venais déjeuner dans la région. Et, il se trouve qu'hier, dans un cocktail, j'ai fait allusion à ce déjeuner. Alors votre tante – où peut-être votre marraine ?… J'ai une si mauvaise mémoire. Elle m'a dit son nom, et je l'ai oublié aussi. Mais quoi qu'il en soit, elle m'a demandé si je ne pourrais pas faire un détour par ici pour y déposer une nouvelle raquette qui vous est destinée. Elle m'a dit que vous aviez souhaité en recevoir une neuve.

Le visage de Jennifer s'éclaira : cela relevait effectivement du miracle, rien de moins.

— Ce devait être ma marraine, Mme Campbell, dit-elle. Je l'appelle tante Gina. Ça ne peut pas avoir été tante Rosamond. Elle ne me donne jamais rien, à part dix misérables shillings pour Noël.

— Oui, je me souviens maintenant. C'était *bien* ce nom-là. Campbell.

La femme tendit le paquet à Jennifer qui s'en empara vivement. Il était assez mal fait. Jennifer poussa des cris de joie en dégageant la raquette de son emballage :

— Oh ! c'est formidable ! Une raquette *vraiment* bonne. Cela faisait un moment que je pleurais pour avoir une nouvelle raquette – on ne peut pas jouer correctement si on n'a pas une raquette décente.

— Je le crois volontiers.

— Eh bien, merci beaucoup de l'avoir apportée, dit Jennifer avec gratitude.

— C'était bien peu de chose. Je confesse seulement que je me sens un peu intimidée. Les écoles m'intimident toujours. Il y a tant de jeunes filles. Oh ! à propos, on m'a demandé de rapporter votre vieille raquette…

Elle ramassa celle que Jennifer avait abandonnée :

— Votre tante… non… votre marraine a dit qu'elle la ferait recorder. Elle en a bien besoin, non ?

— Je ne pense pas qu'elle en vaille réellement la peine, rétorqua Jennifer, distraite.

Elle vérifiait déjà la tension et l'équilibre de son nouveau trésor.

— Mais c'est toujours utile d'avoir une raquette de rechange, enchaîna sa nouvelle amie en regardant sa montre. Oh ! Seigneur ! Il est plus tard que je ne croyais. Je dois me dépêcher.

— Avez-vous… Voulez-vous un taxi ? Je peux téléphoner et…

— Non, merci. Ma voiture est juste devant la grille. Je l'ai laissée là-bas pour ne pas avoir à faire demi-tour dans un espace étroit. Au revoir. J'ai été ravie de vous rencontrer. J'espère que vous profiterez bien de cette raquette.

La femme courut littéralement vers la grille.

— Merci beaucoup ! lui cria une dernière fois Jennifer.

Sur quoi, rayonnante, elle se mit en quête de Julia.

— Regarde ! lui dit-elle en exhibant fièrement le cadeau.

— Eh bien !… Où as-tu trouvé ça ?

— C'est ma marraine qui me l'a envoyée. Tante Gina. Elle n'est pas ma tante, mais je l'appelle comme ça. Elle est extraordinairement riche. Maman a dû lui raconter que je n'arrêtais pas de geindre à propos de ma raquette. C'est formidable, non ? Il va falloir que je me souvienne de lui écrire pour la remercier.

— Je l'espère bien ! répliqua Julia, toujours soucieuse de respecter les convenances.

— Bon, tu sais comme on oublie les choses, quelquefois. Même celles qu'on a réellement l'intention de faire. Shaista, regarde, ajouta-t-elle comme cette dernière s'approchait. Ce n'est pas une merveille ?

— Elle a dû coûter très cher, constata Shaista en observant l'objet avec respect. Ça me plairait de bien jouer au tennis.

— Tu cours toujours derrière la balle.

— Je ne sais jamais trop où elle va arriver, éluda Shaista. Avant de rentrer chez moi, il faudra que je me fasse faire quelques jolis shorts à Londres. Ou bien une tenue de tennis comme celle de la championne américaine, Ruth Allen. Je trouve que c'est très élégant. Peut-être que j'aurai les deux, sourit-elle par avance.

— Shaista ne pense qu'aux vêtements, grinça Julia avec mépris quand les deux amies furent de nouveau seules. Tu crois qu'un jour on sera comme ça ?

— C'est vraisemblable, déplora Jennifer. Et ce sera terriblement ennuyeux.

Elles pénétrèrent dans le pavillon des sports, maintenant libéré officiellement par la police. Jennifer mit soigneusement en place son cadre sur sa raquette.

— Elle est belle, hein ? dit-elle en la caressant affectueusement.

— Qu'est-ce que tu as fait de la vieille ?

— Oh ! elle l'a prise.

— Qui ça ?

— La femme qui m'a donné celle-ci. Elle a rencontré tante Gina à un cocktail. Tante Gina lui a demandé de me l'apporter parce qu'elle venait dans le coin aujourd'hui, et de lui rapporter l'ancienne pour qu'elle la fasse recorder.

— Ah ! je vois.

Mais Julia gardait le front plissé.

— Qu'est-ce que la Bulle te voulait ? s'enquit Jennifer.

— La Bulle ? Oh ! trois fois rien. Seulement l'adresse de maman. Sauf qu'elle n'en a pas en ce moment parce qu'elle visite la Turquie en bus. Dis-moi, Jennifer… Ta raquette n'avait *pas* besoin d'un recordage.

— Oh ! si, Julia. C'était un vrai hamac.

— Je sais. Mais il s'agissait de *ma* raquette, en réalité. Nous avons fait un échange, souviens-toi. C'était ma raquette *à moi* qu'il fallait recorder. La tienne, celle que j'ai maintenant, avait bel et bien été recordée. Tu m'avais dit que ta mère avait fait mettre de nouvelles cordes sur la tienne avant que vous ne partiez pour l'étranger.

— Oui, c'est vrai, reconnut Jennifer, un peu surprise. Bon, j'imagine que cette femme… qui qu'elle soit… J'aurais dû lui demander son nom, en fait, mais j'étais tellement contente… Bref, cette femme a sans doute vu qu'il fallait la recorder.

— Mais tu m'as dit que, *d'après elle*, c'était ta tante Gina qui disait qu'elle avait besoin d'un recordage. Et ta tante Gina n'aurait pas décrété qu'il en fallait un s'il n'en fallait pas.

Jennifer s'impatienta :

— Bon, eh bien… J'imagine… je suppose que…

— Tu supposes quoi ?

— Tante Gina a peut-être pensé que, *si* je voulais une nouvelle raquette, c'était parce que l'autre avait besoin d'être recordée. De toute façon, quelle importance ?

— Ça n'en a probablement pas beaucoup, convint Julia avec lenteur. Mais je trouve quand même ça bizarre, Jennifer. C'est comme… Comme dans Aladin, tu vois, quand on lui propose des lampes neuves en échange de sa vieille lampe.

Jennifer éclata de rire :

— Imagine un peu que j'aie frotté ma vieille raquette – *ta* vieille raquette, si tu y tiens – et qu'un génie soit apparu ! Si tu frottais une lampe et qu'un génie en sorte, qu'est-ce que tu lui demanderais, Julia ?

— Une foule de choses, souffla Julia, enthousiasmée. Un magnétophone, et un berger allemand – ou bien peut-être un danois. Et puis cent mille livres et une robe du soir en satin noir et… et encore des tonnes de choses…. Et toi ?

— Je ne sais pas vraiment, avoua Jennifer. En réalité, maintenant que j'ai cette formidable nouvelle raquette, je suis comblée.

13

CATASTROPHE

Le troisième week-end suivant la rentrée obéissait à la coutume établie. C'était le premier pendant lequel les parents avaient le droit de sortir les pensionnaires. Il en résulta que Meadowbank fut presque déserté.

Le dimanche, seules vingt élèves étaient inscrites pour le repas de midi. Certaines des enseignantes avaient posé un congé complet et ne rentreraient que tard le dimanche soir, voire le lundi matin. Pour l'occasion, Mlle Bulstrode elle-même se proposait de s'absenter. Ce qui dérogeait à la règle, car elle avait pour habitude de ne pas quitter le collège pendant les périodes scolaires. Mais elle avait ses raisons. Elle était invitée chez la duchesse de Welsham, à Welsington Abbey. La duchesse avait beaucoup insisté, en soulignant que Henry Banks serait au nombre de ses hôtes. Gros industriel, Henry Banks présidait le conseil d'administration de Meadowbank, dont il avait été, à l'origine, l'un des promoteurs. En quelque sorte, il s'agissait moins d'une invitation que d'un ordre. Mlle Bulstrode n'était pas d'un caractère à permettre qu'on la mette en demeure si elle ne le souhaitait pas. Mais, en l'occurrence, elle avait accepté l'invitation avec plaisir. Les duchesses ne la laissaient pas indifférente, et la duchesse de Welsham, femme de grande influence, avait envoyé ses filles à Meadowbank. Elle était aussi particulièrement heureuse d'avoir ainsi la possibilité de s'entretenir avec Henry Banks de l'avenir du collège et, en même temps, de lui présenter sa propre version du drame récent.

Grâce aux relations de Meadowbank dans les hautes sphères, l'assassinat de Mlle Springer avait fait l'objet, dans la presse, d'un traitement plein de retenue. De meurtre mystérieux, il était passé au rang de regrettable accident. Les articles laissaient implicitement entendre que de jeunes voyous s'étaient introduits par effraction dans le pavillon des sports et que la mort de Mlle Springer avait été, non pas préméditée, mais provoquée par un malheureux concours de circonstances. On indiquait, sans plus de précisions, que plusieurs jeunes gens avaient été convoqués au poste de police pour « éclairer les policiers dans leur enquête ». Pour sa part, Mlle Bulstrode souhaitait vivement dissiper la mauvaise impression que les événements auraient pu causer à ces deux éminents protecteurs du collège. Elle savait aussi qu'ils voulaient discuter de son projet de partir à la retraite. Tant la duchesse que Henry Banks étaient désireux de la persuader de demeurer à son poste. Mais le temps était venu, estimait Mlle Bulstrode, de pousser en avant les droits qu'Eleanor Vansittart s'était acquis à sa succession, de souligner à quel point elle possédait une remarquable personnalité, et de montrer qu'elle serait parfaite pour poursuivre la tradition de Meadowbank.

Le samedi matin, Mlle Bulstrode achevait de dicter son courrier à Ann Shapland lorsque le téléphone sonna. Ann décrocha le combiné.

— C'est l'émir Ibrahim, Mlle Bulstrode, annonça-t-elle. Il vient d'arriver au *Claridge,* et il voudrait envoyer chercher Shaista demain.

Mlle Bulstrode s'empara du récepteur et s'entretint brièvement avec l'un des employés de l'émir. Shaista, dit-elle, serait prête à partir de 11 heures et demie dans la matinée du dimanche. Elle devrait être rentrée au collège à 20 heures.

Elle raccrocha.

— Je souhaiterais que les Orientaux prennent quelquefois la peine de nous prévenir un peu plus à l'avance, déplora-t-elle. Il avait été prévu que Shaista sortirait demain avec Gisèle d'Aubray. Maintenant, il va nous falloir annuler cela. En avons-nous fini avec la correspondance ?

— Oui, mademoiselle Bulstrode.

— Bon. Je peux donc m'en aller la conscience tranquille. Tapez ces lettres, envoyez-les, et puis vous serez, vous aussi, libre pour tout le week-end. Je n'aurai pas besoin de vous avant l'heure du déjeuner, lundi.

— Merci, mademoiselle Bulstrode.

— Amusez-vous bien.

— J'en ai l'intention, dit Ann.

— Un jeune homme ?

— Eh bien… oui, avoua Ann en rougissant un peu. Mais il n'y a rien de sérieux.

— Alors, il le faudrait. Si vous avez l'intention de vous marier un jour, ne tardez pas trop.

— Oh ! ce n'est qu'un vieil ami. Rien de bien exaltant.

— L'exaltation, pontifia Mlle Bulstrode, ne constitue pas toujours la meilleure des bases pour la vie conjugale. Envoyez-moi Mlle Chadwick, voulez-vous ?

Mlle Chadwick débarqua en coup de vent.

— L'émir Ibrahim, l'oncle de Shaista, la sortira demain, Chaddy. S'il vient en personne, dites-lui qu'elle fait de bons progrès.

— Elle n'est pas très intelligente, rétorqua Mlle Chadwick.

— Intellectuellement, elle est immature, concéda Mlle Bulstrode. Mais elle démontre une personnalité remarquablement mûre dans d'autres domaines. Parfois, lorsque l'on parle avec elle, on pourrait croire qu'elle a vingt-cinq ans. Je suppose que c'est dû à la vie trépidante qu'elle a menée. Paris, Téhéran, le Caire, Istanbul, et tout le reste. Dans ce pays, nous avons tendance à traiter trop longtemps nos jeunes filles comme des gamines. Lorsque nous disons : « C'est encore une enfant » pour vous, c'est un compliment. Mais ce n'est pas une vertu. C'est un grave handicap dans l'existence.

— Je ne sais pas si je puis vraiment vous suivre sur ce terrain, ma chère, riposta Mlle Chadwick. Je vais aller prévenir Shaista de l'arrivée de son oncle. Partez pour votre week-end, et ne vous inquiétez de rien.

— Oh ! je ne me ferai pas de soucis ! répondit Mlle Bulstrode. C'est réellement l'occasion rêvée pour confier les rênes à Eleanor Vansittart et voir comment elle assume ses responsabilités. Avec vous deux à la barre, rien ne peut aller de travers.

— Je l'espère bien. Je vais voir Shaista.

La jeune princesse parut étonnée, et point du tout ravie, d'apprendre que son oncle était de passage à Londres.

— Il veut me sortir demain ? marmonna-t-elle. Mais, Mlle Chadwick, tout était prévu pour que je sorte avec Gisèle d'Aubray et sa mère.

— Il va vous falloir remettre cela à une autre fois.

— Je préférerais beaucoup aller avec Gisèle, grogna Shaista. Mon oncle n'est pas amusant du tout. Il mange, et après ça il ronfle, et c'est d'un ennui mortel.

— Vous ne devez pas parler ainsi, la reprit Mlle Chadwick. C'est impoli. Votre oncle n'est en Angleterre que pour une semaine, si j'ai bien compris, et il est naturel qu'il veuille vous voir.

— Peut-être a-t-il arrangé un nouveau mariage pour moi ? s'interrogea Shaista, les traits rassérénés. Si c'est ça, ce sera amusant.

— S'il en est ainsi, votre oncle vous le dira, sans aucun doute. Mais vous êtes encore trop jeune pour vous marier. Il vous faut d'abord achever votre éducation.

— L'éducation, c'est aussi d'un ennui mortel, bougonna Shaista.

*

Le dimanche matin était clair et serein. La veille, Mlle Shapland avait quitté Meadowbank peu après Mlle Bulstrode. Mlle Johnson, Mlle Rich et Mlle Blake venaient de partir.

Mlle Vansittart, Mlle Chadwick, Mlle Rowan et Mlle Blanche restaient seules pour assumer la charge du collège.

— J'espère que les filles ne jacasseront pas trop, dit Mlle Chadwick, dubitative. Au sujet de la pauvre Mlle Springer, faut-il le préciser.

— Espérons que toute cette affaire sera vite oubliée, répliqua Eleanor Vansittart. Si certains des parents m'en parlent *à moi*, je couperai court. Il vaut mieux, je crois, adopter une position ferme.

Les élèves allèrent à l'église à 10 heures, accompagnées par Mlle Vansittart et par Mlle Chadwick. Quatre pensionnaires, de religion catholique, furent escortées au service dominical concurrent par Mlle Blanche. Puis, vers 11 h 30, les voitures commencèrent à se succéder dans l'allée. Mlle Vansittart, très aimable, la mine altière et pleine de dignité, se tenait dans le hall. Elle accueillait les mères avec le sourire, faisait venir leur progéniture et écartait, l'air de rien, toutes les allusions malencontreuses au drame récent.

— C'est terrible, disait-elle. Oui, terrible. Mais, comprenez-le, *nous n'abordons pas le sujet ici*. Toutes ces jeunes consciences... ce serait dommageable pour elles que de s'appesantir là-dessus.

Chaddy était également présente pour saluer les parents qu'elle connaissait depuis longtemps, discuter de leurs projets de vacances, et pour leur parler de leurs filles en termes affectueux.

— Je pense vraiment que tante Isabel aurait pu venir pour *me* sortir, ronchonna Julia qui, en compagnie de Jennifer, écrasait son nez contre la vitre d'une des salles de classe pour observer les allées et venues.

— Maman me sortira la semaine prochaine, répondit Jennifer. Papa recevait ce week-end des gens très importants, et elle n'a pas pu venir aujourd'hui.

— Tiens ! voilà Shaista, spécialement habillée pour aller à Londres. Holà !... Regarde un peu ses talons. Je parie que la vieille Johnson n'apprécie guère ces chaussures-là.

Un chauffeur en livrée ouvrait à la jeune princesse la portière d'une grosse Cadillac. Elle monta et le véhicule démarra.

— Tu pourrais venir avec moi le week-end prochain, reprit Jennifer. J'ai déjà écrit à maman que je voudrais inviter une amie.

— J'aimerais bien. Regarde-moi Vansittart faire son numéro.

— Pleine de grâce, hein ?

— Je ne sais pas pourquoi, constata Julia, mais, d'une certaine façon, elle me donne envie de rire. On dirait une espèce de copie de Mlle Bulstrode, non ? Une très bonne copie, mais c'est comme quand Joyce Grenfell ou une autre comédienne fait une imitation.

— Voilà la mère de Pam. Elle a amené les petits derniers. Je me demande comment ils font pour tous entrer dans la Morris Minor.

— Ils partent en pique-nique. Tu as vu tous ces paniers ?

— Qu'est-ce que tu vas faire cet après-midi ? s'enquit Jennifer. Je pense que ce n'est pas la peine d'écrire à maman cette semaine si je la vois la semaine prochaine.

— Tu es très paresseuse pour le courrier, Jennifer.

— Je ne sais jamais quoi dire.

— Moi, c'est tout le contraire. Je pense toujours à des tas de choses. Mais je n'ai personne à qui écrire en ce moment.

— Et ta mère ?

— Je t'ai déjà dit qu'elle est partie en autocar pour l'Anatolie. Et on ne peut pas écrire à des gens qui parcourent l'Anatolie en car. En tout cas, pas tout le temps.

— Où lui écris-tu, quand tu lui écris ?

— Oh ! J'envoie mes lettres aux consulats. Elle m'a laissé une liste. D'abord Istanbul, puis Ankara, et ensuite une série de noms à coucher dehors... Je me demande pourquoi la Bulle voulait à tout prix entrer en contact avec elle. Elle m'a semblé très contrariée quand je lui ai dit qu'elle était partie.

— Ça n'est certainement pas à ton sujet, la rassura Jennifer. Tu n'as rien fait de répréhensible, n'est-ce pas ?

— Pas que je sache. Elle voulait peut-être la prévenir pour Springer.

— Pourquoi diable ? Je pense plutôt qu'elle doit être sacrément heureuse qu'il y ait au moins une mère qui ne sache *rien* de l'affaire Springer.

— Tu veux dire que les mères pourraient croire que leurs filles risqueraient d'être assassinées, elles aussi ?

— Je ne pense pas que ma mère soit bête à ce point. Mais elle s'est quand même passablement affolée.

— Si tu veux mon avis, médita Julia, je crois qu'il y a beaucoup de choses qu'on ne nous a pas dites sur Springer.

— Quel genre de choses ?

— Eh bien, les choses bizarres qui arrivent en ce moment. Comme ta nouvelle raquette.

— Oh ! j'avais justement l'intention de t'en parler, se souvint Jennifer. Tu sais, j'avais écrit à tante Gina pour la remercier. Et, ce matin, j'ai reçu une lettre d'elle, disant qu'elle était très heureuse que j'aie une nouvelle raquette, mais que ce n'était pas elle qui me l'avait envoyée.

— Je t'avais bien dit que cette histoire de raquette était louche, triompha Julia. Et puis il y a bien eu un cambriolage chez tes parents, non ?

— Oui. Mais on n'a rien volé.

— Ça, c'est encore plus intéressant. Je suis persuadée que nous allons probablement avoir un second meurtre très bientôt.

— Oh ! vraiment, Julia, pourquoi y aurait-il un deuxième assassinat ?

— Eh bien, dans les livres, il y a, en général, un second meurtre. Ce que je crois, Jennifer, c'est que tu devrais faire sacrément attention à ne pas te faire assassiner, *toi*.

— Moi ? s'étonna Jennifer. Pourquoi voudrait-on m'assassiner ?

— Parce que, d'une manière ou d'une autre, tu es mêlée à tout ça. La semaine prochaine, il va falloir qu'on essaye d'en apprendre un peu plus auprès de ta mère, Jennifer. Quelqu'un lui a peut-être remis des documents secrets, à Ramat.

— Quels documents secrets ?

— Alors, là, je n'en sais rien. Des plans ou des formules pour une nouvelle bombe atomique. Quelque chose comme ça.

Jennifer ne semblait pas convaincue.

*

Mlle Vansittart et Mlle Chadwick étaient toutes deux dans le salon lorsque Mlle Rowan les rejoignit.

— Où est Shaista ? demanda-t-elle. Je ne la trouve nulle part. La voiture de l'émir vient d'arriver pour l'emmener.

— Quoi ? s'étonna Chaddy. Il doit y avoir une erreur. La voiture de l'émir est déjà passée la prendre, il y a trois quarts d'heure à peu près. Je l'ai vue moi-même monter dedans. Elle a été une des premières à s'en aller.

Eleanor Vansittart haussa les épaules :

— J'imagine qu'on a dû commander deux fois une voiture, ou quelque chose comme cela.

Elle sortit pour interroger le chauffeur.

— Il y a sans doute eu une erreur, lui dit-elle. Cette jeune fille est partie pour Londres depuis trois quarts d'heure.

L'homme parut étonné :

— Je veux bien admettre qu'il y a eu une erreur, si c'est vous qui le dites. Mais moi, mes instructions, ça consistait à venir à Meadowbank prendre la demoiselle, ça, j'en suis sûr.

— Il doit y avoir eu confusion quelque part, diagnostiqua Mlle Vansittart.

Le visage du chauffeur se rasséréna :

— Ça arrive tout le temps. Les gens prennent les messages au téléphone, ils notent sur un bout de papier, et puis ils oublient. J'en passe et des meilleures. Mais, dans notre société, nous mettons un point d'honneur à *ne pas* commettre d'erreurs. Bien sûr, avec les Orientaux, on ne sait jamais… si je peux me permettre de m'exprimer ainsi. Ils sont souvent escortés d'une cohorte de serviteurs, et les mêmes ordres sont facilement donnés deux ou trois fois. Je suppose que c'est ce qui a dû se passer aujourd'hui.

Il manœuvra sa limousine avec adresse et repartit.

Mlle Vansittart arbora un instant une mine dubitative. Puis elle décida qu'il n'y avait aucune raison de s'inquiéter et préféra se réjouir à la perspective d'un après-midi paisible.

Après le déjeuner, les quelques élèves restées au collège écrivirent des lettres ou se promenèrent dans le parc. Certaines jouèrent au tennis et d'autres, plus nombreuses, plongèrent dans la piscine. Munie de son stylo et son bloc, Mlle Vansittart s'installa à l'ombre d'un cèdre. Lorsque le téléphone sonna, ce fut Mlle Chadwick qui répondit.

— Meadowbank ? interrogea la voix d'un jeune Anglais bien élevé. Mlle Bulstrode est-elle là ?

— Mlle Bulstrode est absente aujourd'hui. Mlle Chadwick à l'appareil.

— Eh bien, c'est au sujet de l'une de vos élèves. Je vous appelle depuis le *Claridge*. La suite de l'émir.

— Oh oui ? Au sujet de Shaista ?

— Oui. L'émir est assez contrarié de n'avoir reçu aucun message.

— Un message ? Pourquoi aurait-il dû recevoir un message ?

— Eh bien, pour dire que Shaista ne pouvait pas venir, ou qu'elle ne venait pas.

— Qu'elle ne venait pas !... Vous voulez dire qu'elle n'est pas encore arrivée ?

— Non, non, ce qu'il y a de certain c'est qu'elle n'est pas arrivée. Aurait-elle donc quitté Meadowbank ?

— Oui. Une voiture est passée la prendre ce matin – vers 11 h 30, à peu près. Et elle est partie.

— C'est extraordinaire, parce que nous n'avons pas signe de vie d'elle, ici… Je ferais mieux de téléphoner à la société qui fournit les voitures de l'émir.

— Oh ! Seigneur, souffla Mlle Chadwick. J'espère bien qu'il n'y a pas eu un accident.

— N'imaginons pas le pire, rétorqua gaiement le jeune homme. S'il y avait eu un accident, vous en auriez été informées. Ou bien nous. Je ne m'inquiéterais pas, si j'étais vous.

Mais Mlle Chadwick s'inquiétait.

— Cela me paraît très étrange, chevrota-t-elle.

— Je suppose que…

Le jeune homme hésita.

— Oui ?

— Eh bien, ce n'est pas vraiment le type d'hypothèse que je soumettrais à l'émir. Mais, tout à fait entre vous et moi, il n'y a pas de… euh… eh bien, de petit ami dans les parages, n'est-ce pas ?

— Certainement pas, riposta Mlle Chadwick avec dignité.

— Non, non, je ne pensais pas qu'il pût y en avoir. Mais, enfin, avec les jeunes filles, on ne sait jamais, pas vrai ? Vous seriez étonnée de savoir ce que j'ai pu parfois découvrir.

— Je peux vous assurer, décréta-t-elle, toujours aussi digne, que quoi que ce soit de ce genre ne risque pas de se produire ici, c'est impossible.

Mais était-ce bien impossible ? Avec les filles, pouvait-on jamais savoir ?

Elle raccrocha le combiné, puis, plutôt malgré elle, se mit en quête de Mlle Vansittart. Elle n'avait aucune raison de penser que Mlle Vansittart ferait mieux qu'elle face à la situation, mais elle ressentait la nécessité de consulter quelqu'un.

— La seconde voiture ? lança immédiatement Eleanor Vansittart.

Elles se regardèrent l'une l'autre.

— Vous ne croyez pas, demanda Mlle Chadwick, que nous devrions informer la police de tout cela ?

— *Pas* la police, trancha Mlle Vansittart d'un ton scandalisé.

— Vous savez, elle avait dit elle-même que quelqu'un pourrait essayer de l'enlever.

— De l'enlever ? Sottises !

Mlle Chadwick insista :

— Vous ne pensez pas que…

— Mlle Bulstrode m'a confié la responsabilité de cette maison, la foudroya Mlle Vansittart. Et je n'approuverais certainement rien de tel. Nous ne voulons plus voir la police ici.

Mlle Chadwick lui lança un regard dépourvu d'aménité. Elle jugeait Mlle Vansittart imprévoyante et déraisonnable. Elle regagna le bâtiment principal pour appeler au téléphone la résidence de la duchesse de Welsham. Hélas ! Tout le monde était sorti.

14

L'INSOMNIE DE MLLE CHADWICK

Mlle Chadwick ne parvenait pas à trouver le sommeil. Elle se tournait et se retournait dans son lit, comptant des moutons ou recourant à d'autres méthodes tout aussi efficaces pour essayer de s'endormir. En vain.

À 8 heures du soir, voyant que Shaista n'était pas rentrée et que l'on n'avait aucune nouvelle d'elle, Mlle Chadwick avait pris l'affaire en main et appelé l'inspecteur Kelsey au téléphone. Elle fut soulagée de constater qu'il ne prenait pas la chose trop au sérieux. Elle pouvait lui laisser le soin de s'occuper de tout, lui dit-il. Il serait facile de vérifier s'il n'y avait pas eu un accident. Après quoi, il se mettrait en contact avec Londres. Tout le nécessaire serait fait. Peut-être la jeune fille avait-elle décidé de sécher le collège. L'inspecteur conseilla à Mlle Chadwick d'en parler le moins possible autour d'elle. Il valait mieux donner à penser que Shaista passait la nuit chez son oncle au *Claridge*.

— La dernière chose que vous souhaiteriez, ou que souhaiterait Mlle Bulstrode, souligna Kelsey, c'est un surcroît de publicité. Un enlèvement de la petite me semble des plus improbables. Ne vous inquiétez donc pas, Mlle Chadwick. Nous nous occupons de tout.

Mais Mlle Chadwick s'inquiétait.

Étendue, éveillée, elle envisageait toutes les éventualités, du kidnapping au meurtre.

Un meurtre à Meadowbank. C'était épouvantable ! Incroyable !... *Meadowbank*. Mlle Chadwick aimait Meadowbank. Peut-être même l'aimait-elle plus encore que Mlle Bulstrode, encore que d'un amour un peu différent. Ç'avait été une entreprise si risquée, si dangereuse. Suivant fidèlement Mlle Bulstrode dans ce pari hasardeux, elle avait éprouvé plus d'une fois un sentiment de panique en imaginant que leur projet allait échouer. Elles ne disposaient guère de capital. Si elles ne réussissaient pas... Si on leur retirait leurs appuis... Mlle Chadwick était d'une nature anxieuse et pouvait toujours aligner d'innombrables *si*. Mlle Bulstrode avait apprécié l'aventure et ses dangers, mais pas Chaddy. Parfois, dans les tourments de l'angoisse, elle avait plaidé pour que Meadowbank obéisse à des règles plus conventionnelles. Ce serait plus *sûr*, faisait-elle alors valoir. Mais la sécurité n'intéressait pas Mlle Bulstrode. Visionnaire, elle avait décidé de ce qu'un collège doit être, et elle avait poursuivi son idée, imperturbable. Son audace avait été récompensée. Quel soulagement pour Chaddy quand le succès était arrivé. Quand Meadowbank avait pu se poser, avec certitude, en institution britannique établie. C'était à ce moment-là que l'amour de Mlle Chadwick pour Meadowbank avait fleuri. Les doutes, les peurs, les craintes : tout avait disparu. La paix et la prospérité étaient venues.

194

Mlle Chadwick s'était nichée dans cette prospérité comme un matou qui ronronne.

Elle avait été bouleversée lorsque Mlle Bulstrode avait commencé à parler de prendre sa retraite. Partir *maintenant* – alors que tout allait si bien ? Quelle folie ! Mlle Bulstrode évoquait des voyages, des merveilles du monde qu'elle aurait voulu voir. Cela n'impressionnait pas Chaddy. Rien, nulle part, ne pouvait égaler Meadowbank ! Il lui avait semblé que rien ne pourrait nuire au bien-être de Meadowbank… Mais maintenant… Un meurtre !

Quel mot affreux – surgi du monde extérieur comme une tempête dépourvue de la moindre éducation. Meurtre : un mot que Mlle Chadwick n'associait qu'à des voyous armés de couteaux à cran d'arrêt ou à des médecins dépravés cherchant à empoisonner leur épouse. Mais un meurtre ici… dans un collège… et pas n'importe lequel : à Meadowbank. Incroyable.

Vraiment, Mlle Springer… Pauvre Mlle Springer, ce n'était pas sa *faute,* bien sûr… Pourtant, non sans illogisme, Chaddy avait le sentiment que c'était *un peu* sa faute. Elle ne connaissait pas les traditions de Meadowbank. Elle manquait de tact. Elle devait avoir, d'une certaine façon, provoqué sa propre mort.

Mlle Chadwick se retourna, arrangea son oreiller, et dit à mi-voix :

— Il ne faut pas que je continue de penser à tout ça. Peut-être ferais-je mieux de me lever et de prendre une aspirine. Je vais essayer de compter jusqu'à cinquante et…

Mais, parvenue à cinquante, elle poursuivait toujours le cours de ses sombres pensées. Elle s'inquiétait. Tout cela – et peut-être le kidnapping, lui aussi –

finirait-il par paraître dans les journaux ? Et les parents, les ayant lus, se hâteraient-ils de retirer leurs filles du collège ?..,

Oh ! Seigneur, il *fallait* qu'elle se calme et qu'elle s'endorme. Quelle heure était-il ? Elle ralluma sa lumière pour consulter sa montre – 0 h 45 à peine passé. Précisément le moment où cette pauvre Mlle Springer… Non, elle n'y penserait plus. Mais comme il avait été stupide de la part de Mlle Springer de sortir comme cela, toute seule, sans réveiller personne d'autre.

— Mon Dieu, murmura Mlle Chadwick, je vais aller prendre de l'aspirine.

Elle se leva et se dirigea vers le lavabo. Elle avala deux cachets d'aspirine avec une gorgée d'eau. En regagnant son lit, elle écarta le rideau et jeta un coup d'œil par la fenêtre. Elle agissait ainsi plus pour se rassurer que pour toute autre raison. Elle voulait se convaincre qu'il n'y aurait plus jamais de lumière dans le pavillon des sports au milieu de la nuit.

Mais il y avait de la lumière.

Instantanément, Chaddy passa à l'action. Elle glissa ses pieds dans de grosses chaussures, enfila un épais manteau, s'empara de sa lampe torche et descendit les escaliers quatre à quatre. Elle avait reproché à Mlle Springer de n'avoir pas demandé de renfort avant d'aller voir de quoi il retournait, mais il ne lui vint pas à l'esprit de le faire. Elle pensait seulement à aller au pavillon pour découvrir qui était l'intrus. Elle s'arrêta pour se munir d'une arme – pas une arme très efficace, peut-être, mais une arme tout de même. Puis elle sortit par la porte latérale et se lança en courant sur le sentier. Elle était hors d'haleine mais parfaitement résolue. Ce ne fut qu'en approchant de la porte du pavillon qu'elle ralentit et prit soin de se déplacer en silence. La porte était à peine entrouverte. Elle la poussa et regarda à l'intérieur…

*

À peu près au moment où Mlle Chadwick quittait son lit pour aller prendre de l'aspirine, Ann Shapland, très séduisante dans une robe du soir noire, dégustait, au *Nid Sauvage*, un suprême de volaille en souriant au jeune homme qui lui faisait face. « Cher Dennis, pensait-elle, toujours rigoureusement le même. Et c'est précisément ce que je ne pourrais pas supporter si je l'épousais. N'empêche que c'est *tout de même* un chou. »

— Comme c'est amusant, Dennis, dit-elle tout haut. Quel *changement !*

— Alors, ce nouveau job ? demanda-t-il.

— Eh bien, en fait, il me plaît assez.

— Il ne me paraît cependant guère votre genre.

Ann rit :

— J'aurais bien de la peine à dire quel est mon genre. J'aime la diversité, Dennis.

— Je n'ai jamais compris pourquoi vous aviez quitté votre travail chez le vieux sir Mervyn Todhunter.

— Eh bien, essentiellement à cause de sir Mervyn Todhunter. Les attentions qu'il me portait commençaient à agacer sa femme. Et ne jamais agacer les épouses fait partie de ma politique. Elles peuvent faire beaucoup de mal, vous savez.

— Des harpies, commenta Dennis.

— Oh ! non, pas vraiment. Je suis plutôt du côté des épouses. De toute manière, j'aimais beaucoup mieux lady Todhunter que le vieux Mervyn. Mais pourquoi mon job actuel vous étonne-t-il ?

— Bah ! un collège... Vous n'avez pas l'esprit très scolaire, si vous voulez mon avis.

— Je détesterais enseigner. Je détesterais me retrouver enfermée avec un troupeau de bonnes femmes. Mais le travail de secrétaire dans un collège comme Meadowbank est assez amusant. C'est un collège unique en son genre, vous savez. Et Mlle Bulstrode, elle aussi, est unique en son genre. C'est vraiment quelqu'un, je peux vous le garantir. Ses yeux gris acier vous transpercent et discernent vos secrets les plus intimes. Et elle sait vous tenir sur la braise. Je ne voudrais pas commettre la moindre erreur dans les lettres qu'elle me dicte. Oh ! oui, c'est à coup sûr quelqu'un.

— Je voudrais que vous vous lassiez un jour de tous ces jobs, soupira Dennis. Ann, vous savez, il est grand temps que vous arrêtiez de passer d'un job ici à un job là et que... et que vous vous fixiez.

— Vous êtes gentil, Dennis, dit-elle sans s'engager.

— Nous pourrions avoir une vie très agréable, voyez-vous.

— Certes. Mais je ne suis pas encore prête. Et puis, vous le savez, il y a ma mère, de toute façon.

— Oui, je... j'étais sur le point de vous parler de cela.

— De ma mère ? Qu'alliez-vous me dire ?

— Eh bien, Ann, vous savez que je vous trouve merveilleuse. Votre manière de dénicher un travail

passionnant, et puis de tout laisser tomber pour
retourner auprès d'elle...

— Oh ! il faut que je le fasse de temps en temps,
quand elle traverse réellement une mauvaise période.

— Je sais... Et, comme je vous le disais, je trouve
que c'est merveilleux de votre part. Mais, tout de
même, il y a aujourd'hui des établissements, vous
savez, des établissements très convenables où... où
les gens comme votre mère sont très bien soignés et
tout ça. Pas des asiles.

— Et qui coûtent les yeux de la tête, remarqua
Ann.

— Non, non, pas nécessairement. Parce que, en
particulier avec la loi sur...

— Certes, on en viendra là un jour, rétorqua-t-elle
d'un ton amer. Mais, en attendant, j'ai trouvé une
charmante vieille dame qui vit avec maman et qui
l'aide pour les tâches quotidiennes. Maman est tout à
fait raisonnable la plupart du temps... et quand elle...
quand elle ne l'est pas, je rentre, et je redresse la
barre.

— Elle... elle n'est... elle n'est jamais...

— Vous alliez dire violente, Dennis ? Vous avez
une imagination extraordinairement malsaine. Non.
Ma chère maman n'est *jamais* violente. Elle souffre
simplement de confusion mentale. Elle oublie où elle
est, et qui elle est, et elle s'en va pour de longues pro-
menades. Et alors, à tous les coups, elle saute dans un
train ou dans un bus, et elle part pour n'importe où,
et... Bon, tout cela est très difficile, vous voyez.
Parfois, une seule personne ne suffit pas à faire face.
Mais elle est très heureuse, *même* en pleine confusion. Et quelquefois, elle en plaisante. Je me souviens

de l'avoir entendue dire : « Ann, ma chérie, c'est vraiment très embarrassant. Je savais que j'étais en route pour le Tibet. Et puis, j'étais là, assise dans cet hôtel de Douvres, sans savoir le moins du monde comment m'y rendre. Alors je me suis demandé pourquoi j'allais au Tibet. Et j'ai pensé que je ferais mieux de rentrer à la maison. Mais je ne pouvais pas me rappeler depuis quand j'étais partie. Ne pas pouvoir se souvenir des choses, chérie, c'est réellement très embarrassant. » Maman racontait tout cela de manière très amusante, vous savez. Je veux dire qu'elle voit très bien elle-même le côté drôle des pires situations.

— Je n'ai jamais fait sa connaissance, dit Dennis.

— Je n'encourage pas les gens à la rencontrer. Je crois que c'est le minimum que l'on ait le devoir de faire pour ceux qu'on aime. Les protéger de... eh bien, de la curiosité et de la pitié.

— Ce n'est pas de la curiosité, Ann.

— Non, je ne crois pas que, chez vous, ce serait de la curiosité. Mais ce serait de la pitié. Et cela, je n'en veux pas.

— Je comprends.

— Mais si vous croyez que cela m'ennuie d'abandonner un poste de temps en temps et de rentrer à la maison pour une durée indéfinie, c'est non. Je n'ai jamais souhaité m'impliquer trop profondément dans quoi que ce soit. Pas même quand j'ai décroché mon premier travail, après ma formation. Je pensais que ce qui comptait, c'était de devenir une réellement bonne secrétaire. Parce que, quand on est vraiment compétente, on peut choisir son employeur. On voit ainsi des lieux différents, et des modes de vie différents. En ce moment, j'observe la vie de collège. Le meilleur collège d'Angleterre vu de l'intérieur !... J'y resterai, j'imagine, un an et demi.

— Vous ne vous engagez jamais, n'est-ce pas, Ann ?

— Non, répondit-elle, songeuse, je ne crois pas. Je pense que je fais partie de ceux qui sont des observateurs nés. Un peu comme si j'étais un commentateur de radio.

— Vous êtes si détachée, confirma Dennis, très sombre. Vous n'aimez réellement rien, ni personne.

— Cela viendra un jour, l'encouragea-t-elle.

— Je crois comprendre plus ou moins comment vous pensez et réagissez.

— J'en doute.

— En tout état de cause, je suis convaincu que vous ne tiendrez pas un an là-bas. Vous en aurez par-dessus la tête de toutes ces femmes.

— Il y a un jardinier très joli garçon.

Elle éclata de rire en voyant l'expression déconfite de Dennis :

— Allons, souriez, j'essaie seulement de vous rendre jaloux.

— Qu'est-ce que c'est que cette histoire d'une des professeurs qui a été tuée ?

— Oh ! ça, soupira-t-elle, soudain sérieuse et pensive. C'est bizarre, Dennis. Franchement très bizarre. C'était le professeur de sport. Vous connaissez le genre. Mlle Épreuve sportive dans toute sa splendeur. Je pense qu'il y a derrière cette histoire tout un tas de secrets qui n'ont pas encore été découverts.

— Eh bien, ne vous retrouvez pas mêlée à une sale histoire.

— C'est facile à dire. Je n'ai jamais eu l'occasion de démontrer mes talents de détective. Or, je pense que c'est là un domaine où je *pourrais* être très bonne.

— Allons, Ann !

— Chéri, je ne vais pas traquer de dangereux criminels. Je vais seulement… comment dire ?… procéder à quelques déductions logiques. Qui et comment ? Et dans quel but ? Ce genre d'interrogations. Je suis tombée sur une information assez intéressante.

— Ann !

— Ne faites pas cette tête-là.

Elle prit l'air songeur :

— L'ennui, c'est que l'information en question semble n'avoir que peu de rapports avec l'histoire. Jusqu'à un certain point, tout colle à merveille. Et puis, soudain, plus du tout. Bah ! il y aura peut-être un second meurtre, qui viendra clarifier un peu la situation, conclut-elle gaiement.

Ce fut précisément à cet instant que Mlle Chadwick poussa la porte du pavillon des sports.

15

LE MEURTRE SE RÉPÈTE

— Venez, dit l'inspecteur Kelsey, la mine sombre. Il y en a eu un autre.

— Un autre quoi ? demanda Adam, avec un regard aigu.

— Un autre meurtre, répondit Kelsey.

Il montra le chemin. Adam le suivit. Tous deux, installés dans la chambre du pseudo-jardinier, buvaient de la bière et discutaient de diverses hypothèses quand l'inspecteur avait été appelé au téléphone.

— Qui est-ce ? interrogea Adam dans les escaliers.

— Encore un professeur : Mlle Vansittart.

— Où ?

— Dans le pavillon des sports.

— Encore le pavillon des sports. Mais qu'est-ce qu'il y a donc dans ce pavillon ?

— Cette fois, vous feriez mieux d'y jeter un coup d'œil vous-même. Votre technique de fouille réussira peut-être mieux que la nôtre. Il doit bien y avoir quelque chose, dans ce pavillon. Sinon pourquoi tout le monde irait-il s'y faire assassiner ?

Adam et lui montèrent dans sa voiture.

— Je suppose, reprit Kelsey, que le toubib sera arrivé là-bas avant nous. Pour lui, c'est beaucoup moins loin.

C'était, pensa l'inspecteur en pénétrant dans le pavillon brillamment éclairé, un peu comme un mauvais rêve qui se répète. Cette fois encore, il y avait un cadavre, avec le légiste agenouillé à côté de lui. Cette fois encore, le médecin se redressait :

— Tuée il y a une demi-heure. Quarante minutes tout au plus.

— Qui l'a découverte ? interrogea Kelsey.

— Mlle Chadwick, répondit l'un de ses hommes.

— C'est la vieille, n'est-ce pas ?

— Oui. Elle a vu de la lumière, elle est venue ici, et elle l'a trouvée morte. Elle est rentrée comme elle a pu dans le bâtiment principal, et elle a plus ou moins piqué une crise d'hystérie. C'est la gouvernante, Mlle Johnson, qui nous a téléphoné.

— Bon. Comment a-t-elle été tuée ? Un coup de feu, de nouveau ?

Le médecin secoua la tête :

— Non. Frappée à l'arrière du crâne, cette fois. Avec une matraque, peut-être, ou avec un sac de sable. Un instrument de ce genre.

Un club de golf en acier gisait près de la porte. C'était le seul objet qui évoquait vaguement l'idée de désordre.

— Et ça ? s'enquit Kelsey. Elle ne pourrait pas avoir été frappée avec ça ?

— Impossible, répliqua le docteur. Le cadavre ne porte aucune trace. Non, c'était certainement une lourde matraque de caoutchouc, ou un sac de sable. Quelque chose comme ça.

— Quelque chose de... professionnel ?

— Oui, probablement. Cette fois-ci, *on* n'avait pas l'intention de faire du bruit. On s'est approché par-derrière, et on a visé l'occiput. Elle est tombée en avant, et elle n'a sans doute jamais su qui l'avait liquidée.

— Qu'est-ce qu'elle faisait ?

— Elle était vraisemblablement à genoux devant ce casier.

L'inspecteur alla examiner le casier en question :

— Je présume que c'est le nom de la fille. Shaista... Voyons, c'est... c'est la jeune Égyptienne, non ? Son altesse la princesse Shaista.

Il se tourna vers Adam :

— Il doit y avoir un rapport, hein ? Attendez une seconde... Ce n'est pas la fille qui a été portée disparue ce soir ?

— C'est ça, patron, confirma le sergent. Une voiture est venue la chercher, soi-disant envoyée par son oncle qui est descendu au *Claridge,* à Londres. Elle est montée dedans, et on ne l'a plus revue.

— Pas d'informations jusqu'à présent ?

— Rien encore, patron. On a monté des barrages. Et Scotland Yard est sur le coup.

— Une méthode simple et confortable pour kidnapper quelqu'un, commenta Adam. Pas de lutte, pas de cris. Tout ce que vous avez besoin de savoir, c'est que la petite attend qu'une voiture vienne la chercher. Et tout ce que vous avez à faire, c'est de vous donner l'air d'un chauffeur de maître et d'arriver sur place avant l'autre bagnole. La fille monte sans l'ombre d'une hésitation, et vous, vous pouvez filer sans qu'elle soupçonne le moins du monde ce qui lui arrive.

— On n'a retrouvé nulle part une voiture abandonnée ? interrogea Kelsey.

— Pas de nouvelles, dit le sergent. Scotland Yard est sur l'affaire, comme je vous l'ai dit. Et aussi les Services spéciaux.

— Ça peut signifier un peu de remous politiques, constata Kelsey. Je n'imagine pas une seconde qu'ils pourront la faire sortir du pays.

— De toute façon, dans quel but l'ont-ils enlevée ? interrogea le médecin.

— Dieu seul le sait, répliqua l'inspecteur, sombre. Elle m'avait dit qu'elle avait peur d'un enlèvement, et j'ai honte de devoir avouer que j'ai pensé qu'elle me faisait du cinéma.

— Je l'ai pensé moi aussi, quand vous m'en avez parlé, dit Adam.

— Le problème, c'est que nous n'en savons pas assez, reprit Kelsey. Il y a beaucoup trop d'inconnues.

Il lança un coup d'œil circulaire :

— Bon, il ne me paraît pas que j'aie encore grand-chose à faire ici. Continuez la routine – les photos, les empreintes, etc. Je vais aller dans le bâtiment principal.

Il y fut reçu par Mlle Johnson. Elle était émue, mais restait maîtresse d'elle-même :

— C'est affreux, inspecteur. Deux de nos professeurs tuées. La pauvre Mlle Chadwick est dans un état épouvantable.

— J'aimerais la voir dès que possible.

— Le médecin lui a donné un calmant, et elle est beaucoup moins nerveuse, maintenant. Voulez-vous que je vous conduise à elle ?

— Oui, dans une minute ou deux. Avant tout, dites-moi ce que vous pouvez au sujet de la dernière fois où vous avez vu Mlle Vansittart.

— Je ne l'avais pas vue de la journée. J'étais de sortie. Je suis rentrée juste avant 11 heures. Je suis montée directement dans ma chambre. Et je me suis couchée.

— Vous n'avez pas, par hasard, regardé le pavillon par la fenêtre ?

— Non. Non, je n'y ai pas pensé. J'avais passé la journée avec ma sœur, que je n'avais pas vue depuis un certain temps, et j'avais la tête pleine des nouvelles de la famille. J'ai pris un bain, je me suis mise au lit avec un livre, et puis j'ai éteint et je me suis endormie. Je n'ai pas bougé jusqu'à ce que Mlle Chadwick fasse irruption chez moi, pâle comme un linge, et tremblant de tout son corps.

— Mlle Vansittart était-elle, elle aussi, absente aujourd'hui ?

— Non, elle était ici. Elle avait la responsabilité du collège. Mlle Bulstrode n'est pas là.

— Qui d'autre était présent ? Parmi les professeurs, j'entends.

Mlle Johnson se donna le temps de la réflexion :

— Mlle Vansittart, Mlle Chadwick, le professeur de français, mademoiselle Blanche, et Mlle Rowan.

— Je vois. Eh bien, conduisez-moi donc chez Mlle Chadwick.

Mlle Chadwick était prostrée dans un fauteuil. Quoique la nuit fût chaude, le radiateur électrique était allumé, et elle avait les jambes enveloppées dans une couverture. Elle tourna vers l'inspecteur un visage hagard :

— Elle est morte ? Elle est *vraiment* morte ? Il n'y a aucune chance que… qu'elle revienne à elle ?

Kelsey fit non de la tête avec lenteur.

— C'est tellement épouvantable, avec Mlle Bulstrode qui n'est pas là, gémit Mlle Chadwick avant d'éclater en sanglots. Ça va ruiner le collège. Ça va ruiner Meadowbank. Je ne peux pas le supporter – je ne peux pas, réellement.

L'inspecteur s'assit à côté d'elle.

— Je sais, lui dit-il gentiment. Je sais. C'est pour vous un choc terrible. Mais je veux que vous soyez courageuse, mademoiselle Chadwick, et que vous me disiez tout ce que vous savez. Plus vite nous mettrons la main sur le coupable et moins il y aura de problèmes et de mauvaise publicité.

— Oui, oui, je comprends. Voyez-vous, je… je me suis couchée tôt, parce que je pensais que, pour une fois, ce serait agréable d'avoir une longue nuit de sommeil. Mais je ne pouvais pas m'endormir. Je m'inquiétais.

— Vous vous inquiétiez du collège ?

— Oui. Et de la disparition de Shaista. Et puis j'ai commencé à réfléchir à Mlle Springer et j'en suis venue à me demander si… enfin, quelle influence son assassinat aurait sur les parents, et s'ils laisseraient leurs filles au collège le trimestre prochain. J'en étais bouleversée pour Mlle Bulstrode. Je veux dire que c'est elle qui a *fait* ce collège. Et c'est une telle réussite…

— Je sais. Mais poursuivez : vous étiez donc inquiète, et vous ne dormiez pas ?

— Non, je comptais les moutons à n'en plus finir. Alors je me suis levée et j'ai pris de l'aspirine. Après ça, je suis allée à la fenêtre et j'ai écarté le rideau. Je ne sais vraiment pas pourquoi. Sans doute parce que j'avais pensé à Mlle Springer. Et c'est à ce moment-là, figurez-vous, que j'ai vu... que j'ai vu une lumière là-bas.

— Quel genre de lumière ?

— Eh bien, on aurait dit une lumière qui dansait. Je veux dire – je pense que c'était la lumière d'une lampe torche. Comme celle que Mlle Johnson et moi avions vue la dernière fois.

— C'était exactement la même, n'est-ce pas ?

— Oui, oui, je crois. Peut-être un peu plus faible, mais je n'en jurerais pas.

— Oui. Et ensuite ?

— Et ensuite, dit Mlle Chadwick d'une voix plus sonore, j'ai décidé que, *cette fois-ci,* je verrais qui était là-bas, et ce qu'on y faisait. Alors j'ai mis mon manteau et mes chaussures et j'ai couru.

— Vous n'avez pas pensé à appeler quelqu'un d'autre ?

— Non. Non, je n'y ai pas pensé. Vous comprenez, j'étais si pressée d'aller là-bas, j'avais si peur que l'intrus... quel qu'il soit... ne prenne la fuite...

— Bon. Continuez, mademoiselle Chadwick.

— J'ai couru aussi vite que je le pouvais. C'est seulement en approchant de la porte que j'ai marché sur la pointe des pieds – pour être sûre que personne ne m'entendrait. Je suis arrivée. La porte n'était pas fermée… mais tout juste entrouverte. Je l'ai poussée. J'ai regardé… et elle était là. Tombée la tête la première, *morte…*

Elle se mit à trembler.

— Oui, oui, mademoiselle Chadwick, calmez-vous. À propos, il y avait un club de golf, là-bas. C'est vous qui l'avez apporté ? Ou c'était Mlle Vansittart ?

— Un club de golf ? répéta-t-elle d'un ton vague. Je ne me souviens pas… Oh ! si, je pense que je l'ai attrapé dans le hall. Je l'avais pris avec moi pour le cas où… eh bien, pour le cas où j'aurais à m'en servir. J'ai dû le laisser tomber quand j'ai vu Eleanor. Et puis je suis revenue ici, je ne sais comment, et je suis allée chez Mlle Johnson… Oh, c'est trop ! Je n'en peux plus ! C'est trop pour moi… Ça va être la fin de Meadowbank…

La voix de Mlle Chadwick atteignait des aigus hystériques. Mlle Johnson s'avança :

— Découvrir deux meurtres, c'est trop pour n'importe qui. Et certainement pour quelqu'un de son âge. Vous ne souhaitez pas l'interroger davantage, n'est-ce pas ?

L'inspecteur secoua la tête.

En descendant l'escalier, il nota la présence de vieux sacs de sable et de seaux dans un renfoncement. Ça datait de la guerre, sans doute. Mais il vint à Kelsey l'idée dérangeante que ce n'était peut-être pas un professionnel armé d'une matraque qui avait frappé Mlle Vansittart. À l'intérieur même du bâtiment, quelqu'un qui n'avait pas voulu prendre le risque d'un second coup de feu – et qui, très probablement, s'était débarrassé du pistolet après l'assassinat de Mlle Springer – pouvait s'être emparé de cette arme d'aspect innocent mais mortelle – et pouvait aussi l'avoir très soigneusement remise en place ensuite !...

16

L'ÉNIGME DU PAVILLON DES SPORTS

« Je suis debout, bien que blessé [1] », cita mentalement Adam pour son seul profit personnel.

Il regardait Mlle Bulstrode. Jamais, pensait-il, il n'avait admiré davantage une femme. Elle restait froide et impassible alors que l'œuvre de sa vie s'écroulait autour d'elle.

De temps en temps, le téléphone sonnait pour annoncer que des parents retiraient du collège une élève de plus.

Mlle Bulstrode finit par prendre une décision. S'excusant auprès des policiers, elle convoqua Ann Shapland pour lui dicter un bref communiqué : le collège serait fermé jusqu'à la fin du trimestre. Les parents qui n'auraient pas la possibilité de reprendre leur fille chez eux pourraient sans inconvénient la

---

1. Citation extraite du poème *Invictus* de William Ernest Henley. *(N.d.T.)*

laisser sous sa garde, et les cours continueraient d'être assurés.

— Vous avez la liste de noms des parents et de leurs adresses ? Et leurs numéros de téléphone ?

— Oui, mademoiselle Bulstrode.

— Alors, commencez par les appels téléphoniques. Après cela, veillez à envoyer à chacun une note tapée à la machine.

— Bien, mademoiselle Bulstrode.

En sortant, Ann Shapland s'arrêta sur le seuil.

Elle rougissait. Ses mots se précipitaient en torrent :

— Pardonnez-moi, mademoiselle Bulstrode. Ce ne sont pas mes affaires – mais n'est-il pas dommage de… d'aller, si vite en besogne ? Je veux dire que… après le premier moment de panique, quand les gens auront eu le temps de réfléchir… ils ne voudront certainement plus retirer leurs filles. Ils seront raisonnables, et ils changeront d'avis.

Mlle Bulstrode lança un regard vif à sa secrétaire :

— Vous croyez que j'accepte trop facilement la défaite ?

Ann rougit de nouveau :

— Je sais… vous pensez que c'est de l'insolence de ma part. Mais… eh bien, oui, je le crois.

— Vous aimez la lutte, mon enfant, je suis heureuse de le constater. Mais vous vous trompez complètement. Je n'accepte pas la défaite. Je joue sur ma connaissance de la nature humaine. Recommandez vivement aux parents de retirer leurs enfants, forcez-les à le faire – et ils n'en auront plus tellement envie. Ils vont se trouver mille et une raisons de nous les laisser. Ou, au pire, ils décideront de nous les

212

confier à nouveau le trimestre prochain – pour autant qu'il y ait un prochain trimestre.

Elle se tourna vers l'inspecteur Kelsey :

— Tout dépend de vous. Éclaircissez cette affaire – attrapez le coupable, quel qu'il soit – et tout ira bien pour nous.

— Nous faisons de notre mieux, bougonna Kelsey qui semblait au supplice.

Ann Shapland sortit.

— Une fille compétente, commenta Mlle Bulstrode. Et loyale.

Cette appréciation ne constituait, en quelque sorte, qu'une parenthèse. Elle poursuivit son offensive :

— Vous n'avez rigoureusement *aucune* idée de qui a pu tuer deux de mes professeurs dans le pavillon des sports ? Au point où nous en sommes, vous le devriez pourtant. Et cet enlèvement pour couronner le tout… Là, c'est à moi-même que j'adresse mes reproches. La petite parlait de gens qui voulaient la kidnapper. J'ai cru, Dieu me pardonne, qu'elle voulait faire son intéressante. Je vois maintenant que son comportement n'était pas sans fondement. Quelqu'un a dû le lui laisser entendre, ou l'a avertie – on ne sait pas si… Vous n'avez aucune nouvelle, rien du tout ?

— Pas encore. Mais je ne pense pas que vous ayez à vous en inquiéter. Le dossier a été confié à la Criminelle. Et les Services spéciaux s'en occupent aussi. Ils devraient la retrouver dans les vingt-quatre heures qui viennent, dans les trente-six tout au plus. Le fait que ce pays soit une île présente bien des avantages. Tous les ports, les aéroports, etc., sont en état d'alerte. Dans chaque district, la police ouvre l'œil. En fait, enlever une gamine est assez facile – c'est la cacher qui pose des problèmes ! Oh, nous la retrouverons.

— J'espère que vous la retrouverez vivante, riposta Mlle Bulstrode, assombrie. Nous avons affaire à quelqu'un qui ne semble pas accorder beaucoup d'importance à la vie humaine.

— On ne se serait pas donné la peine de la kidnapper si on avait eu l'intention de s'en débarrasser, intervint Adam. On aurait pu faire ça ici assez facilement.

Il eut immédiatement le sentiment qu'il avait prononcé là une phrase malheureuse. Mlle Bulstrode le foudroya du regard.

— On le dirait, oui, lâcha-t-elle sèchement.

Le téléphone sonna. Elle prit le combiné :

— Oui ? C'est pour vous, dit-elle en le passant à l'inspecteur.

Adam et elle ne quittèrent pas des yeux Kelsey pendant la communication. Il grogna, griffonna quelques notes, et conclut :

— Je vois. Alderton Priors. Dans le Wallshire. Oui, nous vous apporterons notre coopération. Oui, chef. Je continue ici, alors.

Il reposa l'écouteur, puis demeura un instant plongé dans ses pensées. Il releva les yeux :

— Son Excellence a reçu une demande de rançon ce matin. Tapée sur une Corona neuve. Cachet de la poste, Portsmouth. Je parie que c'est un leurre.

— Où et comment ? interrogea Adam.

— Un carrefour, à 3 kilomètres au nord d'Alderton Priors. C'est un coin de landes assez désertique. L'enveloppe contenant l'argent doit être

214

déposée sous une pierre, derrière une borne d'appel de l'Automobile Club, à 2 heures, demain matin.

— Combien ?

— 20 000 livres, répondit l'inspecteur en hochant la tête. Je trouve que ça fait assez amateur.

— Quelles mesures allez-vous prendre ? s'enquit Mlle Bulstrode.

L'inspecteur la fixa. Ce n'était plus le même homme. Son devoir de réserve l'engonçait soudain :

— Ce n'est pas de ma responsabilité, madame. Nous avons nos méthodes.

— J'espère qu'elles sont censées donner des résultats, riposta-t-elle.

— Ça devrait être facile, intervint Adam.

— Amateur ? répéta-t-elle, en reprenant le mot. Je me demande... Bon, alors, et les membres de mon personnel ? Ce qu'il en reste, j'entends. Puis-je leur faire confiance, ou non ?

L'inspecteur Kelsey marqua une certaine hésitation.

Elle enchaîna :

— Vous craignez, en me désignant celles sur qui se portent éventuellement vos soupçons, que mon comportement à leur égard ne s'en trouve changé. Vous vous méprenez. J'ai beaucoup d'emprise sur moi-même.

— Je le crois volontiers. Mais je ne peux pas m'offrir le luxe de prendre des risques. Il ne semble pas, à première vue, qu'un des membres du personnel *puisse* être la personne que nous recherchons. Du moins jusqu'à ce que nous ayons pu tout vérifier en ce qui les concerne. Nous avons prêté une attention particulière à celles qui sont arrivées ce trimestre

— Mlle Blanche, Mlle Springer, et votre secrétaire, Mlle Shapland. Le passé de Mlle Shapland correspond parfaitement à ses dires. Elle est bien la fille d'un général à la retraite, elle a bien occupé les postes qu'elle disait avoir tenus, et ses anciens employeurs répondent d'elle. En outre, elle dispose d'un alibi pour/ la nuit dernière. Quand Mlle Vansittart a été tuée, Mlle Shapland se trouvait dans un night-club, en compagnie d'un certain M. Dennis Rathbone. Ils y sont tous les deux bien connus, et M. Rathbone a d'excellentes références. Les antécédents de Mlle Blanche ont également fait l'objet d'une vérification. Elle a bien enseigné dans une école du Nord du pays, ainsi que dans deux collèges en Allemagne, son dossier est excellent lui aussi. On dit que c'est une pédagogue de premier ordre.

— Pas d'après nos critères, grinça Mlle Bulstrode.

— On a vérifié aussi son passé en France. Quant à Mlle Springer, notre enquête est moins concluante. Elle avait bien été formée là où elle vous l'avait dit, mais il y a, dans sa carrière, des trous que nous ne pouvons pas expliquer. Mais, quoi qu'il en soit, comme elle a été tuée, cela semble la mettre hors de cause.

— Je vous concède, releva Mlle Bulstrode non sans une pointe d'humour noir, que tant Mlle Springer que Mlle Vansittart sont hors de combat en tant que suspectes. Parlons franchement. Mlle Blanche, en dépit de son dossier irréprochable, serait-elle encore suspecte simplement parce qu'elle est encore en vie ?

— Elle *pourrait* avoir commis les deux meurtres, riposta Kelsey. Elle était ici, dans ce bâtiment, la nuit

216

dernière. Elle *prétend* qu'elle est allée se coucher tôt, qu'elle a dormi, et qu'elle n'a rien entendu avant qu'on ne donne l'alarme. Rien ne prouve le contraire. Nous n'avons rien contre elle. Mais Mlle Chadwick affirme mordicus qu'elle est sournoise.

— Mlle Chadwick trouve toujours nos enseignantes françaises sournoises. Elle a une dent contre elles.

Elle se tourna vers Adam :

— Et vous, qu'est-ce que *vous* en pensez ?

— Je crois qu'elle fourre son nez partout, répondit Adam avec lenteur. Ce n'est peut-être que curiosité congénitale. Mais il n'est pas exclu que ce soit plus grave que ça. Je ne parviens pas à me faire une opinion. Elle n'a pas l'air d'une meurtrière, mais comment peut-on savoir ?

— C'est exactement ça, renchérit Kelsey. Il y a ici un meurtrier, un meurtrier que rien n'arrête et qui a tué deux fois – mais il est difficile de croire, qu'il s'agisse de l'un des membres du personnel. Mlle Johnson a passé la soirée d'hier avec sa sœur, à Limeston-on-Sea, et, de toute façon, elle travaille chez vous depuis sept ans. Mlle Chadwick est avec vous depuis le début. Mlle Rich enseigne au collège depuis plus d'un an, et elle était descendue hier soir à l'hôtel *Alton Grange*, à cinquante kilomètres d'ici. Mlle Blake était chez des amis, à Littleport, et Mlle Rowan est chez vous depuis un an et possède un dossier impeccable. Quant à vos domestiques, bien franchement, je ne vois aucune d'entre elles en coupable. Et elles sont toutes du coin, en plus…

Mlle Bulstrode hocha la tête :

— J'approuve pleinement votre raisonnement. Cela ne nous laisse pas grand-chose, n'est-il pas vrai ? Donc…

Elle marqua un temps et fixa Adam d'un œil accusateur :

— On dirait réellement… que c'est *vous*.

Adam en demeura bouche bée de stupéfaction.

— Sur place, ironisa-t-elle. Libre d'aller et venir… Une très bonne histoire pour expliquer votre présence ici. Un passé sans tache. Mais vous *pourriez* jouer un double jeu, vous savez.

— Vraiment, mademoiselle Bulstrode, se reprit-il, plein d'admiration, je vous tire mon chapeau. Vous pensez à tout !

*

— Bonté divine ! s'exclama Mme Sutcliffe au petit déjeuner. Henry !…

Elle venait, à l'instant, de déplier le journal.

Toute la largeur de la table la séparait de son mari, car leurs hôtes du week-end n'avaient pas encore fait leur apparition.

M. Sutcliffe, qui avait ouvert son quotidien à la page financière et se concentrait sur les mouvements imprévus de certaines valeurs mobilières, ne répondit pas.

— Henry !

Ce coup de clairon l'atteignit enfin. Il leva un visage ébahi :

— Qu'est-ce qui se passe, Joan ?

— Ce qui se passe ?… Un autre meurtre ! À Meadowbank ! Dans le collège de Jennifer.

218

— Quoi ?… Allons, montrez-moi ça.

Sans écouter sa femme qui lui signalait que la nouvelle se trouverait aussi dans son quotidien à lui, il se pencha pour lui arracher son journal :

— Mlle Eleanor Vansittart… le pavillon des sports… à l'endroit même où Mlle Springer, le professeur de sport… hum !… hum !…

— Je ne peux pas le croire ! gémit Mme Sutcliffe. À Meadowbank. Un collège tellement huppé. Où vont des princesses royales et…

M. Sutcliffe roula le journal en boule et le jeta sur la table :

— Il n'y a qu'une solution. Vous allez là-bas sur-le-champ, et vous en sortez Jennifer.

— L'en retirer, voulez-vous dire ? Définitivement ?

— C'est bien ça.

— Ne croyez-vous pas que ce serait un peu excessif ? Compte tenu de la gentillesse que nous a manifestée Rosamond en nous aidant à l'y faire admettre ?

— Vous ne serez pas la seule à emmener votre fille ! Il y aura bientôt beaucoup de places libres dans votre cher Meadowbank.

— Oh ! Henry, vous croyez ?

— Oui. Il y a là-bas quelque chose qui cloche. Allez chercher Jennifer aujourd'hui même.

— Oui… bien sûr… j'imagine que vous avez raison. Mais que ferons-nous d'elle ?

— Nous la mettrons dans une école ordinaire, dans un endroit convenable. Là, ils n'ont pas d'assassins.

— Oh ! mais si, Henry. Vous ne vous souvenez pas ? Un garçon a tué son professeur de sciences dans l'une d'elles. Vous n'avez pas vu l'article dans le *News of the World* de la semaine dernière ?

— Je me demande où va l'Angleterre, grommela M. Sutcliffe.

Écœuré, il lança sa serviette sur la table et quitta la salle à manger.

*

Adam était seul dans le pavillon des sports... Ses doigts agiles exploraient le contenu des casiers. Il estimait peu probable de trouver quelque chose là où la police avait fait chou blanc, mais on ne sait jamais. Comme l'avait souligné Kelsey, chaque service avait sa propre technique.

Quel était le lien entre cette construction luxueuse et ces morts violentes ? Il fallait éliminer l'hypothèse d'un rendez-vous : personne ne choisirait de donner une seconde fois rendez-vous à l'endroit même où un meurtre avait été commis. Il fallait donc en revenir à l'idée qu'il s'y trouvait quelque chose que quelqu'un cherchait. Ce ne pouvait pas être la cache de pierres précieuses. Cela, on pouvait l'écarter. Il ne pouvait pas y avoir dans le pavillon de cachettes secrètes, de tiroirs à double fond ni de parois amovibles. Le contenu des placards s'avérait d'une simplicité enfantine. Ils recelaient des secrets, certes. Mais ce n'étaient que les secrets de la vie de collège. Des photos d'acteurs, des paquets de cigarettes, ici ou là un livre un peu inconvenant. Adam inspecta encore une fois le casier de Shaista. Celui devant lequel Mlle Vansittart avait été retrouvée morte. Qu'avait-elle donc espéré y découvrir ? L'avait-elle trouvé ?

L'assassin l'avait-il arraché de ses doigts crispés par la mort avant de se glisser dans la nuit, juste à temps pour ne pas être pris sur le fait par Mlle Chadwick ?

Dans ce cas, il ne servait à rien de chercher. Quoi que ce fût, ce n'était plus là.

Un bruit de pas au-dehors le tira de ses réflexions. Il était debout, en train d'allumer une cigarette au milieu de la pièce, quand Julia Upjohn apparut sur le seuil, un peu hésitante.

— Vous cherchez quelque chose, mademoiselle ? demanda-t-il.

— Je me demandais si je pourrais prendre ma raquette de tennis.

— Je vois pas pourquoi vous ne pourriez pas. Le flic, il m'a laissé ici, mentit-il. Fallait qu'il aille au poste pour je sais pas quoi. M'a dit de rester ici pendant qu'il était parti.

— Pour voir s'il revenait, je suppose.

— Le flic ?

— Non. L'assassin. Ils reviennent toujours, non ? Sur les lieux du crime. Ils y sont obligés ! C'est une pulsion.

— Vous avez peut-être raison.

Il regarda les rangées de raquettes dans leur cadre :

— Où c'est qu'elle est, la vôtre ?

— Sous le U. Tout au bout. Nous avons nos noms dessus, expliqua-t-elle en lui montrant le ruban adhésif au moment où il la lui tendait.

— Elle a fait son temps, commenta Adam. Mais ç'a été une bonne raquette.

— Je pourrais aussi avoir celle de Jennifer Sutcliffe ?

— Neuve, celle-là, dit-il.

— Flambant neuve. Sa tante la lui a envoyée l'autre jour.

— La veinarde.

— Il faut qu'elle ait une bonne raquette. Elle joue très bien au tennis. Ce trimestre, son revers est devenu fantastique.

Elle regarda autour d'elle :

— Vous ne pensez pas qu'il va revenir ?

Adam mit quelques secondes à comprendre :

— Oh ! Le meurtrier ? Je crois pas que ça soit probable. Ce serait un peu risqué, pas vrai ?

— Vous ne croyez pas qu'il y a quelque chose qui pousse les assassins à revenir sur le lieu du crime ?

— Pas s'ils ont rien laissé derrière eux.

— Vous voulez dire des indices ? J'aimerais bien découvrir un indice. Est-ce que la police en a trouvé ?

— C'est pas à moi qu'ils en auraient parlé.

— Non. Peut-être bien que non… Les crimes vous intéressent ?

Elle le fixait avec curiosité. Il lui rendit son regard. Pour l'instant, il n'y avait en elle rien de bien féminin. Elle devait avoir à peu près le même âge que Shaista, mais ses yeux ne dénotaient rien d'autre que de la curiosité.

— Eh bien… je suppose que… jusqu'à un certain point… on l'est tous.

Elle approuva de la tête :

— Oui. Je le pense aussi… Je peux imaginer toutes sortes de solutions – la plupart sont tirées par les cheveux. Mais c'est très amusant quand même.

— Mlle Vansittart, vous l'aimiez bien ?

— Je crois que je ne me suis jamais réellement souciée d'elle. Elle était bien. Un peu comme la

222

Bulle… Mlle Bulstrode… mais pas vraiment comme elle. Plutôt comme une doublure de théâtre. Je ne veux pas dire que je trouve drôle qu'elle soit morte. Cela me fait de la peine.

Elle s'en fut, portant les deux raquettes.

Adam resta seul à contempler le pavillon.

— Que diable pouvait-il bien y avoir ici ? murmura-t-il pour lui-même.

*

— Oh mon Dieu ! s'étrangla Jennifer en laissant, de surprise, Julia lui administrer un passing-shot gagnant. Voilà maman.

Les deux jeunes filles se tournèrent vers une Mme Sutcliffe survoltée qui, guidée par Mlle Rich, arrivait à grands pas en gesticulant.

— Encore des histoires, je suppose, soupira Jennifer, résignée. C'est à cause du nouveau meurtre. Tu en as de la veine, toi, Julia, que ta mère se promène tranquillement dans un autocar en plein Caucase !

— Il me reste quand même tante Isabel.

— Les tantes ne s'inquiètent pas de la même manière… Bonjour, maman.

— Viens rassembler tes affaires, Jennifer. Je te remmène avec moi.

— À la maison ?

— Oui.

— Mais… pas pour toujours ? Pas pour de bon ?

— Si.

— Mais ce n'est pas possible ! Enfin, maman… En tennis j'ai fait des progrès formidables… J'ai de grandes chances de gagner les simples, et, Julia et

moi, nous *pourrions* gagner les doubles, encore que
là, je sois moins sûre.

— Tu vas rentrer à la maison avec moi aujourd'hui
même.

— Mais pourquoi ?

— Ne pose pas de questions.

— J'imagine que c'est parce que Mlle Springer et
Mlle Vansittart ont été assassinées. Mais personne n'a
encore tué une seule élève. Et je suis sûre que personne n'en a envie. Et puis la fête des sports est dans
trois semaines. Je suis persuadée que je gagnerai
l'épreuve de saut en longueur, et j'ai de bonnes
chances au soixante mètres haies.

— Ne discute pas avec moi, Jennifer. Tu rentres à
la maison avec moi aujourd'hui. Ton père y tient.

— Mais, maman…

Sans cesser d'argumenter, Jennifer prit la direction
du bâtiment principal à côté de sa mère.

Soudain, elle s'arrêta et courut vers le court de
tennis :

— Au revoir, Julia. Maman a l'air d'avoir une
frousse terrible. Et papa aussi, apparemment. C'est
rageant, non ?… Au revoir, je t'écrirai.

— Moi aussi, je t'écrirai. Et je te raconterai tout ce
qui se passe.

— J'espère que ce n'est pas Chaddy qui se fera
estourbir la prochaine fois. Je préférerais que ce soit
Mlle Blanche, pas toi ?

— Si. C'est d'elle qu'on pourrait le mieux se
passer. Dis-moi, tu as remarqué la tête que faisait
Mlle Rich ?

— Elle n'a pas dit un mot. Elle est furieuse que
maman soit venue me chercher.

224

— Elle arrivera peut-être à la faire changer d'avis. C'est un dragon, quand elle s'y met, non ? Il n'y en a pas deux comme elle.

— Elle me rappelle quelqu'un, dit Jennifer.

— Moi, je trouve qu'elle ne ressemble à personne. Elle est différente de tous les gens que j'ai pu rencontrer.

— Oui, bien sûr. Elle est différente. Elle n'a pas la même silhouette, j'entends. La personne à laquelle je pensais était du genre obèse.

— Je n'arrive pas à imaginer Mlle Rich obèse.

— Jennifer ! vociféra Mme Sutcliffe.

— Ce que les parents peuvent être exaspérants ! bougonna Jennifer. Des histoires, des histoires et encore des histoires… Ils ne s'arrêtent jamais. Je trouve vraiment que tu as de la chance que…

— Je sais. Tu me l'as déjà dit. Mais, en ce moment, si tu permets, je préférerais que maman soit nettement plus près de moi, et *pas* à bord d'un car à l'autre bout de l'Anatolie.

— *Jennifer* !…

— J'arrive.

Julia se dirigea vers le pavillon des sports en traînant les pieds. Son pas ne cessa de ralentir. Elle finit par marquer une halte. Sourcils froncés, elle ne bougea plus, perdue dans ses pensées.

La cloche du déjeuner sonna, mais elle l'entendit à peine. Elle fixa des yeux la raquette qu'elle tenait à la main, avança d'un pas ou deux, puis fit demi-tour et repartit d'une démarche résolue vers le bâtiment principal. Elle y pénétra par la grande porte, qui était interdite aux élèves, ce qui lui permit d'éviter de rencontrer d'autres pensionnaires. Le hall était vide. Elle monta les escaliers quatre à quatre jusqu'à sa petite chambre, regarda vivement autour d'elle, puis, soulevant son matelas, glissa sa raquette dessous. Après quoi, s'étant recoiffée rapidement, elle redescendit, très calme, à la salle à manger.

17

LA CAVERNE D'ALADIN

Ce soir-là, les jeunes filles s'en furent se coucher plus calmement que d'ordinaire. Ne serait-ce que parce que leur nombre s'était fortement réduit. Trente d'entre elles, au moins, étaient rentrées chez elles. Les autres réagissaient selon leurs tempéraments divers : par l'excitation, par l'agitation, ou par un fou rire d'origine purement nerveuse. La plupart, cependant, demeuraient silencieuses et pensives.

Julia Upjohn, discrète, fut parmi les premières à monter. Arrivée dans sa chambre, elle referma la porte et demeura un moment à écouter les murmures, les rires, les bruits de pas et les échanges de bonsoirs. Puis le silence tomba – ou un quasi-silence. Des voix étouffées résonnaient à distance, tandis que s'achevaient les allées et venues à la salle de bains.

La porte n'avait pas de verrou. Julia coinça une chaise sous la poignée. Cela lui donnerait l'alarme si quelqu'un voulait entrer. Mais personne, sans doute, ne tenterait de faire irruption. Il était strictement interdit aux pensionnaires de se rendre dans les chambres de leurs condisciples, et seule Mlle Johnson y pénétrait, lorsque l'une de ses pupilles était malade ou déprimée.

Elle alla à son lit, souleva le matelas et en sortit la raquette. Pendant un moment, elle se contenta de la tenir. Elle avait décidé de l'examiner à ce moment-là précisément, et pas plus tard. Un rai de lumière passant sous sa porte après l'extinction des feux aurait pu attirer l'attention. Mais pas à une heure où il était normal de laisser allumé pour se déshabiller et pour lire dans son lit – jusqu'à 22 h 30 si on le désirait.

Elle resta un moment à contempler la raquette. Comment pouvait-on cacher quelque chose dans une raquette de tennis ?…

« Mais il doit y avoir quelque chose, se murmura-t-elle. *Il doit.* Ce cambriolage chez les parents de Jennifer, cette bonne femme qui a débarqué avec son histoire idiote de raquette neuve… »

Il n'y avait que Jennifer pour gober pareille calembredaine, songea-t-elle non sans mépris.

Non, c'était comme dans le conte d'Aladin, lorsque le sorcier lui propose des lampes neuves en échange de sa vieille lampe magique ; cette raquette-là avait quelque chose de particulier. Ni Jennifer ni elle n'avaient jamais dit à qui que ce fut qu'elles avaient échangé leurs raquettes – pas elle, en tout cas.

Et c'était donc, par conséquent, de *cette raquette-là* que tant de gens cherchaient à s'emparer dans le pavillon des sports. Et il lui revenait, à elle, de découvrir *pourquoi* !… Elle examina l'objet avec soin.

À première vue, il n'avait rien d'extraordinaire. Ce n'était qu'une raquette de bonne qualité, d'apparence assez usée, mais recordée et susceptible de rendre encore de bons services. Jennifer s'était plainte de son équilibre.

Le seul endroit où il serait possible de cacher quelque chose dans une raquette, décida Julia, c'était dans le manche. On pouvait, supposa-t-elle, le creuser pour y ménager une cachette. Évidemment, cela paraissait assez invraisemblable. Mais c'était possible. Et si on en avait truqué le manche, il y avait indubitablement là de quoi en modifier l'équilibre.

Un grip en cuir, avec une marque presque effacée, entourait la poignée. Comme sur toutes les raquettes, il était juste collé. Si elle l'enlevait ? Julia s'assit devant sa coiffeuse, attaqua le cuir à l'aide d'un canif et parvint à ses fins. Elle découvrit ainsi le bois mince du manche, dont l'aspect ne lui parut pas normal. Une ligne d'assemblage en faisait le tour. Julia tenta d'y introduire son canif. La lame dérapa. Ses ciseaux à ongles se montrèrent plus efficaces. Elle réussit enfin à disjoindre les deux parties. Une substance bigarrée de rouge et de bleu lui apparut. Julia la tâta du bout de l'index, et elle comprit : *de la pâte à modeler* ! À coup sûr, estima-t-elle, les manches de raquettes ne renferment normalement pas de la pâte à modeler. Elle saisit ses ciseaux d'une main ferme et entreprit de dégager par copeaux la pâte qui lui semblait contenir quelque chose. Quelque chose comme des boutons, ou des cailloux.

Julia redoubla d'efforts.

Une sorte de petit caillou roula sur la coiffeuse...
puis un second... un autre encore... Il finit par y en
avoir un tas.

Elle se pencha, avec un haut-le-corps.

Elle regarda, sans plus pouvoir détourner les
yeux...

Un feu liquide, rouge, et vert, et d'un bleu profond,
et d'une eau limpide, éblouissante...

En cet instant précis, Julia devint adulte. Elle
n'était plus une enfant. Elle s'était changée en femme.
Une femme qui contemplait des pierres précieuses...

Toutes sortes de pensées fantastiques lui traver-
saient l'esprit. La caverne d'Aladin... Marguerite et
sa cassette de bijoux (la Semaine précédente, on les
avait emmenées à Covent Garden pour assister à une
représentation de *Faust)*... Des pierres maléfiques...
Le diamant *Hope*[1]... Des aventures romanesques...
Elle-même en robe longue de velours noir, portant
autour du cou un collier resplendissant...

Toujours assise, elle dévorait les pierres des yeux
et elle rêvait... Elle prenait les joyaux dans la main et
les laissait rouler entre ses doigts comme une cascade
incandescente, comme un fleuve éclatant de merveilles et de délices.

Et puis elle ne savait quoi, un léger bruit peut-être,
lui fit reprendre ses esprits.

Elle réfléchit, et tenta de recourir à son bon sens
pour décider de ce qu'elle devait faire. Le bruit
presque imperceptible l'avait inquiétée. Elle rassembla les pierres et, allant au lavabo, elle les déposa

---

1. Diamant ayant appartenu à Louis XIV, volé à Louis XVI, qui se trouve
aujourd'hui à Washington au *Smithsonian Institute*. (N.d.T.)

dans sa trousse de toilette, dissimulées sous son éponge et sous sa brosse à ongles. Après quoi, elle en revint à la raquette, appuya pour faire rentrer la pâte à modeler dans le manche, remit le bois en place et essaya de recoller le cuir. La languette tendait à se rouler en boule, mais elle en vint à bout, grâce à de petits morceaux de ruban adhésif.

C'était fini. La raquette avait retrouvé son apparence normale. À peine pouvait-on sentir que son poids avait changé. Julia la regarda avant de la jeter négligemment sur la chaise.

Elle eut un coup d'œil pour son lit, ouvert comme il le fallait, qui l'attendait. Mais elle ne se déshabilla pas. Elle écoutait. Dehors, était-ce un pas qu'elle entendait ?

Soudain, sans préavis, elle eut peur. Deux personnes déjà avaient été tuées. Si jamais quelqu'un apprenait sa découverte, elle serait assassinée, elle aussi.

Sa chambre renfermait une commode de chêne assez lourde. Elle réussit à la pousser devant la porte, maudissant la coutume de Meadowbank qui proscrivait l'usage des clefs. Allant à la fenêtre, elle tira le crochet supérieur et le bloqua. Aucun arbre ne poussait près de la façade, aucune plante grimpante ne l'escaladait. Elle doutait fort qu'il eût été possible à quiconque de pénétrer dans sa chambre par cette voie-là. Mais elle ne voulait prendre aucun risque.

Elle regarda son petit réveil : 22 h 30. Elle respira à fond, puis éteignit la lumière. Personne ne devait rien remarquer d'inhabituel. Elle écarta un peu le rideau. C'était la pleine lune, et elle pouvait très nettement voir sa porte. Elle s'assit sur le bord de son lit. À la main, elle tenait la plus lourde de ses chaussures.

« Si quelqu'un essaie d'entrer, se dit-elle, je taperai sur le mur aussi fort que je pourrai. Mary King est dans la chambre à côté, et ça la réveillera. *En plus*, je crierai – de toute ma voix. Et alors, si beaucoup de gens viennent, je dirai que j'ai eu un cauchemar. Tout le monde peut bien avoir des cauchemars, après tout ce qu'il s'est passé ici. »

Elle attendait. Le temps passait. Alors, elle l'entendit – un faible bruit de pas dans le couloir. Les pas s'arrêtèrent devant sa porte. Un long silence. Et puis elle vit tourner la poignée.

Allait-elle hurler ? Non, pas encore.

On poussa la porte – à peine. Mais la commode la bloquait. Dans le couloir, la personne devait être perplexe.

Un autre silence. On frappa à la porte, très doucement.

Julia retenait sa respiration. Une pause. On frappa de nouveau – mais toujours doucement, de manière assourdie.

« Je dors, s'encouragea mentalement Julia. Je n'entends *rien*. »

Qui donc pouvait bien frapper à sa porte au milieu de la nuit ? Si c'était quelqu'un qui en avait le droit, on appellerait, on secouerait la poignée, on ferait du raffut. Mais cette personne-là ne pouvait pas s'offrir le luxe de faire du tapage…

Longtemps, elle resta ainsi assise. On ne frappa plus. La poignée ne bougea plus. Mais Julia demeurait tendue, sur ses gardes.

Elle ne sut jamais quand le sommeil avait fini par la submerger. Au matin, la cloche du collège l'éveilla, couchée dans une position des plus inconfortables, au bord de son lit.

*

Après le petit déjeuner, les jeunes filles remontèrent dans leurs chambres pour faire leur lit, descendirent dans le grand hall pour les prières, puis se dispersèrent dans les différentes salles de classe.

Profitant de ce moment où les pensionnaires se bousculaient dans toutes les directions, Julia entra dans une des salles, en ressortit par une autre porte, se joignit à un groupe qui faisait à grands pas le tour du bâtiment, plongea derrière un massif de rhododendrons, effectua une série de détours stratégiques et finit par arriver au mur qui ceinturait le parc à l'endroit où les branches épaisses d'un tilleul retombaient presque jusqu'au sol. Julia, qui avait grimpé aux arbres toute sa vie, l'escalada sans difficulté. Entièrement cachée par le feuillage, elle se cala contre le tronc et attendit en regardant de temps en temps sa montre. Elle avait la certitude que son absence ne serait pas remarquée tout de suite. La vie du collège était trop désorganisée, il manquait deux professeurs, et plus de la moitié des élèves étaient rentrées chez leurs parents. Cela signifiait qu'il faudrait restructurer tous les cours, si bien que nul ne noterait la disparition de Julia Upjohn avant le déjeuner, et alors...

Julia regarda une dernière fois sa montre, parvint facilement, en rampant le long d'une branche, jusqu'au faîte du mur, s'y assit à califourchon, puis sauta de l'autre côté avec légèreté. Il y avait, à une centaine de mètres, un arrêt où un bus arriverait dans quelques minutes. Le bus était à l'heure. Julia lui fit signe et y monta, non sans avoir extrait de sa robe un chapeau de feutre dont elle avait coiffé ses cheveux un peu ébouriffés. Elle descendit à la gare et prit un train pour Londres.

Dans sa chambre, posé sur le lavabo, elle avait laissé un message destiné à Mlle Bulstrode :

Chère mademoiselle Bulstrode,
Je n'ai pas été enlevée, et je ne fais pas une fugue, ne vous inquiétez donc pas. Je reviendrai aussi vite que possible.
Très respectueusement,
Julia Upjohn

*

Au 228, Whitehaven Mansions, Georges, l'impeccable valet de chambre d'Hercule Poirot, ouvrit la porte et découvrit avec quelque étonnement une collégienne dont la frimousse aurait eu grand besoin d'être débarbouillée.

— Puis-je voir M. Hercule Poirot, s'il vous plaît ?

Il fallut à Georges une fraction de seconde de plus que de coutume pour répondre. Il jugeait la visiteuse inattendue :

— M. Poirot ne reçoit que sur rendez-vous.

— J'ai bien peur de ne pas pouvoir attendre d'en obtenir un. Il faut vraiment que je le voie tout de suite.

C'est très urgent. Il s'agit de plusieurs meurtres, et d'un vol, et de choses du même genre.

— Je vais voir si M. Poirot peut vous recevoir.

Il l'abandonna dans le hall et s'en fut consulter son maître :

— Une jeune personne, qui souhaite voir Monsieur d'urgence.

— Et puis quoi, encore ? s'offusqua Hercule Poirot. Comme si c'était aussi facile que cela !

— C'est ce que je lui ai fait observer, monsieur.

— Quel genre de jeune personne ?

— Eh bien, monsieur, c'est plutôt une gamine.

— Une gamine ? Une jeune personne ? Qu'entendez-vous au juste par là, Georges ? Ce n'est pas exactement la même chose.

— Je crains que Monsieur n'ait pas bien saisi. C'est, dirais-je, une gamine – d'âge scolaire, plus précisément. Mais, bien que sa robe ne soit pas très propre, et qu'elle soit même déchirée, c'est tout de même une jeune personne.

— C'était un qualificatif d'ordre social. Je vois.

— Et elle souhaite voir monsieur au sujet de plusieurs meurtres et d'un vol.

Les sourcils de Poirot escaladèrent son front :

— *Plusieurs* meurtres et *un* vol, un seul… C'est peu banal. Faites donc entrer cette gamine – enfin cette jeune personne.

Julia entra dans le salon du détective avec à peine un soupçon de timidité. Elle s'exprima courtoisement, d'un ton très naturel :

— Bonjour, monsieur Poirot. Je suis Julia Upjohn. Vous connaissez, je crois, l'une des grandes amies de maman, Mme Summerhayes. Nous avons séjourné chez elle l'été dernier, et elle nous a beaucoup parlé de vous.

— Madame Summerhayes…

La mémoire de Poirot le ramenait à un village accroché au flanc d'une colline, et à une maison située tout en haut. Il se souvenait d'un visage aimablement semé de taches de son, d'un canapé aux ressorts cassés, d'une multitude de chiens, et d'autres détails encore, tant agréables que franchement déplaisants.

— Maureen Summerhayes, dit-il. Ah ! oui.

— Je l'appelle tante Maureen, mais ce n'est pas vraiment ma tante. Elle nous a raconté à quel point vous aviez été merveilleux en sauvant la vie d'un homme qui était en prison pour assassinat. Et quand je n'ai plus su quoi faire ni où aller, j'ai pensé à vous.

— J'en suis honoré, répondit-il, très grave.

Il lui avança un fauteuil.

— Dites-moi, reprit-il. Georges, mon valet, vient de m'annoncer que vous souhaitiez m'entretenir d'un vol et de plusieurs meurtres – plus d'un meurtre, donc ?

— Oui. Mlle Springer et Mlle Vansittart. Et puis, naturellement, il y a aussi l'enlèvement – mais je ne pense pas que cela me regarde réellement.

— Vous me stupéfiez. Où donc ces événements si excitants ont-ils eu lieu ?

— Dans mon collège – à Meadowbank.

— À Meadowbank ! s'exclama Poirot. Bigre !

Il tendit la main pour s'emparer du journal soigneusement rangé près de lui. Il le déplia et regarda la une en hochant la tête.

— Je commence à comprendre, dit-il. Maintenant, dites-moi tout, Julia. Dites-moi tout depuis le début.

Elle se lança, avec beaucoup de clarté, dans un récit long et détaillé, interrompu seulement par des retours en arrière lorsqu'elle avait oublié un élément.

Elle en vint au moment où elle avait procédé à l'examen de sa raquette, le soir précédent :

— Voyez-vous, je pensais que c'était tout à fait comme dans le conte d'Aladin – des lampes neuves en échange de la vieille – et qu'il devait y avoir quelque chose dans cette raquette.

— Et il y avait quelque chose ?

— Oui.

Sans fausse pudeur, elle releva sa jupe jusqu'à la cuisse, pour mettre au jour ce qui ressemblait à un cataplasme gris, fixé sur sa peau par de l'adhésif.

Elle enleva l'adhésif avec un « aïe » un peu angoissé et dégagea le cataplasme, que Poirot reconnut enfin pour un paquet enveloppé d'un morceau de plastique gris provenant d'une trousse de toilette. Julia l'ouvrit et, sans autre forme de procès, versa sur la table un flot de pierres précieuses éclatantes.

— Nom de nom ! murmura en français Poirot, plein de respect.

Il fit couler les joyaux entre ses doigts.

— Nom de nom ! répéta-t-il. Mais elles sont *vraies*. Authentiques.

Julia hocha la tête :

— Je pense qu'elles le sont. Sinon, on ne tuerait pas pour elles, n'est-ce pas ? Mais je peux comprendre qu'on tue pour *ça* !

Et soudain, comme la veille, la petite fille eut à nouveau les yeux d'une femme.

Tout en dodelinant de la tête, Poirot lui lança un regard aigu :

— Oui… vous comprenez… vous subissez leur sortilège. Pour vous, ce ne sont pas seulement des joujoux colorés – ce n'en est que plus dommage.

— Ce sont *des joyaux*, souffla-t-elle avec des intonations d'extase.

— Et vous les avez trouvés, me dites-vous, dans cette raquette de tennis ?

Julia acheva son récit.

— Et, là, vous m'avez vraiment tout dit ? s'enquit le détective.

— Je crois, oui. J'ai peut-être un peu exagéré, ici ou là. J'exagère vraiment, de temps en temps. Mais ma meilleure amie, Jennifer, c'est absolument le contraire. Elle trouve toujours le moyen de s'arranger pour que les choses les plus intéressantes aient l'air ennuyeuses.

Elle regarda encore une fois le tas resplendissant :

— Monsieur Poirot, à qui appartiennent-elles réellement ?

— Il sera sans doute très difficile de le déterminer. Mais elles ne sont en tout cas ni à vous ni à moi. Il va nous falloir décider ce que nous en ferons.

Julia se contenta d'un regard interrogateur.

— Vous vous confiez à mes soins ? enchaîna Poirot. Bien.

Il ferma les yeux.

Et bientôt il les rouvrit pour articuler, dans son anglais comme toujours approximatif :

— Il semble que les circonstances ne m'autorisent pas, comme je le préférerais, à rester dans mon fauteuil. Il faut en toute chose de l'ordre et de la méthode – or, dans ce que vous m'avez révélé, il n'y a ni l'un ni l'autre. Cela, c'est parce que nous avons trop de pistes. Elles indiquent cependant une seule direction, et elles convergent toutes vers un seul point, et un seul : Meadowbank. Des gens différents, qui visent des buts dissemblables, et qui représentent des intérêts variés – mais leur lieu géométrique, c'est Meadowbank. Donc, je m'en vais, moi aussi, me rendre à Meadowbank. Quant à vous... Où est votre mère ?

— Maman voyage en Anatolie, en autocar.

— Ah ! votre mère voyage en Anatolie... et en autocar. Il ne nous manquait plus que ça ! Je comprends maintenant pourquoi elle est très liée avec Mme Summerhayes ! Dites-moi, Julia, vous avez été contente de votre séjour chez Mme Summerhayes ?

— Oh ! oui. Je me suis bien amusée. Elle a des chiens sensationnels.

— Ses chiens... Oui, je m'en souviens.

— Ils ne font qu'entrer et sortir par les fenêtres – on dirait un numéro de music-hall.

— C'est bien vu ! Et la nourriture ? Elle vous a plu ?

— Eh bien, c'était spécial, quelquefois, concéda-t-elle.

— Spécial, oui, évidemment.

— Mais tante Maureen fait des omelettes formidables.

— Elle fait des omelettes formidables..., renchérit-il avec un soupir. Donc Hercule Poirot n'a pas vécu en vain. C'est *moi* qui ai appris à votre tante Maureen comment faire une omelette.

Il décrocha le téléphone.

— Nous allons, continua-t-il, rassurer votre directrice, et lui faire part de ma prochaine arrivée à Meadowbank.

— Elle sait que je vais bien. Je lui ai laissé un message pour lui dire que je n'avais pas été enlevée.

— Elle n'en sera pas moins très satisfaite d'être rassurée.

À l'issue du délai d'usage, le détective obtint sa communication, et on l'informa que Mlle Bulstrode était en ligne.

— Ah ! Mademoiselle Bulstrode ?… Ici, Hercule Poirot. L'une de vos pensionnaires, Julia Upjohn, est ici, chez moi. Je me propose de venir chez vous tout de suite, en voiture, en sa compagnie. Et, pour la gouverne de l'officier de police responsable de l'enquête, informez-le que certain paquet, de quelque valeur, a été déposé en sécurité dans une banque.

Il raccrocha, puis se tourna vers Julia :

— Aimeriez-vous un sirop ? proposa-t-il.

— Du sirop de sucre ? demanda-t-elle, dubitative.

— Non, un sirop de fruit. Du sirop de cassis, ou de framboise, ou de groseille.

Julia se prononça en faveur du sirop de groseille.

— Mais les pierres ne sont pas dans une banque, fit-elle remarquer.

— Elles y seront dans très peu de temps. Et pour ceux qui écoutaient ou espionnaient notre conversation, comme pour ceux qui sont susceptibles d'en être informés, il vaut mieux qu'ils croient qu'elles y sont déjà, et que nous ne les avons plus en notre possession. Les récupérer auprès d'une banque exigera du temps, et une bonne organisation. Et je détesterais qu'il vous arrive quoi que ce soit, mon enfant. Je dois avouer que je me suis formé une haute opinion de votre courage et de votre ingéniosité.

Julia parut contente, mais gênée.

18

UN CONCLAVE

Hercule Poirot s'était préparé à affronter le préjugé insulaire qu'une directrice de collège aurait pu nourrir à l'encontre d'un étranger d'un certain âge, chaussé de bottines vernies à bout pointu et porteur de moustaches grandioses. Mais il éprouva une agréable surprise : Mlle Bulstrode le salua en femme qui sait son monde. Pour la plus grande satisfaction du détective, elle savait aussi tout sur lui.

— C'était très aimable à vous, monsieur Poirot, lui dit-elle, de nous téléphoner si promptement pour apaiser notre anxiété. D'autant plus que nous ne nous étions pas encore inquiétées.

Elle se tourna vers Julia :

— Personne n'avait remarqué votre absence lors du déjeuner, Julia. Tant de jeunes filles nous ont été retirées, ce matin, et il y avait tellement de places libres à table, que la moitié du collège, je crois, aurait pu manquer sans que nous éprouvions la moindre inquiétude.

Elle s'adressa à Poirot :

— Ce sont là des circonstances inhabituelles. Je puis vous assurer que, normalement, nous ne sommes pas aussi négligentes. Après votre appel téléphonique, je suis montée à la chambre de Julia, et j'ai trouvé son message.

— Je ne voulais pas que vous pensiez que j'avais été enlevée, expliqua Julia.

— J'apprécie l'intention. Mais il me semble, Julia, que vous auriez pu me prévenir de ce que vous projetiez de faire.

— J'ai pensé qu'il valait mieux que non. « *Les oreilles ennemies nous écoutent* », déclara-t-elle tout à coup en français.

— Apparemment, Mlle Blanche n'a pas encore fait grand-chose pour améliorer votre accent, répliqua Mlle Bulstrode avec un sourire. Mais je ne vous reproche rien, Julia. Maintenant, dit-elle à Poirot, je veux savoir exactement ce qui s'est passé.

— Vous permettez ? lança le détective.

Il traversa la pièce, ouvrit la porte, regarda au-dehors, puis referma le battant dans un geste théâtral. Il revint, souriant.

— Nous sommes seuls, affirma-t-il, mystérieux. Nous pouvons continuer.

Mlle Bulstrode le regarda, regarda la porte, puis, regarda de nouveau le détective en haussant les sourcils. Poirot lui retourna sereinement son regard. Très lentement, Mlle Bulstrode inclina la tête. Puis elle retrouva sa vivacité :

— Très bien, Julia, racontez-nous tout, maintenant.

Julia entama son récit : l'échange des raquettes, la femme mystérieuse. Et, pour finir, la découverte du contenu du manche. Mlle Bulstrode se tourna vers Poirot. Il opina doucement du bonnet :

— Mlle Julia nous a tout rapporté correctement. J'ai pris en charge ce qu'elle a bien voulu venir me confier. Le tout est maintenant placé en sécurité dans une banque. Je pense, par conséquent, que vous n'avez pas à redouter ici de nouveaux événements de nature déplaisante.

— Je vois, médita Mlle Bulstrode, je vois.

Elle observa quelques secondes de silence, puis elle reprit :

— Jugez-vous qu'il soit sage que Julia reste ici ? Ou bien ne vaudrait-il pas mieux qu'elle aille à Londres, chez sa tante ?

— Oh ! je vous en prie, supplia la jeune fille. Permettez-moi de rester ici.

— Vous êtes donc heureuse chez nous ? s'enquit Mlle Bulstrode.

— J'adore cet endroit. Et, en plus, il se passe tellement de choses excitantes.

— Ce n'est pas, loin de là, une caractéristique normale de Meadowbank, fit observer la directrice, mi-figue, mi-raisin.

— Je pense que Julia ne courra plus maintenant aucun danger ici, enchaîna Poirot.

À nouveau, il tourna les yeux vers la porte.

— Je crois comprendre, dit Mlle Bulstrode.

— Mais malgré tout, il nous faut de la discrétion. Je me demande si vous saisissez ce que le mot discrétion signifie, ajouta-t-il pour Julia.

— M. Poirot entend par là, précisa Mlle Bulstrode, qu'il souhaiterait que vous ne colportiez pas le récit de votre trouvaille. Pas de bavardages avec les autres élèves. Pouvez-vous tenir votre langue ?

— Oui.

— Ce que vous avez trouvé dans une raquette de tennis au beau milieu de la nuit, c'est pourtant une merveilleuse histoire à raconter à vos amies, insinua Poirot. Mais il est d'importantes raisons pour lesquelles il serait malavisé d'ébruiter l'affaire.

— Je comprends, dit Julia.

— Puis-je vous faire confiance, Julia ? interrogea Mlle Bulstrode.

— Vous pouvez me faire confiance. Croix de bois, croix de fer.

Mlle Bulstrode sourit :

— J'espère que votre mère sera de retour avant longtemps.

— Maman ? Oh ! oui, je l'espère bien.

— D'après ce que m'a dit l'inspecteur Kelsey, j'ai cru comprendre qu'on a tout entrepris pour entrer en contact avec elle. Malheureusement, les autocars anatoliens sont sujets à des retards imprévus et ne se conforment pas toujours à leur horaire.

— Je pourrai en parler à maman, n'est-ce pas ?

— Naturellement. Eh bien, Julia, tout est réglé. Vous pouvez vous sauver, maintenant.

Julia s'en fut. Elle referma la porte derrière elle. Mlle Bulstrode fixa durement Poirot :

— Je crois vous avoir correctement compris. Tout à l'heure, vous avez très ostensiblement fermé cette porte. Mais en fait... vous l'aviez délibérément laissée entrouverte.

Poirot se contenta d'acquiescer de la tête.

— De telle sorte que l'on puisse surprendre notre conversation ?

— Oui, confirma Poirot – si tant est qu'il y ait eu quelqu'un qui souhaitait nous écouter. C'était une précaution indispensable à la sécurité de la petite – il faut que qui de droit sache que ce qu'elle a trouvé est en sûreté dans une banque, et non plus en sa possession.

Mlle Bulstrode dévisagea un long moment le détective – puis elle jeta, lèvres pincées :

— Il va falloir en finir avec tout cela.

*

— Notre intention, expliqua le chef de la police du comté, c'est d'essayer de mettre en commun nos idées et nos informations. Nous sommes très heureux, monsieur Poirot, de vous avoir avec nous. L'inspecteur Kelsey se souvient très bien de vous.

— C'était il y a de longues années, dit Kelsey. L'inspecteur chef Warrender était chargé du dossier. Je n'étais alors qu'un modeste sergent, qui savait rester à sa place.

— Le garçon que voilà et que, par commodité, nous continuerons d'appeler Adam Goodman, n'est pas connu de vous, monsieur Poirot, mais je crois que vous connaissez son... son... euh... son chef. Aux Services spéciaux.

— Le colonel Pikeaway ? demanda Poirot, songeur. Ah ! oui, il y a bien longtemps que je ne l'ai revu. Est-il toujours aussi somnolent ?

Adam éclata de rire :

— Je vois que vous le connaissez parfaitement, monsieur Poirot. Je ne l'ai jamais vu complètement éveillé. Si cela m'arrivait, je saurais que, pour une fois, il ne prête pas la moindre attention à ce qui se passe.

— Il y a du vrai dans ce que vous dites, mon cher. C'est bien observé.

— Maintenant, reprit le chef de la police, venons-en aux faits. Je n'ai nulle intention de me mettre en avant ni de vous imposer mon point de vue. Je ne suis ici que pour écouter ce qu'ont découvert les hommes de terrain et les conclusions qu'ils en tirent. Il y a néanmoins bien des aspects à considérer, et il est un élément que je devrais peut-être mentionner d'entrée de jeu. J'y fais allusion à la suite de représentations qui me sont venues de diverses... euh... de diverses instances extrêmement haut placées.

Il fixa Poirot :

— Admettons qu'une gamine, une collégienne, soit venue vous exposer la merveilleuse histoire de la trouvaille qu'elle aurait faite dans le manche évidé d'une raquette de tennis. Vous imaginez son exaltation. Une collection, dirons-nous, de pierres colorées, du verre, de bonnes imitations... vous voyez le genre... ou peut-être même des pierres semi-précieuses, qui ont souvent autant d'attraits que les autres. En tout cas, posons en principe qu'il s'agissait de quelque chose qu'une enfant serait très excitée de trouver. Elle pourrait même en avoir exagéré la valeur. C'est tout à fait possible, ne croyez-vous pas ?

Il dardait sur Poirot un regard pénétrant.

— Cela me paraît éminemment possible, répondit le détective.

— Excellent, approuva le chef de la police. Dans la mesure où la personne qui a apporté ces… euh… ces pierres colorées dans notre pays l'a fait sans le savoir et en toute innocence, nous ne souhaitons pas que l'on puisse s'interroger le moins du monde sur un éventuel délit de fraude ou de contrebande.

» Il importe en outre de considérer le problème de notre politique étrangère. La situation, ai-je été amené à comprendre, est… enfin, elle est à l'heure actuelle assez délicate. Lorsqu'il s'agit d'intérêts majeurs dans le secteur du pétrole, des ressources minières, ou dans ce qui s'en rapproche, nous nous devons de traiter avec les gouvernements en place, quels qu'ils soient. Mais nous ne souhaitons pas que l'on nous pose des questions gênantes. Nous ne pouvions pas cacher les meurtres à la presse, et les meurtres ne lui ont pas été cachés. Mais nulle mention n'a été faite des bijoux qui pourraient en être la cause. Pour l'instant, en tout cas, il n'en est nul besoin.

— J'approuve, déclara Poirot. On se doit toujours de prendre en considération les complications internationales.

— Exactement, continua le chef de la police du comté. Je pense donc que je ne me trompe pas en disant que feu le souverain de Ramat était considéré comme un ami de notre pays, et que ceux qui nous gouvernent aimeraient que ses volontés, en ce qui concerne tout bien lui ayant appartenu qui pourrait se trouver sur le territoire du royaume, soient respectées. Ce que cela peut représenter, nul ne le sait actuellement, me suis-je laissé dire. Si les nouveaux dirigeants de Ramat en venaient à réclamer certains biens qu'ils revendiqueraient comme leur revenant de droit, il vaudrait beaucoup mieux que nous ne sachions pas que les biens susdits puissent être dans notre pays. Une fin de non-recevoir serait maladroite.

— En bonne diplomatie, pontifia Poirot, on n'oppose jamais une fin de non-recevoir. On dira plutôt que le sujet sera examiné avec la plus extrême attention, mais que, pour l'instant du moins, on ne sait rien de précis au sujet d'un petit… d'un petit magot, dirons-nous, qu'aurait pu se constituer l'ancien souverain de Ramat. Ledit magot pourrait être encore à Ramat, il pourrait avoir été confié à la garde d'un ami fidèle de feu le prince Ali Youssouf, il pourrait avoir été sorti de l'émirat par une bonne demi-douzaine de personnes, il pourrait être caché quelque part dans la ville de Ramat elle-même…

Il haussa les épaules :

— On ne sait pas, tout simplement.

Le chef de la police du comté émit un profond soupir de soulagement :

— Merci beaucoup. C'était très précisément ce que je voulais entendre dire. Monsieur Poirot, vous avez dans ce pays des amis très haut placés. Ils vous accordent la plus grande confiance. À titre officieux, ils souhaiteraient laisser certain objet entre vos mains, si vous n'y voyez pas d'objection.

— Je n'y vois pas d'objection, répondit le détective. Restons-en là. Nous avons à étudier des sujets bien plus sérieux, n'est-ce pas ? Ou bien, peut-être, ne le pensez-vous pas ? Mais, enfin, que représentent trois quarts de million de livres, ou une somme de cet ordre, à côté d'une vie humaine ?

— Vous avez raison, monsieur Poirot, approuva le chef de la police du comté.

— Vous avez toujours raison, renchérit l'inspecteur Kelsey. Ce que nous voulons, nous, c'est un meurtrier. Nous serions heureux de connaître votre opinion, monsieur Poirot, parce qu'il s'agit largement de conjectures, et de conjectures encore, et que les vôtres valent bien celles de n'importe qui, et quelquefois davantage. Toute cette affaire ressemble à des écheveaux de laine qui se seraient embrouillés.

— Voilà qui est bien dit, le félicita Poirot. Il faut que nous les prenions et que nous tirions sur la couleur que nous voulons, la couleur du meurtrier. Est-ce bien cela ?

— C'est bien cela.

— Alors dites-moi tout ce que l'on sait jusqu'à présent, s'il ne vous est pas trop fastidieux de vous contraindre à des répétitions.

Hercule Poirot s'installa commodément pour écouter.

Il écouta l'inspecteur Kelsey, et il écouta Adam Goodman. Il écouta le bref résumé du chef de la police du comté. Puis il se laissa aller contre le dossier de son fauteuil, ferma les yeux et hocha lentement la tête.

— Deux assassinats, dit-il enfin. Commis tous deux au même endroit et, grosso modo, dans les mêmes conditions. Et puis un enlèvement. L'enlèvement d'une jeune fille qui pourrait être le personnage central de l'intrigue. Essayons de déterminer tout d'abord pourquoi elle a été enlevée.

— Je peux vous répéter ce qu'elle m'avait dit elle-même, intervint Kelsey.

Ce qu'il fit. Poirot l'écouta.

— Cela n'a pas de sens, déplora-t-il.

— C'est ce que j'ai pensé sur le moment, répliqua Kelsey. À vrai dire, j'ai cru qu'elle voulait faire l'importante…

— Mais le fait est qu'elle a bel et bien été enlevée. Pourquoi ?

— Il y a eu des demandes de rançon, rappela l'inspecteur. Mais…

— Mais elles étaient fallacieuses, pensez-vous ?… Envoyées seulement pour conforter l'hypothèse d'un véritable enlèvement ?

— C'est cela. On n'est pas venu aux rendez-vous.

— Donc, cette Shaista a été enlevée pour un tout autre motif. Mais quel motif ?

— Pour lui faire dire où les… euh… les choses de valeur étaient cachées, proposa Adam sans conviction.

Poirot secoua la tête :

— Elle ne savait pas où elles étaient cachées. Cela, au moins, c'est clair. Non, il doit y avoir quelque chose qui…

Il n'acheva pas sa phrase. Il demeura silencieux un instant, puis il interrogea :

— Ses genoux… Avez-vous jamais remarqué ses genoux ?

Adam écarquilla les yeux :

— Non. Pourquoi les aurais-je remarqués ?

— Un homme a bien des raisons pour remarquer les genoux d'une jeune fille, riposta Poirot avec sévérité. Malheureusement, vous les avez négligés.

— Qu'est-ce que ses genoux pouvaient bien avoir de particulier ? Une cicatrice ? Quelque chose de ce genre ? Comment l'aurais-je su ? La plupart du temps, les pensionnaires portent des bas, et l'ourlet de leurs jupes tombe juste au-dessous du genou.

— Alors, à la piscine, peut-être, avança le détective d'un ton plein d'espoir.

— Je ne l'ai jamais vue se mettre à l'eau. Trop froid pour elle, j'imagine. Elle était habituée à des climats chauds. Mais où voulez-vous en venir ? À une cicatrice ? À quelque chose comme ça ?

— Non, non, ce n'est pas ça du tout. Bah ! que voulez-vous, c'est dommage…

Il se tourna vers le chef de la police :

— Avec votre permission, je vais me mettre en contact avec mon ami le préfet, à Genève. Je pense qu'il sera en mesure de nous aider.

— À propos de ce qui aurait pu se passer pendant sa scolarité là-bas ?

— Oui, peut-être bien. Vous permettez ? Parfait. Ce n'est qu'une petite idée que j'ai eue… Oh ! pendant que nous y sommes, il n'y a rien eu dans les journaux, sur cet enlèvement ?

— L'émir Ibrahim a beaucoup insisté là-dessus.

— J'ai pourtant noté un petit écho dans la colonne des potins. Au sujet de certaine jeune personne d'origine étrangère qui aurait quitté très soudainement son collège. Une amourette naissante, laissait entendre le journaliste. On voulait donc étouffer le scandale ?…

— C'était mon idée, concéda Adam. Il m'a semblé que c'était une bonne ligne de conduite.

— Admirable, en effet. Nous pouvons donc passer à quelque chose de plus sérieux que cet enlèvement. À l'assassinat. Aux deux assassinats qui ont eu lieu à Meadowbank.

19

LE CONCLAVE SE POURSUIT

— Deux assassinats à Meadowbank, répéta Hercule Poirot, pensif.

— Nous vous avons fourni les faits, répliqua l'inspecteur Kelsey. Si vous aviez la moindre idée…

— Pourquoi dans le pavillon des sports ? C'était bien là votre question, n'est-ce pas ? répondit le détective à l'attention d'Adam. Eh bien, nous avons maintenant la réponse. Parce qu'il y avait, dans le pavillon des sports, une raquette de tennis dont le manche recelait une fortune en joyaux. Quelqu'un le savait. Qui ? Ç'aurait pu être Mlle Springer. Elle était, vous le dites tous, jalouse de son fief. Elle détestait que des gens y fassent intrusion. Ceux qui n'avaient pas de bonnes raisons pour s'y rendre, j'entends. Elle paraissait très soupçonneuse au sujet de leurs motifs pour y venir. Et, en particulier, pour ce qui concernait Mlle Blanche.

— Mlle Blanche… murmura Kelsey, songeur.

Poirot s'adressa de nouveau à Adam Goodman :

— Vous-même, vous considériez que Mlle Blanche avait un comportement étrange dès lors qu'il s'agissait du pavillon des sports ?

— Elle éprouvait le besoin d'y justifier sa présence. Et elle s'en justifiait trop. Je n'aurais jamais remis en cause son droit d'y faire un tour si elle ne s'était pas donné tant de peine pour me donner les motifs de sa venue.

Poirot hocha la tête :

— Absolument. Cela nous donne matière à réflexion. Mais tout ce que nous savons en toute certitude, c'est que Mlle Springer a été tuée à 1 heure du matin, dans le pavillon des sports, alors qu'elle n'avait rien à y faire…

Il se tourna vers Kelsey :

— Où exerçait donc Mlle Springer avant de venir à Meadowbank ?

— Nous n'en avons encore pas la moindre idée, répondit l'inspecteur. Elle avait quitté son dernier emploi (il cita le nom d'un collège renommé) l'été précédent. Ce qu'elle a fait entre-temps, nous l'ignorons. Avant sa mort, il n'y avait aucune raison de lui poser la question, précisa-t-il avec un sourire en coin. Elle n'avait aucun proche, ni, apparemment, aucune amie intime.

— Rien ne nous interdit donc d'imaginer qu'elle aurait *pu* se trouver à Ramat, médita Poirot.

— Je crois qu'il y avait là-bas un groupe de professeurs en visite au moment des événements, souligna Adam.

— Avançons donc l'hypothèse qu'elle y était et que, peu importe comment, elle avait découvert le secret de la raquette. Et supposons ensuite qu'après avoir attendu suffisamment longtemps pour pouvoir se familiariser avec la vie de Meadowbank, elle est allée cette nuit-là au pavillon des sports. Elle s'est emparée de la raquette et elle était sur le point de sortir les joyaux de leur cachette quand… quand *quelqu'un* l'a interrompue en pleine action. Quelqu'un qui l'avait observée ? Quelqu'un qui l'avait suivie ce soir-là ? Qui que ce fût, ce quelqu'un tenait un pistolet, avec lequel il l'a abattue – mais il n'a pas eu le temps de sortir les pierres de la raquette, ni même d'emporter ladite raquette, parce que s'approchaient du gymnase des gens qui avaient entendu le coup de feu.

Poirot s'interrompit.

— Vous pensez que c'est cela qui s'est passé ? interrogea le chef de la police du comté.

— Je n'en sais rien, confessa le détective. Ce n'est qu'une possibilité. Il y en a une autre, selon laquelle la personne au pistolet était sur place *la première*, et a été surprise par Mlle Springer. C'était quelqu'un à propos duquel Mlle Springer nourrissait déjà des soupçons. Elle appartenait, m'avez-vous dit, à la race des fouineurs – des dénicheurs de lourds secrets.

— Et pour l'autre victime ? demanda Adam.

Poirot le fixa, avant de fixer les deux autres :

— Vous, vous ne savez pas. Et moi, je ne sais pas non plus. Ce pourrait avoir été quelqu'un de l'extérieur qui...

Son ton s'était fait interrogateur.

Kelsey secoua la tête :

— Je suis persuadé du contraire. Nous avons passé le voisinage au crible avec le plus grand soin. En particulier, bien entendu, pour ce qui concernait les étrangers à la région. Il y avait notamment une Mme Kolinsky qui séjournait dans le coin – notre ami Adam la connaît. Mais elle ne peut être impliquée dans aucun des deux meurtres.

— Alors, cela nous ramène à Meadowbank. Et il n'est qu'une seule méthode pour parvenir à la vérité : procéder par élimination.

— C'est bien à ça que ça revient, soupira Kelsey. Pour le premier assassinat, le champ des hypothèses est largement ouvert. Tout le monde, ou presque, aurait pu tuer Mlle Springer. Seules font exception Mlle Johnson et Mlle Chadwick – et la petite qui avait mal aux oreilles. S'agissant du second, ça se rétrécit. Mlle Rich, Mlle Blake et Mlle Shapland sont hors du coup. Mlle Rich était descendue à l'hôtel *Alton Grange* à cinquante kilomètres d'ici, Mlle Blake était à Littleport, et Mlle Shapland passait la soirée dans un night-club de Londres, *Le Nid Sauvage*, en compagnie d'un M. Dennis Rathbone.

— Et Mlle Bulstrode était également absente, si j'ai bien compris ?

Adam sourit. Le chef de la police du comté et l'inspecteur parurent offusqués.

— Mlle Bulstrode passait le week-end chez la duchesse de Welsham, précisa Kelsey avec sévérité.

— Donc, nous pouvons éliminer Mlle Bulstrode, rétorqua Poirot, très grave. Ce qui nous laisse… qui cela ?

— Deux des domestiques qui dorment au collège, Mme Gibbons et une dénommée Doris Hogg. Mais je ne crois pas sérieusement qu'on puisse les retenir. Il ne nous reste plus, par le fait, que Mlle Blanche et Mlle Rowan.

— Sans compter les pensionnaires, bien entendu.

Kelsey afficha sa perplexité :

— Vous ne les soupçonnez quand même pas ?

— Franchement, non. Mais on se doit d'être exact.

L'inspecteur n'avait que faire de l'exactitude. Il enchaîna, laborieux :

— Mlle Rowan est ici depuis plus d'un an. Elle a un excellent dossier. Nous ne savons rien qu'on puisse retenir à son encontre.

— Nous en arrivons donc à Mlle Blanche. Est-ce là que notre voyage s'achève ?

Il y eut un silence.

— Nous n'avons aucune preuve, finit par concéder Kelsey. Ses références nous paraissent authentiques.

— Il le faut bien, releva Hercule Poirot.

— Elle fourre son nez partout, ajouta Adam. Mais ça ne fonde pas une présomption de meurtre.

— Eh ! attendez une minute, dit Kelsey. Il y avait une histoire de clef. Lors de son premier interrogatoire… j'ai relu le procès-verbal… bref, la clef serait tombée de la serrure, elle l'aurait ramassée, et elle aurait oublié de la remettre à sa place… Elle serait partie en l'emportant, et Mlle Springer l'aurait traitée de noms d'oiseaux.

— Si on voulait entrer de nuit dans le pavillon pour y prendre la raquette, souligna Poirot, il fallait en avoir la clef. Et, pour cela, on devait en avoir pris une empreinte.

— Mais, dans ce cas, elle n'aurait certainement jamais parlé de cet incident à l'inspecteur, objecta Adam.

— Pas si sûr que cela, riposta Kelsey. Mlle Springer aurait pu y faire un jour allusion. Et, par conséquent, Mlle Blanche a pu préférer prendre les devants, et m'en parler mine de rien.

— C'est un point à retenir, dit Poirot.

— Ça ne nous emmène pas bien loin, répliqua Kelsey, le regard assombri.

— Il nous reste, pour autant que nous ayons été correctement informés, une possibilité, trancha Poirot. Si je comprends bien, le jour de la rentrée, la mère de Julia Upjohn a reconnu quelqu'un. Quelqu'un qu'elle a été très étonnée de voir là. Le contexte semble indiquer que ce quelqu'un avait un lien avec l'espionnage. Si Mme Upjohn est en mesure d'affirmer que Mlle Blanche est la personne qu'elle avait reconnue, je pense que nous pourrions poursuivre l'enquête en toute tranquillité d'esprit.

— C'est plus facile à dire qu'à faire, déplora Kelsey. Nous avons bien essayé d'entrer en contact avec Mme Upjohn, mais c'est un vrai casse-tête chinois !... Quand la petite m'avait parlé d'autocar, je pensais à un voyage organisé, avec des horaires précis, et un vrai groupe de touristes. Mais ça n'est pas ça du tout. Apparemment, Mme Upjohn se borne à prendre les bus du coin, pour aller où bon lui chante ! Elle n'est pas passée par Cook, ni par aucune autre agence de voyage. Elle se promène au gré de sa fantaisie, toute seule. Qu'est-ce qu'on peut faire, avec une femme comme ça ? Elle peut être n'importe où. L'Anatolie, c'est grand !

— C'est bien difficile, oui, approuva Poirot.

— Il y a pourtant plein de voyages organisés en bus, reprit l'inspecteur sur un ton offensé. Où tout est facile… Où vous savez où vous vous arrêtez, et ce qu'il y a à voir. Des itinéraires bien conçus, où on peut toujours savoir où vous êtes.

— Mais, à l'évidence, Mme Upjohn n'a guère de goût pour les voyages de ce genre.

— Oui, mais, du coup, nous, nous en sommes là, reprit Kelsey. Coincés ! Cette maudite Française peut prendre le large quand elle le voudra. Nous n'avons rien qui puisse nous permettre de la retenir.

Poirot secoua la tête :

— Elle ne fera pas cela.

— Vous n'en savez rien.

— J'en suis sûr. Quand on a commis un meurtre, on ne souhaite pas sortir de son personnage, ni attirer l'attention. Mlle Blanche restera ici, tout tranquillement, jusqu'à la fin du trimestre.

— J'espère que vous avez raison.

— Je suis certain d'avoir raison. Et souvenez-vous : la personne que Mme Upjohn a vue ne sait pas que Mme Upjohn l'a vue. La surprise, quand le temps viendra, sera complète.

Kelsey soupira :

— Si c'est tout ce que nous avons à nous mettre sous la dent…

— Nous avons d'autres éléments. Des conversations, par exemple.

— Des conversations ?

— Oui, c'est très utile, les conversations. Quand on a quelque chose à cacher, on finit tôt ou tard par en dire trop.

— On se dévoilerait, donc ? résuma le chef de la police, sceptique.

— Ce n'est pas aussi simple que cela. On est sur ses gardes pour ce que l'on souhaite dissimuler. Mais, souvent, on se laisse aller sur le reste… Et puis les conversations ont une autre utilité. Il y a des gens tout ce qu'il y a d'innocents qui savent des choses sans être conscients de l'importance de ce qu'ils savent. Et cela me fait penser que…

Hercule Poirot se mit debout.

— Excusez-moi, reprit-il. Je dois aller demander à Mlle Bulstrode s'il est ici quelqu'un qui sait dessiner.

— Dessiner ?

— Dessiner, oui.

— Ça alors ! souffla Adam pendant qu'Hercule Poirot sortait. D'abord les genoux des jeunes filles, et maintenant du talent pour le dessin ! C'est à se demander ce qu'il ira encore inventer après ça…

*

Mlle Bulstrode répondit à la question de Poirot sans manifester le moindre étonnement.

— C'est Mlle Laurie qui vient donner ici des cours de dessin, dit-elle avec vivacité. Que voudriez-vous donc qu'elle vous dessine ? ajouta-t-elle comme si elle s'adressait à un enfant.

— Des visages, répondit Poirot.

— Mlle Rich fait d'excellents portraits. Elle a le sens de la ressemblance.

— C'est exactement ce qu'il me faut.

Mlle Bulstrode, remarqua Poirot avec satisfaction, ne l'interrogeait pas sur ses motifs. Elle se contenta d'aller chercher Mlle Rich.

On procéda aux présentations.

— Vous pouvez croquer les gens ? demanda le détective. Vite ? Au crayon ?

Eileen Rich acquiesça :

— Je le fais souvent. Pour m'amuser.

— Très bien. Alors, faites-moi donc le portrait de feu Mlle Springer.

— C'est difficile. Je l'ai peu connue. Mais je vais essayer.

Elle plissa les paupières, puis elle traça rapidement des lignes sur le papier.

— Bien, la félicita Poirot en lui prenant son esquisse. Et maintenant, faites-moi donc, s'il vous plaît, le portrait de Mlle Bulstrode, de Mlle Rowan, de Mlle Blanche et de… euh… d'Adam, le jardinier.

Eileen Rich lui adressa un regard dubitatif avant de se remettre au travail. Devant le résultat, Hercule Poirot branla du chef en signe d'approbation :

— C'est bon… c'est très bon. À peine quelques traits… et cependant la ressemblance est là. Mais je m'en vais vous demander maintenant quelque chose de plus complexe. Essayez, par exemple, de me dessiner Mlle Bulstrode avec une autre coiffure, et avec des sourcils différents.

Eileen Rich fixa le détective comme s'il eût été dément.

— Non, insista Poirot, je ne suis pas fou. Je procède à une expérience, c'est tout. Faites, je vous prie, ce que je vous ai demandé.

Elle leva les yeux après quelques minutes :

— Voilà.

— Parfait. Maintenant, faites de même pour Mlle Blanche, et pour Mlle Rowan.

Quand elle en eut terminé, Hercule Poirot juxtaposa les trois portraits.

— Je m'en vais vous montrer quelque chose, dit-il. Malgré les changements auxquels vous avez procédé, Mlle Bulstrode, à ne pas s'y tromper, est toujours Mlle Bulstrode. Mais regardez-moi donc les deux autres portraits. Parce qu'elles ont des traits moins accusés, et moins de personnalité que Mlle Bulstrode, on dirait deux personnes complètement différentes, non ?

— Je vois ce que vous voulez dire, reconnut Eileen Rich.

Elle le regarda plier avec soin les croquis qu'elle venait de tracer.

— Qu'est-ce que vous allez en faire ? s'enquit-elle.

— Je vais m'en servir, décréta Hercule Poirot.

20

UNE CONVERSATION

— Eh bien… je ne sais pas quoi dire, déplora Mme Sutcliffe. Réellement, je ne sais pas quoi dire.

Elle fixait sur Hercule Poirot un regard chargé de dégoût.

— Naturellement, reprit-elle, Henry n'est pas là.

La signification de cette information était un peu obscure, mais Poirot croyait comprendre à quoi elle correspondait : Hemy, jugeait son épouse, aurait su comment affronter la situation. Il avait souvent à mener des négociations internationales. Il était toujours entre deux avions à destination du Moyen-Orient, du Ghana, de l'Amérique du Sud, de Genève et même, encore que plus rarement, de Paris.

— Toute cette affaire, continua Mme Sutcliffe, m'a absolument bouleversée. J'étais si heureuse d'avoir Jennifer en sécurité auprès de moi. Encore que, je dois l'avouer, ajouta-t-elle en optant pour un ton offensé, Jennifer se soit montrée assez insupportable. Après avoir fait toutes sortes d'histoires quand elle a été enfin inscrite à Meadowbank et avoir affirmé qu'elle ne s'y plairait pas, que c'était un collège snob, et en tout cas pas le genre d'école qu'elle souhaitait, la voilà maintenant qui boude à longueur de journée parce que je l'en ai retirée. Quel gâchis, vraiment !

— C'est indéniablement un très bon collège, souligna Poirot. Bien des gens affirment que c'est le meilleur d'Angleterre.

— Ce l'était, certes.

— Ce le sera de nouveau.

— Vous croyez ?

Mme Sutcliffe, dubitative, regardait le détective. Peu à peu, le comportement compréhensif de l'individu qui lui faisait face affaiblissait ses défenses. Il n'est rien de tel, pour alléger le poids des soucis d'une vie de mère, que d'avoir la possibilité d'évoquer avec un tiers la masse des difficultés, des déboires et des frustrations que l'on éprouve avec ses rejetons. Trop souvent, la loyauté familiale contraint à endurer en silence. Mais avec un étranger tel qu'Hercule Poirot, ce n'était pas comme si elle parlait avec la mère d'une autre fille. Cette loyauté-là, Mme Sutcliffe avait le sentiment qu'elle n'était plus astreinte à la respecter.

— Meadowbank, répondit Poirot, traverse seulement une phase difficile.

C'était le meilleur commentaire qu'il puisse faire, compte tenu des circonstances. Il en ressentait l'insuffisance, qui n'échappa pas à Mme Sutcliffe :

— C'est bien plus que des difficultés ! Deux assassinats. Et l'enlèvement d'une élève. On ne peut pas envoyer sa fille dans un collège où les professeurs se font tout le temps assassiner.

Ce point de vue paraissait des plus raisonnables.

— Mais s'il s'avérait, fit observer Poirot, que ces meurtres soient l'œuvre d'une seule et même

262

personne, et que cette personne était arrêtée, cela changerait les choses, n'est-ce pas ?

— Oui… je le suppose. Oui… Je veux dire… vous voulez dire… oh ! Je vois, vous voulez dire quelqu'un comme Jack l'Éventreur ou comme cet homme… Qui était-ce ? Cela a quelque chose à voir avec le Devonshire. Cream. Oui, Neil Cream. Qui tuait un certain type de femmes, les pauvres ! J'imagine que ce meurtrier-là fait une fixation sur les enseignantes ! Une fois qu'on l'aura mis bien en sûreté dans une prison, et qu'on l'aura pendu, j'espère, car on n'a droit qu'à un seul meurtre, n'est-ce pas ?… comme un chien qui mord… Qu'est-ce que je disais ? Ah ! oui, s'il est bel et bien arrêté, alors je veux bien admettre que ce serait différent. Il ne peut quand même pas y avoir beaucoup de gens comme cela, non ?

— On peut certainement l'espérer, la rassura Poirot.

— Mais il y a tout de même cet enlèvement. On n'a pas non plus envie d'envoyer sa fille dans un collège où elle risque de se faire enlever.

— Assurément, non, madame. Je vois que vous avez réfléchi très complètement à tout cela. Vous avez raison dans tout ce que vous dites.

Mme Sutcliffe parut légèrement flattée. Personne ne lui avait plus parlé ainsi depuis quelque temps. Hemy s'était contenté d'un « De toute manière, pourquoi diable vouliez-vous l'envoyer à Meadowbank ? », tandis que Jennifer avait boudé et refusé de répondre.

— J'y ai réfléchi, confirma-t-elle. Beaucoup.

— Alors, je ne veux pas vous laisser continuer à vous inquiéter de cet enlèvement. De vous à moi, je vais vous faire une confidence à propos de la princesse Shaista... ce n'est pas tout à fait un kidnapping... on soupçonne plutôt une escapade amoureuse...

— Vous voulez dire que cette petite sotte a fait une fugue pour épouser quelqu'un ?

— Mes lèvres sont scellées. Vous comprendrez que l'on désire avant tout éviter un scandale. Cette révélation doit rester entre nous. Je sais que vous n'en direz rien.

— Naturellement non, répliqua Mme Sutcliffe, drapée dans sa vertu.

Elle relut la lettre du chef de la police du comté que Poirot lui avait apportée :

— Je ne comprends pas très bien qui vous êtes, monsieur... euh... Poirot. Seriez-vous ce que l'on appelle dans les livres un... un détective privé ?

— Je suis consultant, précisa Poirot, condescendant.

Cette vague référence à Harley Street encouragea vivement Mme Sutcliffe :

— De quel sujet souhaitez-vous vous entretenir avec Jennifer ?

— Je voudrais seulement avoir ses impressions. Elle est observatrice, non ?

— J'ai bien peur de ne pouvoir abonder dans votre sens. Elle n'est en rien ce que j'appellerais une enfant curieuse. Je veux dire par là qu'elle est toujours très terre à terre.

— Cela vaut mieux que d'inventer des histoires à dormir debout.

— Oh ! Ça, Jennifer en serait bien incapable, affirma Mme Sutcliffe avec certitude.

Elle s'en fut à la fenêtre et appela :

— Jennifer.

Puis elle en revint à Poirot :

— Je voudrais que vous réussissiez à lui faire comprendre que son père et moi faisons de notre mieux pour elle.

Jennifer entra dans la pièce le visage boudeur et lança à Poirot un regard plein de suspicion.

— Bonjour, lui dit le détective. Je suis un très vieil ami de Julia Upjohn. Elle est venue me voir à Londres.

— Julia est allée à Londres ? répéta Jennifer, légèrement surprise. Pourquoi ?

— Pour me demander un conseil.

Jennifer se borna à arborer une mine incrédule.

— J'ai été en mesure de le lui donner, enchaîna Poirot. Elle est maintenant de retour à Meadowbank.

— Alors sa tante Isabel ne l'a pas retirée du collège, elle, releva Jennifer en dardant sur sa mère des prunelles coléreuses.

Poirot regarda Mme Sutcliffe et, pour une raison quelconque, peut-être parce qu'elle était en train de compter des draps et des serviettes lorsque le détective était arrivé, ou peut-être sous l'effet d'une pulsion inexplicable, elle se leva et sortit.

— C'est dur de se retrouver loin de tout ce qui se passe ici, se plaignit la jeune fille. Toutes ces histoires pour rien ! J'ai dit à maman que c'était idiot. Après tout, aucune élève n'a été tuée.

— Auriez-vous des idées personnelles sur ces meurtres ?

Jennifer secoua la tête.

— Un déséquilibré ? suggéra-t-elle. J'imagine que Mlle Bulstrode va devoir engager de nouveaux professeurs, maintenant, ajouta-t-elle, pensive.

— Cela paraît plausible, oui… Je m'intéresse, mademoiselle Jennifer, à la femme qui est venue vous apporter une raquette neuve en échange de l'ancienne. Vous vous en souvenez ?

— Je pense bien. Jusqu'à aujourd'hui, je n'ai pas découvert qui me l'avait envoyée. Ce n'était pas tante Gina en tout cas.

— À quoi ressemblait cette femme ?

— Celle de la raquette ? s'enquit Jennifer en fermant les yeux pour mieux réfléchir. Eh bien, je ne sais pas. Elle portait une espèce de robe assez tarabiscotée, avec une petite cape, je crois. Bleue. Et puis une espèce de chapeau qui lui tombait un peu sur les yeux.

— Ah bon ? Mais je songeais davantage à ses traits qu'à sa tenue.

— Elle était très maquillée, je crois bien, dit Jennifer, assez vague. Un peu trop pour ici, je veux dire. Et puis des cheveux blonds. J'ai l'impression que c'était une Américaine.

— L'aviez-vous déjà vue auparavant ?

— Oh ! non. Je ne pense pas qu'elle habitait la région. Elle m'a dit qu'elle était venue pour un déjeuner, ou pour un cocktail, ou je ne sais quoi.

Songeur, Poirot observait la jeune fille. Il nota qu'elle acceptait sans la moindre réticence tout ce qu'on lui disait.

— Elle aurait pu ne pas dire la vérité, non ? demanda-t-il avec douceur.

— Oh !… Non, je ne crois pas du tout.

— Vous êtes tout à fait sûre que vous ne l'aviez jamais vue ? Que ce ne pourrait pas avoir été une des élèves qui se serait déguisée ? Ou l'une des professeurs ?

— Déguisée ? répéta Jennifer, perplexe.

Poirot déposa devant elle le portrait de Mlle Blanche que Mlle Rich avait exécuté à sa demande :

— Ce n'était pas cette femme-là, n'est-ce pas ?

Jennifer examina le dessin d'un œil dubitatif :

— Ça lui ressemble un peu – mais je ne pense pas que ce soit elle.

Poirot hocha la tête, méditatif. Rien n'indiquait que Jennifer eût reconnu qu'il s'agissait du visage de la professeur de français.

— Voyez-vous, précisa la jeune fille, je ne l'ai pas beaucoup regardée. C'était une inconnue, et une Américaine, et puis elle m'a parlé de la raquette, et…

Après cela, à l'évidence, Jennifer n'avait plus eu d'yeux que pour son nouveau trésor.

— Je vois, soupira Poirot. Avez-vous jamais vu à Meadowbank quelqu'un que vous auriez aperçu à Ramat ?

— À Ramat ? Oh ! non… enfin… je ne crois pas.

Cette légère expression de doute n'échappa pas au détective :

— Mais vous n'en êtes pas convaincue, mademoiselle Jennifer.

Jennifer se gratta le front, l'air soucieux :

— Eh bien, je veux dire qu'on voit toujours des gens qui vous rappellent quelqu'un d'autre. Mais on ne sait jamais au juste à qui ils vous font penser. Quelquefois, on croise des gens qu'on a bel et bien rencontrés, mais on ne se souvient plus de qui ils sont. Et ils vous disent : « Vous ne vous souvenez pas de moi ? », et c'est très gênant parce que, *sincèrement*, on ne s'en souvient pas. Je veux dire par là qu'on reconnaît à peu près leur visage, mais qu'on a oublié leur nom, ou l'endroit où on a fait leur connaissance.

— Ce n'est que trop vrai, renchérit Poirot. Oui, ce n'est que trop vrai. On en fait souvent l'expérience…

Il marqua un temps, puis, avec une légère insistance :

— La princesse Shaista, par exemple… Elle, vous l'avez sûrement reconnue tout de suite, pour l'excellente raison que vous deviez l'avoir croisée à Ramat.

— Elle était à Ramat ?

— Selon toute vraisemblance, décréta Poirot. Après tout, elle a des liens de parenté avec l'ex-maison régnante. Vous pourriez l'avoir aperçue là-bas, non ?

Jennifer fronçait les sourcils :

— Non, je ne pense pas. Et puis, de toute façon, elle ne s'y serait pas promenée en montrant son visage. Dans ces pays-là, les femmes portent toutes le voile. Même si je crois bien qu'elles l'enlèvent quand elles viennent à Paris ou au Caire. Et à Londres, évidemment.

— En tout état de cause, vous n'avez pas le sentiment d'avoir revu à Meadowbank quelqu'un que vous auriez déjà rencontré ?

— Non, je suis sûre que non. Bien entendu, la plupart des gens se ressemblent, et on pourrait les avoir vus n'importe où. C'est seulement quand quelqu'un a un visage qui sort de l'ordinaire, comme Mlle Rich, que vous le remarquez.

— Vous êtes-vous dit que vous aviez déjà vu Mlle Rich quelque part auparavant ?

— Pas réellement. Il devait s'agir de quelqu'un qui lui ressemblait vaguement. Mais c'était quelqu'un de beaucoup plus gros qu'elle.

— Quelqu'un de beaucoup plus gros, médita Poirot.

— On ne peut pas imaginer Mlle Rich obèse, rit Jennifer. Elle est si mince, et si nerveuse. Et puis, de toute façon, Mlle Rich n'aurait pas pu être à Ramat : elle était en congé maladie le trimestre dernier.

— Et les autres filles ? Aviez-vous déjà vu quelques-unes d'entre elles ?

— Seulement une ou deux que je connaissais déjà. Après tout, lorsque maman est venue me chercher, je n'avais passé que trois semaines au collège, je ne connaissais pas la moitié des élèves de vue. Je ne reconnaîtrais pas la plupart d'entre elles si je les croisais dans la rue demain.

— Vous devriez être plus observatrice et vous intéresser davantage à ce qui vous entoure, dit Poirot, sévère.

— On ne peut pas tout remarquer, protesta Jennifer. Si Meadowbank continue, je voudrais bien y retourner. Voyez si vous pouvez influencer maman. Encore que je crois qu'en réalité, c'est papa qui bloque. Dans ce trou perdu, c'est épouvantable. Je n'ai vraiment *jamais* l'occasion d'améliorer mon tennis.

— Je vous donne l'assurance que je ferai tout ce qui sera en mon pouvoir, répondit Hercule Poirot.

21

LES FILS DE L'INTRIGUE SE NOUENT

— Je voudrais vous parler, Eileen, dit Mlle Bulstrode.

Eileen Rich suivit Mlle Bulstrode dans son bureau. Meadowbank était étrangement calme. Il n'y restait plus que quelque vingt-cinq pensionnaires. Des élèves que leurs parents n'avaient pas pu, ou pas voulu, retirer du collège. Comme la directrice l'avait prévu, sa tactique avait enrayé le mouvement de panique. Le sentiment général prévalait que tout serait rentré dans l'ordre d'ici la fin du trimestre. On jugeait que ç'avait été sagesse de la part de Mlle Bulstrode que de fermer son établissement.

Aucun des membres du personnel n'était parti. Mlle Johnson s'énervait, elle n'avait pas assez de choses à faire. Une journée avec trop de temps libre ne lui convenait pas le moins du monde. Mlle Chadwick, qui paraissait vieillie et malheureuse, semblait bien davantage frappée par les événements que Mlle Bulstrode elle-même. En fait, Mlle Bulstrode parvenait, apparemment sans difficulté, à demeurer totalement elle-même, imperturbable, sans présenter le moindre symptôme de tension ou d'effondrement. Les deux plus jeunes professeurs paraissaient apprécier leurs loisirs supplémentaires. Elles se baignaient dans la piscine, écrivaient des lettres fleuves à leurs amis et connaissances, et se lançaient dans d'interminables lectures croisées afin de confronter leurs jugements. Ann Shapland disposait elle aussi de beaucoup de temps libre et donnait l'impression de bien s'en accommoder. Elle passait de nombreuses heures dans le parc, et s'affairait à jardiner avec une efficacité inattendue. Qu'elle préférât choisir Adam comme professeur de jardinage plutôt que le vieux Briggs ne constituait sans doute pas un phénomène surnaturel.

— Oui, mademoiselle Bulstrode ? s'enquit Eileen Rich.

— Je voulais m'entretenir avec vous. Je ne sais pas si ce collège pourra continuer d'accueillir des élèves. Ce que les gens pourront finalement penser est toujours imprévisible, parce qu'ils penseront tous différemment. Mais, au bout du compte, ceux qui auront les points de vue les plus tranchés finiront par convertir tous les autres. Donc, où bien Meadowbank s'arrête et…

— Non, coupa Eileen Rich. Meadowbank ne doit pas s'arrêter.

Elle avait presque tapé du pied, et sa coiffure avait immédiatement commencé de s'effondrer.

— Vous ne devez pas le laisser disparaître, reprit-elle. Ce serait un péché – un crime.

— Vous employez des mots très forts, observa Mlle Bulstrode.

— Parce que je le ressens très fortement. Il y a énormément de choses qui semblent n'en pas valoir la peine, mais Meadowbank est une école très importante. J'en ai eu la conviction dès mon arrivée ici.

— Vous êtes combative. J'aime les gens combatifs, et je puis vous assurer que je n'ai pas l'intention d'abandonner sans résistance. D'une certaine manière, je me réjouis de cette bataille. Vous savez, lorsque tout est trop facile et que les choses vont trop bien, on… je ne trouve pas le mot exact… on est content de soi ? On s'ennuie ? Un peu des deux, sans doute. Mais, maintenant, je ne m'ennuie plus, je ne suis pas contente de moi, et j'ai l'intention de me battre jusqu'à mes dernières forces… et jusqu'à mon dernier sou, également. Mais ce que j'ai à vous dire, c'est ceci : si Meadowbank continue, voudriez-vous en devenir associée ?

— Moi ? s'écria Eileen Rich, les yeux écarquillés. Moi ?

— Oui, ma chère, confirma Mlle Bulstrode. Vous.

— Je ne pourrais pas. Je n'en sais pas assez. Je suis trop jeune. Enfin, je n'ai ni l'expérience ni les connaissances requises.

— Laissez-moi donc juge de ce qu'il me faut. Remarquez bien qu'au moment où nous parlons, ce n'est pas une offre très alléchante que je vous fais là. Vous pourriez probablement trouver mieux ailleurs. Mais je veux vous dire une chose, et vous devez me croire. Dès avant le malheureux décès de Mlle Vansittart, c'est à vous que j'avais pensé pour me succéder.

L'ébahissement d'Eileen Rich s'accrut encore :

— Ainsi, vous aviez pensé que… Mais je croyais… nous croyions toutes que… que Mlle Vansittart…

— Je n'avais conclu aucun arrangement avec Mlle Vansittart, affirma Mlle Bulstrode. Je l'avais à l'esprit, je le confesse. Je pensais à elle depuis deux ans. Mais quelque chose me retenait de lui en parler de manière irrévocable. Certes, tout le monde ici supposait qu'elle me succéderait. Elle peut l'avoir cru elle-même. Et, d'ailleurs, moi aussi, je le croyais jusqu'à une date très récente. Et puis j'ai décidé que ce n'était pas d'elle que je voulais.

— Elle semblait pourtant posséder toutes les compétences requises. Elle aurait appliqué vos méthodes, et vos idées à la lettre.

— Oui, dit Mlle Bulstrode. Et c'est précisément pour cela que ça n'aurait pas marché. On ne doit pas s'accrocher au passé. Un peu de tradition, c'est bien, mais point trop n'en faut. Une école s'adresse aux enfants d'aujourd'hui. Elle n'est pas destinée aux enfants d'il y a cinquante ans, ou même d'il y a trente ans. Il est certains collèges pour lesquels la tradition prime, mais Meadowbank n'est pas de ceux-là. Ce n'est pas un collège qui a une longue tradition derrière lui. C'est la création, si j'ose dire, d'une seule femme : moi. J'ai voulu expérimenter certaines idées, et je les ai mises en œuvre au mieux de mes capacités, encore qu'à l'occasion, il m'ait fallu les modifier quand elles ne conduisaient pas aux résultats que j'espérais. Meadowbank n'est pas un collège conventionnel, mais il n'a pas mis son point d'honneur à ne pas l'être. C'est un collège où l'on tente de tirer le meilleur de deux mondes, celui du passé et celui de l'avenir, mais c'est sur le présent que nous mettons réellement l'accent. C'est dans ce sens qu'il faut continuer, c'est comme ça que Meadowbank continuera de rayonner. Dirigé par quelqu'un, selon ses propres idées... des idées du présent. Gardant du passé ce qui est raisonnable, et les yeux tournés vers le futur. Vous avez à peu près l'âge que j'avais quand j'ai commencé ici, mais vous possédez ce que je n'ai plus. Vous le trouverez dans la Bible, chez le prophète Joël : « Vos anciens auront des rêves, et vos jeunes gens des visions. » Ici, nous n'avons pas besoin de rêves, nous avons besoin d'une vision. Je crois que vous avez une vision, et c'est pour cela que mon choix s'est arrêté sur vous et pas sur Eleanor Vansittart.

— Ç'aurait été merveilleux, répondit Eileen Rich. Merveilleux. C'est ce que j'aurais aimé par-dessus tout.

Mlle Bulstrode ressentit un léger étonnement devant cet emploi du conditionnel passé, mais n'en montra rien.

— Oui, approuva-t-elle vivement, ç'aurait été merveilleux. Mais ce n'est plus merveilleux maintenant ? Eh bien, je crois que je comprends.

— Non, non, ce n'est pas du tout ce que je veux dire. Pas du tout. Je... je ne peux guère entrer dans les détails, mais si vous aviez... si vous m'aviez posé la question, si vous m'aviez parlé ainsi il y a une semaine ou quinze jours, j'aurais répondu tout de suite que je ne pouvais pas, que c'était parfaitement impossible. La seule raison pour laquelle ce... ce serait possible maintenant, c'est que... eh bien, c'est parce qu'il s'agit de se battre... de relever un défi. Puis-je... puis-je y réfléchir, mademoiselle Bulstrode ? Je ne sais que vous dire maintenant.

— Cela va de soi.

Mlle Bulstrode éprouvait encore de l'étonnement. « On ignore toujours tout des autres », pensa-t-elle.

*

Voilà Mlle Rich avec son chignon qui fiche de nouveau le camp, dit Ann Shapland en se redressant d'un
parterre de fleurs. Puisqu'elle n'arrive pas à le faire
tenir, je ne comprends pas pourquoi elle ne le fait pas
couper. Elle a une jolie forme de tête, cela lui irait
beaucoup mieux.

— Vous devriez le lui dire, répondit Adam.

— Nous ne sommes pas intimes à ce point...
Dites-moi, vous pensez que le collège va survivre ?

— C'est une question très incertaine. Et qui
suis-je, pour en juger ?

— Vous pouvez y répondre aussi bien qu'un autre,
à mon avis. Mais c'est possible, vous savez. La vieille
Bulle, comme les filles l'appellent, a plus d'un tour
dans son sac. Notamment un pouvoir hypnotique sur
les parents, pour commencer. Combien de temps
s'est-il écoulé depuis la rentrée ? Un an, dirait-on. Je
serai heureuse quand le trimestre s'achèvera.

— Vous reviendrez, si le collège est encore
ouvert ?

— Non, répliqua Ann avec emphase. Non, pas du
tout. Je viens de faire une cure de collège suffisante
pour le restant de mes jours. De toute façon, je ne suis
pas faite pour vivre au milieu d'un tas de bonnes
femmes. Et, bien franchement, je n'aime pas le
meurtre. C'est assez amusant à lire dans les journaux, ou dans un bon livre, le soir pour s'endormir.
Mais dans la vie réelle, c'est une autre paire de
manches. Je pense que, quand je partirai à la fin du trimestre, j'épouserai Dennis et que je me fixerai,
conclut-elle, songeuse.

— Dennis ? s'enquit Adam. C'est celui dont vous m'avez parlé, n'est-ce pas ? Si je me souviens bien, son travail le conduit en Birmanie, en Malaisie, à Singapour, au Japon et autres lieux exotiques. On ne peut pas dire que vous vous fixeriez si vous l'épousiez, non ?

Elle éclata soudain de rire :

— Non, non, j'imagine que non. Pas au sens géographique, en tout cas.

— Je pense que vous pouvez trouver mieux que ce Dennis, observa Adam.

— Seriez-vous en train de me faire une proposition ?

— Certainement pas. Vous êtes une jeune femme ambitieuse. Vous ne voudriez pas épouser un humble jardinier à la journée.

— Je songeais à me marier dans la Criminelle.

— Je n'appartiens pas à la Criminelle.

— Non, non, évidemment non, déclara Ann. Continuons à faire comme si de rien n'était. Vous ne faites pas partie de la Criminelle. Shaista n'a pas été enlevée. Tout est délicieux dans ce jardin, ou semble délicieux, en tout cas.

Elle regarda autour d'elle :

— Il n'empêche, je ne comprends pas le moins du monde cette histoire de Shaista qui serait réapparue à Genève, ou je ne sais quoi. Comment est-elle arrivée là-bas ? Vous avez tous été très négligents, dans votre branche, en permettant qu'on lui fasse quitter ce pays.

— Mes lèvres sont scellées, se défendit Adam.

— Je ne crois pas que vous sachiez quoi que ce soit.

276

— Je dois reconnaître que nous devons remercier M. Hercule Poirot d'avoir eu une brillante idée.

— Quoi, ce drôle de petit bonhomme qui a ramené Julia et qui est venu voir Mlle Bulstrode ?

— Oui. Il se présente lui-même comme un détective consultant.

— Je pense que c'est surtout un vieux croulant.

— Je ne comprends pas du tout ce qu'il cherche, dit Adam. Il est même allé voir ma mère – ou c'est l'un de ses amis qui y est allé.

— Votre mère ? Pourquoi ?

— Pas la moindre idée. M. Poirot me semble porter aux mères un intérêt morbide. Il est également allé voir la mère de Jennifer.

— A-t-il été voir la mère de Mlle Rich, et celle de Chaddy ?

— Je crois que Mlle Rich n'a plus de mère. Sinon, il lui aurait sans aucun doute rendu visite.

— Celle de Mlle Chadwick habite à Cheltenham, elle me l'a dit. Mais elle doit avoir dans les quatre-vingts ans, je crois. Pauvre Mlle Chadwick, elle a maintenant l'air d'avoir quatre-vingts ans elle-même. La voilà qui vient nous parler.

Adam releva les yeux :

— Oui, elle a beaucoup vieilli la semaine dernière.

— C'est parce qu'elle aime passionnément le collège. C'est toute sa vie. Elle ne peut pas supporter de le voir dégringoler.

Mlle Chadwick, il est vrai, affichait dix ans de plus que le jour de la rentrée. Sa démarche avait perdu sa vivacité. Elle ne trottait plus en tous sens, heureuse et agitée. Elle arrivait en traînant un peu les pieds.

— Voulez-vous aller chez Mlle Bulstrode, je vous prie, dit-elle à Adam. Elle a des instructions à vous donner pour le jardin.

— Il faut d'abord que je me débarbouille un peu.

Il posa ses outils et se dirigea vers la resserre.

Ann et Mlle Chadwick prirent ensemble le chemin du bâtiment principal.

— Tout paraît bien calme, n'est-ce pas ? remarqua Ann avec un regard circulaire. C'est comme dans un théâtre vide, médita-t-elle, quand le contrôle place habilement les rares spectateurs pour donner l'impression d'un public nombreux.

— C'est épouvantable ! répliqua Mlle Chadwick. Épouvantable ! C'est épouvantable de penser que Meadowbank en est arrivé là. Je ne peux pas m'y faire. Je ne dors plus de la nuit. Tout est en ruines. Toutes ces années de travail, à construire quelque chose de vraiment beau…

— Tout va peut-être s'arranger, répliqua Ann avec entrain. Les gens ont la mémoire très courte, vous savez.

— Pas si courte que ça, riposta Mlle Chadwick, sombre.

Ann ne releva pas. Dans le fond de son cœur, elle était assez d'accord avec Mlle Chadwick.

*

Mlle Blanche sortit de la salle de classe où elle venait de donner un cours de littérature française.

Elle jeta un coup d'œil à sa montre : oui, elle aurait tout son temps pour ce qu'elle se proposait de faire.

Avec aussi peu de pensionnaires, il y avait beaucoup de temps libre.

Elle monta dans sa chambre et se coiffa de son chapeau. Elle n'était pas femme à sortir la tête nue. Elle étudia son reflet dans la glace avec satisfaction. Elle n'avait pas l'une de ces personnalités que l'on remarque ! Eh bien, cela pouvait avoir ses avantages ! Elle se sourit : cela lui avait permis d'utiliser avec facilité les références de sa sœur. Même la photo du passeport était passée comme une lettre à la poste. Ç'aurait été trop bête de laisser perdre ces excellentes références lorsque Angèle était morte. Angèle avait réellement adoré l'enseignement. Alors que, pour elle, c'était d'un ennui incommensurable. Mais le salaire était très élevé. Bien au-dessus de tout ce qu'elle avait jamais réussi à gagner par elle-même. Et, en plus, les choses avaient incroyablement évolué dans le bon sens. L'avenir allait être très différent. Oh ! oui, très différent. La terne Mlle Blanche se transformerait. Elle voyait tout cela en pensée. La Côte d'Azur. Des vêtements chics. Un maquillage distingué. Tout ce dont on avait besoin, dans ce monde, c'était de l'argent. Ah ! oui, tout allait devenir très agréable. Il avait, à coup sûr, valu la peine de venir s'enterrer dans ce détestable collège anglais.

Elle s'empara de son sac à main et sortit dans le couloir. Son regard tomba sur une femme qui s'affairait à genoux. Une nouvelle femme de ménage. Une indicatrice de la police, naturellement. Qu'ils étaient naïfs – croire que personne ne s'en apercevrait !

Un sourire méprisant aux lèvres, elle quitta le bâtiment et parcourut l'allée jusqu'à la grille. L'arrêt du bus était presque en face. Elle attendit. Le bus serait là d'un instant à l'autre.

Il n'y avait que très peu de gens sur cette route de campagne tranquille. Un homme penché sur le capot ouvert d'une voiture, un vélo appuyé contre une haie et un autre homme qui attendait le bus lui aussi.

L'un de ceux-là la suivrait, évidemment. La filature serait menée habilement, avec discrétion. Elle en était pleinement consciente/mais cela ne l'inquiétait pas. Grand bien fasse à son poursuivant de voir où elle allait, et ce qu'elle faisait.

L'autobus arrivait. Elle y monta. Un quart d'heure plus tard, elle descendit, sur la grand-place de la ville. Elle ne se donna pas la peine de regarder derrière elle. Les nouvelles collections de robes étaient en vitrine dans les magasins, des modèles de mauvaise qualité, parfaits pour les provinciales, décida-t-elle la bouche pincée. Mais elle resta un moment à les regarder, comme s'ils lui plaisaient.

Elle finit par pénétrer dans le magasin, procéda à quelques achats des plus banals, puis gagna le premier étage et poussa la porte des toilettes pour dames. Il s'y trouvait, dans la salle de repos, un bureau, quelques fauteuils, et une cabine téléphonique. Elle y entra, glissa des pièces de monnaie dans la fente, composa le numéro et attendit.

S'étant assurée que c'était la bonne voix qui répondait, elle appuya sur le bouton et prit la parole :

— Ici, la maison Blanche. Vous me comprenez, la maison Blanche ? Je dois vous parler d'une facture qui m'est due. Vous avez jusqu'à demain soir. Demain soir. Le règlement doit être effectué sur le compte de la maison Blanche au Crédit National, à

Londres, à l'agence de Ledbury Street, pour la somme que je vais vous indiquer.

Elle énonça un chiffre.

— Si cet argent n'était pas versé, reprit-elle, il me deviendrait nécessaire d'informer qui de droit de ce que j'ai observé dans la nuit du 12. Je fais référence... faites attention... à Mlle Springer. Vous avez un peu plus de vingt-quatre heures.

Elle raccrocha et quitta la cabine. Une femme arrivait tout juste. Une vraie cliente du magasin, peut-être. Ou peut-être pas. Mais, de toute façon, il était trop tard pour surprendre le moindre propos.

Mlle Blanche prit le temps de se rafraîchir avant d'aller essayer quelques chemisiers qu'elle n'acheta pas. Elle ressortit dans la rue, toujours souriante. Elle fit une halte dans une librairie, puis reprit le bus jusqu'à Meadowbank.

En remontant la grande allée, elle souriait encore. Elle avait très bien arrangé sa petite affaire. La somme qu'elle avait exigée n'était pas trop importante – et pas impossible à réunir rapidement. Et il serait bon de continuer ainsi. Parce que, naturellement, elle ne manquerait pas de présenter d'autres demandes dans l'avenir...

Oui, elle venait de se créer là une merveilleuse petite source de revenus. Mlle Blanche n'avait pas de scrupules de conscience. Elle ne considérait nullement qu'il eût été de son devoir d'informer la police de ce qu'elle savait et de ce qu'elle avait vu. Cette Springer avait été une femme détestable, grossière et mal élevée. Elle s'était mêlée de ce qui ne la regardait pas. Elle avait bien mérité son sort.

Mlle Blanche passa un moment au bord de la piscine. Elle regarda plonger Eileen Rich. À son tour, Ann Shapland monta sur la planche et plongea – très bien, elle aussi. Des élèves riaient et poussaient de petits cris.

Quand la cloche sonna, Mlle Blanche prit en charge sa petite classe. Les pensionnaires étaient inattentives et fatigantes, mais elle s'en aperçut à peine. Elle serait bientôt débarrassée à jamais de l'enseignement.

Elle s'en fut à sa chambre afin de se préparer pour le dîner. Vaguement, sans guère y prêter d'attention, elle vit que, contrairement à son habitude, elle avait jeté son manteau léger au travers d'une chaise, au lieu de le suspendre.

Elle se pencha en avant pour étudier son visage dans la glace. Elle se mit de la poudre, du rouge à lèvres...

Le mouvement fut si rapide qu'il la prit complètement par surprise. Sans bruit ! Professionnel. Sur la chaise, le manteau parut se rassembler sur lui-même, tomba au sol et, en une fraction de seconde, une main brandit derrière elle un sac de sable qui, au moment où elle ouvrait la bouche pour hurler, retomba net sur ses vertèbres cervicales.

22

UN INCIDENT EN ANATOLIE

Mme Upjohn s'était assise sur le parapet d'une route, au-dessus d'un ravin profond. Elle s'entretenait, en partie en français, en partie par gestes, avec une grosse Turque d'aspect robuste qui lui racontait, avec tous les détails que permettait une communication aussi difficile, sa dernière fausse couche. Elle avait eu neuf enfants, expliquait-elle. Dont huit garçons. Et elle avait fait cinq fausses couches. Elle paraissait aussi fière de ses avortements spontanés que des grossesses qu'elle avait menées à bien.

— Et vous ? demanda-t-elle à Mme Upjohn en lui enfonçant un doigt amical dans les côtes. Combien ?... Garçons ?... Filles ?... Combien ? s'enquit-elle dans la langue de Voltaire.

Elle dressait les mains, prête à compter sur ses doigts.

— Une fille, répondit Mme Upjohn, en français également.

— Et garçons ?

Sentant qu'elle courait le risque de perdre l'estime de son interlocutrice, Mme Upjohn, dans un sursaut de patriotisme, choisit de mentir. Elle leva les cinq doigts de sa main droite.

— Cinq, dit-elle.

— Cinq garçons ? Très bien.

La Turque hochait la tête en signe d'approbation et de respect. Elle ajouta que si seulement son cousin qui, lui, parlait le français couramment, avait pu être présent, elles se seraient beaucoup mieux comprises. Après quoi, elle reprit la saga de sa dernière fausse couche.

Les autres voyageurs s'étaient dispersés autour d'elles et picoraient dans les provisions qu'ils avaient tirées de leurs paniers. L'autocar, qui n'allait pas sans évoquer un amas de tôles retenues par des bouts de ficelle, était garé à l'ombre d'un rocher en surplomb. Le chauffeur et un autre homme s'activaient sous le capot. Mme Upjohn avait perdu toute notion du temps. Des inondations avaient bloqué deux routes, il avait été nécessaire d'emprunter des détours et ils avaient dû attendre plus de sept heures que le niveau d'une rivière qu'ils devaient traverser à gué consente à baisser. Ankara l'attendait au bout d'un avenir qui ne semblait pas absolument improbable, c'était tout ce qu'elle savait. Elle écoutait attentivement le flot des paroles peu cohérentes de sa compagne en tâchant de juger des moments où il lui faudrait manifester son admiration et de ceux auxquels on attendrait d'elle un hochement de tête en signe d'empathie.

Une voix interrompit le cours de ses pensées, une voix parfaitement incongrue dans les circonstances présentes :

— Mme Upjohn, je présume ?

Elle leva les yeux. Un peu plus loin, une voiture s'était arrêtée. L'homme qui se tenait devant elle en était à coup sûr descendu. Il possédait des traits aussi incontestablement britanniques que son accent. Et il était impeccablement vêtu d'un costume de flanelle grise.

— Bonté divine ! s'exclama-t-elle. Le Dr Livingstone ?

— On pourrait le croire, oui, répondit gaiement le nouveau venu. Je m'appelle Atkinson. J'appartiens à notre consulat d'Ankara. Il y a deux ou trois jours que nous essayons d'entrer en contact avec vous, mais les routes étaient coupées.

— Vous vouliez entrer en contact avec moi ? Pourquoi ?

Soudain, elle se dressa sur ses pieds. Toute trace de l'insouciance de la touriste avait disparu. Elle n'était plus qu'une mère, corps et âme.

— Julia ? interrogea-t-elle durement. Il est arrivé quelque chose à Julia ?

— Non, non, la rassura M. Atkinson. Julia va très bien. Ce n'est pas de cela du tout qu'il s'agit. Mais il y a eu quelques petits problèmes à Meadowbank, et nous souhaiterions que vous rentriez en Angleterre aussi rapidement que possible. Je vous ramène à Ankara, où vous pourrez prendre un avion dans une heure environ.

Mme Upjohn ouvrit la bouche, puis elle la referma.

— Il vous faudra récupérer mon sac d'habits sur le toit de ce car, se borna-t-elle à dire. C'est le noir, là.

Elle se retourna, et serra la main de son amie turque :

— Je suis désolée. Il faut que je rentre à la maison.

Elle fit de grands signes aux autres passagers avec la plus extrême amitié, leur adressant même un au revoir extrait de sa faible connaissance du turc, et s'apprêta à suivre sur-le-champ M. Atkinson, sans lui poser de plus amples questions.

Il vint à l'esprit de M. Atkinson, comme à celui de bien des gens avant lui, que Mme Upjohn était une des personnes les plus sensées que l'on puisse croiser au cours de son existence.

23

CARTES SUR TABLE

Mlle Bulstrode observa tous ceux qu'elle avait rassemblés dans l'une des plus petites salles de classe. Aucun des membres de son personnel ne manquait : Mlle Chadwick, Mlle Johnson, Mlle Rich, Mlle Blake et Mlle Rowan étaient là. Ann Shapland tenait prêts son crayon et son bloc, pour le cas où Mlle Bulstrode souhaiterait qu'elle prenne des notes. L'inspecteur Kelsey s'était assis à côté de Mlle Bulstrode, et Hercule Poirot avait pris place à sa suite. Adam Goodman, lui, s'était installé dans le no man's land qui séparait les enseignantes de ce qu'il nommait l'organe de l'exécutif. Mlle Bulstrode se leva, et s'exprima de sa voix autoritaire et cultivée :

— Je crois qu'il vous est dû à toutes, en tant que membres du personnel de ce collège concernées par son avenir, d'être informées de la progression de l'enquête. L'inspecteur Kelsey a bien voulu me révéler certains faits. M. Hercule Poirot, qui a des relations dans le monde entier, a pu s'assurer d'un secours très utile en Suisse, et il vous parlera lui-même de cet aspect particulier. Nous n'en sommes pas encore au bout de l'enquête, je regrette de le dire, mais certaines questions secondaires ont déjà été résolues. Et je suis convaincue que ce sera un soulagement pour vous toutes de savoir où nous en sommes aujourd'hui.

Elle se tourna vers l'inspecteur, qui se leva.

— En ma qualité de fonctionnaire de police, dit Kelsey, je ne suis pas autorisé à vous divulguer tout ce que je sais. Je puis seulement aller jusqu'à vous dire que nous progressons, et que nous commençons à avoir une idée assez précise de l'identité de l'auteur des crimes qui ont été commis en ces lieux. Je n'irai pas plus loin. M. Hercule Poirot, qui n'est pas, lui, astreint au devoir de réserve et qui est parfaitement libre de vous dévoiler ses propres hypothèses, vous mettra au courant de certaines informations qui ont été obtenues largement grâce à lui. Je suis convaincu que vous êtes toutes fidèles à Meadowbank et à Mlle Bulstrode, et que vous garderez le silence sur les différents points que M. Poirot va aborder et qui ne regardent pas le grand public. Moins il y aura de ragots ou de commentaires à leur sujet, mieux cela vaudra. Donc je vous demande de garder pour vous ce que vous allez apprendre aujourd'hui. Me suis-je bien fait comprendre ?

— Cela va de soi, dit Mlle Chadwick, prenant la parole la première et non sans emphase. Il va de soi

que nous sommes toutes fidèles à Meadowbank,
j'espère.

— Naturellement, renchérit Mlle Johnson.

— Oh ! oui, ajoutèrent les deux plus jeunes enseignantes.

— Je suis d'accord, déclara Eileen Rich.

— Alors, monsieur Poirot, peut-être ?…

Hercule Poirot se leva, sourit à son auditoire et
caressa avec soin ses moustaches. Mlle Blake et
Mlle Rowan furent saisies d'une soudaine envie de
pouffer et détournèrent leurs regards, lèvres serrées.

— Vous venez toutes de traverser une période difficile et angoissante, commença le détective dans un
anglais plus chaotique que jamais. Je veux, avant tout,
que vous sachiez que je le comprends. Naturellement, c'est pour Mlle Bulstrode que cela a été le plus
éprouvant, mais vous en avez toutes souffert. Vous
avez d'abord dû déplorer la mort de l'une de vos collègues, qui travaillait ici depuis longtemps. Je fais là
allusion à Mlle Vansittart. Mlle Springer et
Mlle Blanche étaient, toutes deux, des nouvelles
venues, mais je ne doute pas que leur décès n'en ait
pas moins constitué, pour vous, un événement infiniment pénible et traumatisant. Vous devez avoir aussi
ressenti de l'angoisse, car il pouvait vous sembler
qu'on avait entrepris une vendetta contre les professeurs de Meadowbank. Je peux vous assurer, et l'inspecteur Kelsey vous en donnera, lui aussi,
l'assurance, que ce n'est pas le cas. Il se trouve que
Meadowbank, par un concours de circonstances des
plus fortuits, est devenu la cible de groupes d'intérêts
tout à fait indésirables. Il y a bien eu, dirons-nous, un
chat parmi les pigeons. Trois meurtres ont été

perpétrés, ainsi qu'un enlèvement. Je m'attacherai tout d'abord à éclaircir les tenants et aboutissants de ce kidnapping, car, au travers de toute cette affaire, la difficulté a toujours été d'écarter les faits qui, quoique de nature criminelle par eux-mêmes, occultaient la piste la plus importante – celle d'un meurtrier déterminé et sans scrupules qui sévit parmi vous.

Hercule Poirot sortit une photographie de sa poche :

— Pour commencer, je vais faire circuler ce cliché.

Kelsey la prit, la donna à Mlle Bulstrode qui, à son tour, la confia à l'auditoire. La photo revint à Poirot. Il passa en revue les visages qui ne cillaient pas :

— Je vous le demande, à vous toutes : reconnaissez-vous la jeune fille qui figure sur cet instantané ?

Tout le monde secoua la tête avec ensemble.

— Vous auriez dû. Parce qu'il s'agit d'une photo de la princesse Shaista, qui m'a été envoyée de Genève.

— Mais ce n'est pas Shaista du tout ! s'écria Mlle Chadwick.

— Exactement, reprit Poirot. Le point de départ de toute cette affaire se situe à Ramat où, comme vous ne l'ignorez pas, un coup d'Etat révolutionnaire a conduit, il y a trois mois, à un changement de régime. Le souverain, le prince Ali Youssouf, est parvenu à s'échapper en compagnie de son pilote personnel. Leur avion s'est cependant écrasé dans les montagnes du nord du sultanat, et l'épave n'a été repérée que bien plus tard. Un objet de valeur, que le prince Ali portait toujours sur lui, avait disparu. Il n'avait pas été retrouvé dans la carcasse de l'appareil, mais, selon la rumeur, il avait pu être sorti du pays. Plusieurs groupes de personnes étaient fort impatients de remettre la main sur ce précieux objet. L'une de leurs pistes pour y parvenir passait par la seule parente survivante du prince Ali Youssouf, sa cousine germaine, une jeune fille qui suivait à ce moment-là les cours d'un collège en Suisse. Il leur paraissait vraisemblable que, si ce… cet objet avait pu quitter Ramat, on l'apporterait à la princesse Shaista, ou à ses tuteurs ou à ses proches. On envoya donc des agents secrets pour garder à l'œil son oncle, le prince Ibrahim, ainsi que d'autres, pour surveiller la princesse elle-même dans son collège. On apprit alors qu'elle devait, ce trimestre, entrer à Meadowbank. Rien n'aurait été plus naturel que de dépêcher quelqu'un pour obtenir un emploi ici, afin de pouvoir observer de près ceux qui pourraient approcher la princesse, et d'espionner son courrier et ses appels téléphoniques. Mais ces gens élaborèrent un plan plus simple et plus efficace encore, qui consistait à enlever la princesse et à envoyer à sa place l'un de leurs agents à Meadowbank. Ce plan pouvait facilement être mené à bien, puisque l'émir Ibrahim séjournait en Égypte et ne se proposait pas de venir en Angleterre avant la fin de l'été. Mlle Bulstrode elle-même n'avait jamais vu la jeune fille en personne, et toutes les dispositions concernant sa venue à Meadowbank avaient été décidées par le truchement de l'ambassade de Ramat à Londres.

» Ce plan était d'une simplicité extrême. La vraie Shaista devait quitter la Suisse en compagnie d'un diplomate de l'ambassade de Londres. C'est, du moins, ce qui avait été prévu. En réalité, l'ambassade de Londres fut informée qu'un représentant de son collège suisse accompagnerait la jeune fille à Londres. La vraie Shaista avait été, sur ces entrefaites, séquestrée dans un charmant chalet, en Suisse, et elle y est restée depuis lors. Une jeune fille complètement différente arriva à Londres, où elle fut accueillie par quelqu'un de l'ambassade et, ensuite, conduite à Meadowbank. Bien entendu, la doublure serait nécessairement plus âgée que la véritable Shaista. Mais cela n'attirerait guère l'attention, car les jeunes Orientales paraissent, c'est bien connu, plus mûres que leur âge. Une jeune actrice française, spécialisée dans les rôles de collégienne, fut sélectionnée pour prendre la place de Shaista.

» J'ai demandé, continua Poirot d'une voix pensive, si quelqu'un avait remarqué les genoux de Shaista. Les genoux donnent une très bonne indication de l'âge réel. Ceux d'une femme de vingt-trois ou vingt-quatre ans ne peuvent être confondus avec ceux d'une adolescente de quinze. Malheureusement, personne n'a prêté attention à ses genoux.

» Ce plan a néanmoins eu infiniment moins de succès que ses auteurs ne l'avaient espéré. Personne ne tenta d'entrer en contact avec la pseudo-Shaista, qui ne reçut, non plus, ni lettres ni appels téléphoniques significatifs, et, au fur et à mesure que le temps passait, de nouvelles inquiétudes se faisaient jour. L'émir Ibrahim risquait d'arriver en Angleterre plus tôt que prévu. Il n'était pas homme à faire connaître ses projets à l'avance. Il avait l'habitude, me suis-je laissé dire, de déclarer la veille au soir : « Demain, je pars pour Londres », et de partir.

» La fausse Shaista savait donc que pouvait surgir n'importe quand quelqu'un qui connaîtrait la véritable princesse. Ce ne fut que d'autant plus vrai après le premier meurtre, et elle commença à préparer le terrain en parlant à l'inspecteur Kelsey d'un kidnapping possible. L'enlèvement en question, bien sûr, n'en était pas un. Dès qu'elle apprit que l'oncle Ibrahim souhaitait la voir le lendemain matin, elle passa un rapide coup de téléphone. Et, le dimanche matin, une grosse voiture voyante, avec de fausses plaques du corps diplomatique, arriva à Meadowbank une demi-heure avant celle qui avait été vraiment envoyée par l'émir. Et c'est ainsi que Shaista fut, officiellement, « kidnappée ». Comme il se doit, la voiture déposa en fait la doublure dans la première grande ville venue, où elle reprit immédiatement son identité authentique. On envoya une demande de rançon fleurant quelque peu l'amateurisme pour conforter la thèse du prétendu enlèvement...

» Il ne s'agissait là, comme vous le voyez, que d'un vieux truc de prestidigitateurs. On égare le spectateur. Là, on concentrait l'attention sur un kidnapping qui aurait eu lieu ici, et il ne venait ainsi à l'idée de personne que le véritable enlèvement avait eu lieu trois semaines auparavant, en Suisse.

En réalité, ce que Poirot sous-entendait, mais il était trop bien élevé pour exposer explicitement, c'était que personne d'autre que lui n'y avait pensé... sauf lui !

— Nous allons maintenant passer, reprit-il, à quelque chose de bien plus grave que cet enlèvement simulé. Nous allons en venir... aux meurtres.

» La pseudo-Shaista aurait pu, certes, avoir tué Mlle Springer, mais certainement pas Mlle Vansittart ni Mlle Blanche. Elle n'aurait eu d'ailleurs aucune raison de tuer qui que ce soit, pas plus que ce n'était ce qu'on attendait d'elle. Sa mission consistait seulement à recevoir un paquet de valeur, comme cela paraissait vraisemblable, ou, au moins, d'en recevoir des nouvelles.

» Revenons-en donc à Ramat, là où tout a commencé. À en croire une rumeur largement répandue là-bas, le prince Ali Youssouf aurait confié ce précieux objet à Bob Rawlinson, son pilote personnel, qui aurait pris des dispositions pour le faire transporter en Angleterre. Le jour du coup d'État, Rawlinson s'est rendu dans le principal hôtel de Ramat où sa sœur, Mme Sutcliffe, était descendue avec sa fille Jennifer. Mme Sutcliffe et Jennifer étaient sorties, mais Bob Rawlinson n'en monta pas moins à leur chambre, où il resta au moins vingt minutes. C'était un temps considérable, compte tenu des circonstances. Il aurait pu, cela va de soi, avoir écrit une longue lettre à sa sœur. Mais ce ne fut pas le cas. Il se contenta de griffonner un court message, qui n'a pas dû lui demander plus de deux minutes.

» On en inféra donc que, durant ces vingt minutes, Bob Rawlinson avait glissé le paquet dans les affaires de sa sœur, et qu'elle l'avait rapporté en Angleterre. Nous en arrivons là à ce que j'appellerai le carrefour des pistes. L'un des groupes intéressés – ou plus d'un groupe, peut-être – posa en principe que Mme Sutcliffe avait bel et bien convoyé cet objet jusqu'en Angleterre. En conséquence, sa maison de campagne fut cambriolée, et sa chambre fouillée de fond en comble. Quel qu'en fût l'auteur, ce cambriolage démontrait qu'on ne savait pas au juste où l'objet était dissimulé, qu'on croyait tout au plus qu'il était probablement quelque part dans les affaires de Mme Sutcliffe.

» Mais quelqu'un d'autre savait, avec certitude, où se trouvait la chose, et je pense pouvoir maintenant, sans dommage, vous révéler où Bob Rawlinson l'avait cachée. Il l'avait dissimulée dans le manche d'une raquette de tennis, dont il avait creusé la poignée, avant de la remonter avec tant d'habileté qu'il était extrêmement difficile de discerner ce qu'il avait fait.

» La raquette appartenait non pas à Mme Sutcliffe, mais à la fille de celle-ci, Jennifer. Quelqu'un qui connaissait précisément la cachette s'en fut un soir au pavillon des sports, non sans avoir préalablement pris une empreinte de la serrure et fait fabriquer un double de la clef. À cette heure-là, tout le monde aurait dû être au lit et dormir sagement. Mais il n'en alla pas ainsi. De la fenêtre de sa chambre, Mlle Springer aperçut la lumière d'une lampe torche dans le pavillon et sortit pour savoir de quoi il s'agissait. C'était une jeune femme de robuste constitution, qui ne doutait pas de sa capacité à affronter n'importe quelle situation. La personne était sans doute en train d'examiner les raquettes pour trouver ce qu'elle cherchait. Découverte et reconnue par Mlle Springer, elle n'hésita pas... Elle savait tuer, et elle abattit Mlle Springer. Mais, ensuite, il lui fallait réagir vite. On avait entendu le coup de feu, et des gens arrivaient. L'assassin devait, à tout prix, quitter le pavillon sans être vu. La raquette devrait donc demeurer où elle était pendant un moment encore…

» Au cours des jours suivants, on essaya une autre méthode. Une femme étrange, dotée d'un faux accent américain, accosta Jennifer à l'improviste, alors qu'elle revenait des courts de tennis, pour lui débiter une histoire plausible de tante ou de marraine qui l'aurait chargée de lui apporter une raquette neuve. Sans se méfier, Jennifer goba cette fable et accepta avec plaisir la nouvelle raquette de grand prix qu'apportait l'inconnue en échange de la vieille qu'elle tenait à la main. Mais un fait imprévu, ignoré de la femme à l'accent américain, était intervenu. Peu auparavant, il avait pris fantaisie à Jennifer Sutcliffe et à Julia Upjohn d'échanger leurs raquettes, si bien que cette femme emporta, en fait, la vieille raquette de Julia Upjohn, bien que l'étiquette d'identification portât le nom de Jennifer.

» Nous abordons maintenant le deuxième meurtre. Pour une raison inconnue, mais que l'on peut, sans doute, supposer liée au prétendu enlèvement de Shaista qui avait eu lieu ce jour même, Mlle Vansittart prit une lampe de poche et se rendit au pavillon des sports après que tout le monde fut allé au lit. Quelqu'un qui l'avait suivie lui a brisé la nuque avec une matraque ou un sac de sable alors qu'elle examinait le placard de Shaista. Une fois encore, on découvrit le crime presque tout de suite. Mlle Chadwick avait vu de la lumière dans le pavillon et y était accourue.

» À nouveau, la police s'en vint investir le pavillon des sports, empêchant ainsi l'assassin de poursuivre ses recherches parmi les raquettes. À ce moment-là,

Julia Upjohn, qui est une jeune fille intelligente, avait compris que la raquette qu'elle possédait, et qui avait, à l'origine, appartenu à Jennifer, présentait une importance qu'elle ne mesurait certes pas complètement mais qui n'en était pas moins évidente. Elle procéda à ses propres investigations, établit que ses conclusions avaient été correctes, et vint m'apporter le contenu de la raquette.

» Il est maintenant sous bonne garde, et nous n'avons plus ici à nous en soucier...

» Reste le troisième meurtre.

» Ce que Mlle Blanche savait, ou soupçonnait, nous ne le saurons jamais. Elle avait peut-être vu quelqu'un sortir du bâtiment la nuit où Mlle Springer a été assassinée. Certitude ou soupçons, elle connaissait l'identité de l'assassin. Et elle l'a gardée pour elle. Elle projetait d'obtenir de l'argent pour prix de son silence.

» Mais, insista Poirot, il n'est rien de plus dangereux que de tenter de faire chanter quelqu'un qui a sans doute déjà tué deux fois. Mlle Blanche avait peut-être pris des précautions, mais, force est de constater qu'elles se sont révélées insuffisantes. Elle donna rendez-vous à l'assassin, et elle fut tuée à son tour.

Le détective marqua un temps et parcourut des yeux son auditoire.

— Et voilà, dit-il, vous avez maintenant le récit de toute cette affaire.

Tous le fixaient, figés. Les visages qui avaient reflété l'intérêt, la surprise, ou l'excitation, semblaient maintenant paralysés par un calme unanime.

On eût dit que chacun craignait de montrer la moindre émotion.

Hercule Poirot hocha la tête :

— Oui, je sais ce que vous ressentez. Le coup est passé très près, n'est-ce pas ? Et c'est pour cela que l'inspecteur Kelsey, M. Adam Goodman et moi-même avons poursuivi nos recherches. Il nous fallait savoir, voyez-vous, s'il y avait toujours un loup dans la bergerie, un chat au beau milieu des pigeons ! Comprenez-vous ce que j'entends par là ? Y a-t-il encore ici quelqu'un qui se cache sous une fausse identité ?

Un frémissement parcourut l'assistance, bref, presque furtif, comme si chacun voulait regarder les autres, sans oser le faire.

— Je suis heureux de pouvoir vous rassurer, enchaîna Poirot. Tous, dans cette pièce, *vous êtes exactement ce que vous prétendez être*. Mlle Chadwick, par exemple, est bien Mlle Chadwick – il n'y a certainement aucune contestation sur ce point, car elle a créé Meadowbank et ne l'a jamais quitté ! Mlle Johnson, elle aussi, est bien, à n'en pas douter, Mlle Johnson. Mlle Rich est bien Mlle Rich. Mlle Shapland est bien Mlle Shapland. Mlle Rowan et Mlle Blake sont bien Mlle Rowan et Mlle Blake. Pour aller plus loin, Adam Goodman, qui travaille ici comme jardinier est bien, s'il ne s'appelle pas précisément Adam Goodman, l'homme dont le vrai nom figure sur ses papiers. Donc, où en sommes-nous ? Nous nous devons, non pas de rechercher quelqu'un qui se fait passer pour quelqu'un d'autre, mais de démasquer quelqu'un, homme ou femme, qui, sous sa véritable identité, est un assassin.

Un silence absolu tomba. Il y avait de la menace dans l'air.

Le détective reprit la parole :

— Nous cherchons, avant tout, *quelqu'un qui se trouvait à Ramat il y a trois mois.* Car on n'a pu apprendre que l'objet était caché dans cette raquette de tennis que d'une seule manière. Quelqu'un doit avoir *surpris* Bob Rawlinson en train de le dissimuler là. C'est aussi simple que cela. Qui donc, parmi tous ceux qui sont ici, séjournait à Ramat il y a trois mois ? Mlle Chadwick était ici. Mlle Johnson était ici également. De même que Mlle Rowan et Mlle Blake.

Hercule Poirot brandit l'index.

— Mais Mlle Rich... Mlle Rich n'était plus ici lors du dernier trimestre, non ? martela-t-il.

— Je... non, répondit-elle vivement. J'étais malade. J'ai été en congé maladie pendant tout le trimestre.

— C'est là, précisa le détective, un élément que nous ignorions il y a quelques jours encore, avant que quelqu'un n'y fasse allusion en passant. Au cours de votre premier interrogatoire par la police, Mlle Rich, vous vous êtes bornée à déclarer que vous étiez à Meadowbank depuis un an et demi. Ce n'était pas tout à fait faux, à vrai dire. Mais vous étiez absente de Meadowbank le trimestre dernier. Vous pourriez avoir été à Ramat – je pense que vous y étiez. Faites bien attention. On peut vérifier ce point sur votre passeport, vous le savez.

Il y eut un moment de silence. Puis Eileen Rich releva la tête.

— Oui, reconnut-elle d'un ton paisible. J'étais à Ramat. Pourquoi pas ?

— Pourquoi donc êtes-vous allée à Ramat, Mlle Rich ?

— Vous le savez déjà. J'avais été malade. Mon médecin m'avait recommandé de prendre du repos… de partir pour l'étranger. J'ai écrit à Mlle Bulstrode pour lui expliquer qu'il me fallait un trimestre de congé. Elle l'a parfaitement compris.

— C'est bien cela, confirma Mlle Bulstrode. Mlle Rich avait joint à sa lettre un certificat médical qui indiquait qu'il serait dangereux pour Mlle Rich de reprendre son activité professionnelle avant la fin du trimestre.

— Donc… donc vous êtes partie pour Ramat ? s'enquit Poirot.

— Et pourquoi ne serais-je pas allée à Ramat ? répliqua Eileen Rich d'une voix qui tremblait un peu. Les professeurs bénéficient de tarifs préférentiels sur les avions. J'avais besoin de me reposer, et je voulais du soleil. Je me suis envolée pour Ramat. Et j'y ai passé deux mois. *Pourquoi pas ? Mais pourquoi pas, je vous le répète ?*

— Vous n'avez jamais pourtant admis que vous étiez à Ramat au moment de la révolution.

— Pourquoi l'aurais-je admis ? Qu'est-ce que cela avait à voir avec qui que ce soit, ici ? Je n'ai tué personne, je vous le garantis. Je n'ai tué personne.

— On vous avait reconnue, voyez-vous, insista Poirot. Pas formellement, mais… approximativement. Le témoignage de la petite Jennifer était assez vague. Elle disait qu'elle croyait vous avoir vue à Ramat, mais elle concluait qu'il ne pouvait s'agir de vous, parce que la personne en question était grosse, et non pas mince.

Le détective se pencha en avant, les yeux dardés sur le visage d'Eileen Rich :

— Qu'avez-vous à répondre à cela, mademoiselle Rich ?

Elle pivota sur elle-même.

— Je sais où vous voulez en venir ! cria-t-elle. Vous essayez d'établir que ce n'était pas un agent secret qui a commis les meurtres. Qu'il y avait quelqu'un qui s'était trouvé là-bas *par hasard*, et qui, *par hasard*, avait vu qu'on cachait ce trésor dans le manche de la raquette. Quelqu'un qui a compris que la petite allait à Meadowbank, et qu'il y aurait là une bonne occasion de s'emparer de ce qui y était caché. Mais, moi, *je vous affirme que ce n'est pas vrai !*

— Je suis pourtant effectivement convaincu que c'est bien ainsi que les choses se sont passées, confirma Poirot. Quelqu'un a vu comment on cachait les joyaux, et, dans sa détermination de se les approprier, en a oublié tous ses devoirs et tout son sens moral.

— Ce n'est pas vrai, je vous le répète. Je n'ai rien vu qui…

— Inspecteur Kelsey ! lança le détective.

L'inspecteur hocha la tête. Il se dirigea vers la porte et l'ouvrit. Mme Upjohn fit son entrée.

*

— Bonjour, mademoiselle Bulstrode, s'excusa Mme Upjohn, d'un air assez gêné. Pardonnez-moi d'arriver dans cette tenue. Mais, hier encore, j'étais à des kilomètres d'Ankara, et j'arrive tout juste de l'aéroport. Je ne suis vraiment pas présentable, j'en conviens, mais je n'ai vraiment pas eu le temps de me laver et encore moins de me bichonner.

— Cela importe peu, trancha Hercule Poirot. Nous n'avons qu'une question à vous poser.

— Mme Upjohn, enchaîna l'inspecteur Kelsey, le jour de la rentrée, alors que vous étiez dans le bureau de Mlle Bulstrode, vous avez regardé par la fenêtre – celle qui donne du côté de la façade –, et vous avez poussé une exclamation parce que vous aviez reconnu quelqu'un que vous veniez d'apercevoir. C'est bien cela, n'est-ce pas ?

Mme Upjohn écarquilla les yeux :

— Quand j'étais dans le bureau de Mlle Bulstrode ?... J'ai regardé... *Ah ! oui, bien sûr,* j'ai vu quelqu'un, en effet.

— Quelqu'un que vous avez été étonnée de voir là ?

— Eh bien, j'ai été assez... Il y avait tant d'années, comprenez-vous...

— Vous faites allusion à la période pendant laquelle vous travailliez dans nos services de renseignement, vers la fin de la guerre ?

— Oui. Cela fait quinze ans, à peu près. Elle avait l'air beaucoup plus âgée, bien entendu, mais je l'ai reconnue tout de suite. Et, alors, je me suis demandé ce que diable elle pouvait bien faire là.

— Mme Upjohn, veuillez, je vous prie, regarder autour de vous, et me dire si vous voyez ici la personne en question.

— Oui, bien entendu, répondit Mme Upjohn. Je l'ai vue dès que je suis entrée. C'est elle.

Elle tendait l'index. L'inspecteur Kelsey ne perdit pas de temps, pas plus qu'Adam Goodman, mais ils ne se montrèrent pas assez rapides. Ann Shapland avait sauté sur ses pieds. Au poing, elle tenait un joli petit pistolet automatique, qu'elle pointait sur Mme Upjohn. Mlle Bulstrode, plus vive que les deux hommes, bondit en avant, mais Mlle Chadwick, encore plus prompte, s'était interposée. Ce n'était pas Mme Upjohn qu'elle cherchait à protéger, c'était sa directrice, qui se tenait entre Ann Shapland et Mme Upjohn.

— Non, vous ne ferez pas ça ! hurla-t-elle en couvrant Mlle Bulstrode de son corps au moment même où l'automatique aboya.

Mlle Chadwick vacilla, puis s'affaissa lentement. Mlle Johnson se précipita. Adam Goodman et Kelsey s'étaient jetés sur Ann Shapland. Elle se débattit comme une furie, mais ils parvinrent à lui arracher son pistolet.

— À cette époque-là, on disait d'elle que c'était une tueuse, souffla Mme Upjohn. Et ce, en dépit de sa jeunesse. Elle était un de leurs agents les plus dangereux. Son nom de code, c'était Angelica.

— Tu mens, espèce de salope ! invectiva Ann Shapland.

— Elle ne ment pas, intervint Hercule Poirot. Vous êtes dangereuse, en effet. Vous avez toujours mené une existence pleine de risques. Jusqu'à présent, nul ne vous avait jamais soupçonnée de ne pas être celle que vous prétendiez. Aucun des emplois que vous avez occupés sous votre propre identité n'était fictif et vous avez chaque fois efficacement rempli votre tâche – mais ils répondaient tous à un but commun, la recherche de renseignements. Vous avez travaillé dans une compagnie pétrolière, avec un archéologue qui vous a emmenée dans une partie bien déterminée de notre planète, et chez une actrice dont l'amant était un homme politique de premier plan. Depuis vos dix-sept ans, vous avez exercé le métier d'espion – pour des patrons variés, toutefois. Vous vendiez vos services au plus offrant, et on vous les payait bien. Vous assumiez un double rôle. La plupart de vos missions, vous les accomplissiez sous votre propre nom, mais il en était d'autres pour lesquelles vous recouriez à une identité d'emprunt – à savoir les périodes où, vous le clamiez ostensiblement, il vous fallait rentrer chez vous au chevet de votre mère.

» Hélas pour vous, mademoiselle Shapland, je soupçonne fortement que la femme âgée à laquelle j'ai rendu visite dans un petit village, cette authentique malade mentale à l'esprit confus que veille une infirmière, n'est pas du tout votre mère. Elle vous servait uniquement de prétexte pour quitter vos emplois ou abandonner temporairement vos amis. L'hiver dernier, les trois mois que vous avez soi-disant passés auprès de votre « mère », qui aurait traversé l'une de ses « mauvaises périodes », correspondent très exactement au séjour prolongé que vous avez fait à Ramat. Pas sous le nom de Ann Shapland, mais en tant qu'Angelica de Toredo, danseuse de cabaret soi-disant espagnole. Dans votre hôtel, vous occupiez la chambre voisine de celle de Mme Sutcliffe et, d'une manière ou d'une autre, vous avez vu Bob Rawlinson cacher les joyaux dans le manche de la raquette. Vous n'avez pas eu, alors, l'occasion de vous en emparer, à cause de l'évacuation soudaine des sujets britanniques, mais vous aviez pu voir les étiquettes attachées aux valises, et il ne vous a pas été difficile d'en apprendre davantage. Obtenir un poste de secrétaire dans ce collège n'a pas présenté de grandes difficultés non plus. J'ai enquêté là-dessus. Vous avez versé une coquette somme à l'ancienne secrétaire de Mlle Bulstrode pour qu'elle démissionne en prétextant une « dépression ». Et vous aviez en plus une couverture solide. On vous avait commandé une série de reportages sur un célèbre collège de jeunes filles « vu de l'intérieur ».

» Vous vous êtes dit que ce serait un jeu d'enfants, n'est-ce pas ? Que la raquette de l'une des pensionnaires vienne à disparaître ne déclencherait pas un cataclysme. D'ailleurs, il y avait plus simple encore : pénétrer de nuit dans le pavillon des sports et extraire les joyaux du manche de ladite raquette. Seulement vous n'aviez pas compté avec Mlle Springer. Peut-être vous avait-elle déjà vue en train d'examiner les raquettes ? Peut-être, cette nuit-là, s'était-elle réveillée par hasard ? Quoi qu'il en soit, elle vous a suivie, et vous l'avez abattue. Plus tard, Mlle Blanche a tenté de vous faire chanter, et vous l'avez tuée, elle aussi. Tuer, cela vous est naturel, n'est-ce pas ?

Hercule Poirot se tut. D'un ton monocorde, l'inspecteur Kelsey prodigua à celle qu'il venait d'arrêter les avertissements d'usage.

Ann Shapland ne l'écouta pas. Se tournant vers Poirot, elle lui lança à voix basse un flot d'invectives qui surprirent l'ensemble de l'assistance.

— Mince, alors ! s'émut Adam pendant que l'inspecteur entraînait sa prisonnière. Et moi qui pensais que c'était une fille bien !

Mlle Johnson s'était agenouillée au côté de Mlle Chadwick :

304

— J'ai peur qu'elle ne soit grièvement blessée. Il vaudrait mieux ne pas la bouger avant l'arrivée du médecin.

24

LES EXPLICATIONS D'HERCULE POIROT

Alors qu'elle parcourait les couloirs de Meadowbank, Mme Upjohn ne pensait plus du tout à la scène dramatique qu'elle venait de vivre. Elle n'était plus, pour le moment, qu'une mère à la recherche de sa progéniture. Elle finit par trouver Julia seule dans une salle de classe désertée, tirant la langue et plongée dans les affres d'une dissertation.

Julia releva lentement la tête et écarquilla les yeux. Puis elle bondit pour embrasser sa mère :

— Maman !

Mais, sous l'effet de la gaucherie propre à son âge et gênée de n'avoir pas su maîtriser son émotion, elle s'écarta et s'exprima sur un ton soigneusement neutre – presque accusateur :

— Est-ce que vous n'êtes pas de retour un peu prématurément, maman ?

— Je suis rentrée d'Ankara en avion, expliqua Mme Upjohn comme pour se justifier.

— Bah ! s'exclama Julia. Ça ne fait rien… je suis bien contente que vous soyez revenue.

— Oui. J'en suis très heureuse, moi aussi.

Elles se regardèrent l'une l'autre, embarrassées.

— Qu'est-ce que tu étais en train de faire ? demanda Mme Upjohn en se dirigeant vers la table.

— Je rédige une dissertation pour Mlle Rich, répondit Julia. Elle nous propose vraiment des sujets passionnants.

— Et c'est quoi, le sujet de celle-ci ? s'enquit encore Mme Upjohn en se penchant sur la copie.

Julia l'avait écrit en tête de la page : « Comparez l'attitude de Macbeth et celle de lady Macbeth à l'égard de l'assassinat. »

— Eh bien, souffla Mme Upjohn, passablement interloquée, on ne peut pas dire que ce ne soit pas un sujet d'actualité !

Elle lut le début du devoir de sa fille : une dizaine de lignes, de son écriture irrégulière et gribouillée.

L'idée d'assassinat plaisait assez à Macbeth, avait écrit Julia, *et cela faisait un moment qu'il en caressait le projet. Mais il avait besoin d'un coup de pouce pour se décider à sauter le pas. Une fois lancé, il prit beaucoup de plaisir à assassiner les gens, et il n'éprouva plus ni peurs ni tourments. Lady Macbeth, en revanche, n'obéissait qu'à l'ambition et à la cupidité. Elle croyait qu'elle se souciait comme d'une guigne de ce qu'elle aurait à faire pour obtenir ce qu'elle voulait. Mais, après l'avoir fait, elle se rendit compte qu'au fond, elle n'aimait pas ça du tout.*

— Ton style n'est pas très châtié, estima Mme Upjohn. Il me semble que tu devrais l'améliorer un peu. Mais, sur le fond, tu n'as pas entièrement tort.

*

L'inspecteur Kelsey s'exprimait sur un ton un peu plaintif :

— Pour vous, tout ceci est bel et bon, Poirot. Vous pouvez dire et faire une foule de choses qui nous sont interdites à nous. Et je dois reconnaître que votre mise en scène était parfaite. La mettre hors de ses gardes, lui faire croire que c'était après Mlle Rich que nous en avions, et, tout à coup, l'apparition inopinée de Mme Upjohn pour lui faire perdre la tête… Béni soit le Seigneur qu'elle ait conservé son automatique après avoir tué Mlle Springer. Si les balles correspondent…

— *Elles* correspondront, mon bon ami, elles correspondront, trancha Hercule Poirot.

— Alors, nous la tenons, pieds et poings liés, pour le meurtre de la Springer. Et il y a aussi Mlle Chadwick qui est très gravement blessée. Mais dites-moi donc un peu, Poirot, je continue à ne pas comprendre comment elle aurait pu tuer aussi Mlle Vansittart. C'est matériellement impossible. Elle a un alibi en acier chromé – à moins que le jeune Rathbone et l'ensemble du personnel du Nid Sauvage ne soient de mèche.

Poirot secoua la tête :

— Oh ! que non. L'alibi de Mlle Shapland tient parfaitement. Elle a bien assassiné Mlle Springer et Mlle Blanche. Mais en ce qui concerne Mlle Vansittart…

Le détective hésita. Son regard se porta sur Mlle Bulstrode, qui assistait à l'entretien.

— Mlle Vansittart, dit enfin Poirot, a été tuée par Mlle Chadwick.

— Mlle Chadwick ? s'exclamèrent d'une même voix Mlle Bulstrode et l'inspecteur.

— J'en suis convaincu, affirma Poirot en remuant la tête.

— Mais… pourquoi ?

— Je pense, expliqua-t-il, que Mlle Chadwick aimait Meadowbank d'un amour excessif.

Il regarda Mlle Bulstrode.

— Je vois, souffla-t-elle. Oui, je vois… je vois… j'aurais dû le savoir… Vous entendez donc par là que…

— J'entends, répliqua le détective, qu'elle a participé avec vous à la création de ce collège, et qu'elle n'a jamais cessé de considérer Meadowbank comme le fruit d'une association entre elle et vous.

— Ce que c'était, dans un sens.

— Absolument, concéda Poirot. Mais au sens financier du terme, seulement. Lorsque vous avez commencé à parler de prendre votre retraite, elle s'est considérée comme la personne qui vous succéderait.

— Mais elle est bien trop âgée, fit valoir Mlle Bulstrode.

— Oui, approuva le détective. Elle est trop âgée, et elle n'est pas faite pour exercer la fonction de directrice. Mais elle n'en jugeait pas ainsi. Elle pensait que, quand vous vous en iriez, elle deviendrait tout naturellement la directrice de Meadowbank. Et puis elle s'est aperçue qu'il n'en serait rien. Que vous songiez à quelqu'un d'autre. Que vous aviez jeté votre dévolu sur Eleanor Vansittart. Mais elle adorait Meadowbank. Elle lui vouait une passion exclusive, et elle n'aimait pas Eleanor Vansittart. Je crois qu'elle a fini par la haïr.

— Ce n'est sans doute pas faux, concéda Mlle Bulstrode. Oui, cette pauvre Eleanor Vansittart était comment dirais-je ?... toujours contente d'elle, toujours supérieure en tout. Et ce ne devait pas être facile à supporter pour quelqu'un qui la jalousait. Car c'est bien là ce que vous vouliez nous dire, monsieur Poirot ? Chaddy était dévorée par la jalousie.

— Oui. Elle aimait passionnément Meadowbank, et elle était jalouse d'Eleanor Vansittart. Elle ne pouvait pas accepter l'idée d'un Meadowbank passant sous la férule de Mlle Vansittart. Et puis, peut-être, quelque chose dans votre comportement l'a-t-il portée à croire que vous faiblissiez ?

— J'ai faibli, certes. Mais pas de la façon dont Chaddy la peut-être imaginé. En réalité, je me suis mise à penser à quelqu'un de bien plus jeune que Mlle Vansittart... J'y pensais et j'y repensais sans cesse. Et puis un jour, j'ai dit à haute voix : « Non, elle est trop jeune... » Chaddy était avec moi, je m'en souviens.

— Et elle a cru que vous parliez de Mlle Vansittart. Que vous disiez que c'était Mlle Vansittart qui était trop jeune. Elle a approuvé des deux mains. Elle s'est dit que l'expérience et le savoir qu'elle avait acquis prédomineraient. Sur quoi, coup de tonnerre dans sa pauvre tête, vous confiez, durant ce fameux week-end, la responsabilité du collège à Eleanor Vansittart. Pour elle, c'en est fait : vous en êtes revenue à votre décision première. C'est ainsi, je le crois du moins, que les choses se sont passées. Dans la nuit du dimanche, Mlle Chadwick ne parvenait pas à dormir.

Elle s'est levée et elle a vu une lumière dans le court de squash. Elle est alors sortie, absolument comme elle nous l'a dit. La seule différence avec son récit, c'est qu'elle ne s'était pas armée d'un club de golf, mais d'un sac de sable. Elle s'en est allée au pavillon des sports, prête à affronter un cambrioleur. Quelqu'un qui, pour la seconde fois, s'était introduit par effraction dans le pavillon. Son sac de sable, elle le tenait bien en main, pour se défendre si on l'attaquait. Et qu'a-t-elle trouvé ? Elle a vu Eleanor Vansittart agenouillée devant le placard de Shaista. Elle s'est alors dit – parce que, sans vouloir me vanter, j'excelle à reconstituer les pensées de mes contemporains –... elle s'est alors dit : « Si j'étais un voyou, un cambrioleur, je la surprendrais par-derrière et je l'assommerais. » Et, pendant que cela lui venait à l'esprit, dans un état de semi-conscience, elle a levé son sac de sable et elle a frappé. La seconde d'après, Eleanor Vansittart gisait morte à ses pieds. Une Eleanor Vansittart à jamais hors d'état de se dresser sur son chemin. Je crois qu'elle a été néanmoins horrifiée de ce qu'elle venait de faire. Et que, depuis, les remords n'ont plus cessé de la ronger... parce que ce n'est pas une meurtrière innée, notre Mlle Chadwick. Le meurtre, elle y a été conduite, comme tant d'autres avant elle, par la jalousie et par sa passion obsessionnelle pour Meadowbank. Eleanor Vansittart enfin morte, elle-même était assurée de vous succéder. Ce qui fait qu'elle n'a rien avoué. Elle a toutefois raconté par le menu à la police tout ce qui s'était passé cette nuit-là, à l'exception d'un élément fondamental : c'était elle qui avait porté le coup fatal. Mais, lorsqu'on l'a interrogée sur le club de golf dont, selon toutes apparences, Mlle Vansittart s'était armée, à cause de sa nervosité après tout ce qu'il s'était passé, Mlle Chadwick a affirmé tout de go que c'était elle qui l'avait pris. Elle ne voulait pas que l'on puisse penser une seule seconde qu'elle s'était emparée d'un sac de sable.

— Mais pourquoi Ann Shapland a-t-elle, elle aussi, choisi un sac de sable pour tuer Mlle Blanche ? demanda Mlle Bulstrode.

— Parce que, primo, elle ne pouvait plus prendre le risque de tirer un coup de feu à l'intérieur du collège. Et que, secundo, c'est une jeune femme très rusée. Elle souhaitait qu'on établisse un lien entre le deuxième meurtre et le troisième, pour lequel elle disposait d'un alibi solide.

— Je ne comprends toujours pas ce qu'Eleanor Vansittart fabriquait dans le pavillon des sports.

— Il me semble que l'on peut assez bien le deviner, dit Poirot. Elle était probablement bien plus inquiète de la disparition de Shaista qu'elle ne voulait le montrer. Aussi angoissée que Mlle Chadwick. D'une certaine façon, c'était pire encore pour elle, puisque vous lui aviez confié la responsabilité du collège et que cet enlèvement avait précisément eu lieu pendant qu'elle en était responsable. En plus, dans sa répugnance à affronter la réalité, elle avait essayé d'étouffer l'affaire aussi longtemps que possible.

— Ainsi donc, *derrière sa façade*, il y avait des faiblesses, releva Mlle Bulstrode. J'en avais parfois eu l'intuition.

— Elle non plus, je le pense, ne parvenait plus à dormir. Et elle s'en est allée à pas de loup jusqu'au pavillon des sports, afin de passer au peigne fin le

311

placard de Shaista afin d'essayer d'y trouver un indice qui expliquerait la disparition de la jeune fille.

— Vous me semblez avoir réponse à tout, monsieur Poirot.

— C'est la spécialité d'Hercule Poirot, commenta l'inspecteur Kelsey non sans une pointe d'ironie.

— Et à quoi rimait-il de demander à Eileen Rich de faire le portrait de différents membres de mon personnel, je vous prie ?

— Je voulais mettre à l'épreuve les capacités de la petite Jennifer à reconnaître un visage. J'ai très vite compris que Jennifer était si préoccupée d'elle-même qu'elle n'accordait aux étrangers qu'un regard distrait, et ne retenait d'eux que quelques détails, le plus souvent vestimentaires. Elle n'avait pas pu reconnaître un dessin représentant Mlle Blanche avec une coiffure différente. Elle aurait encore moins reconnu un portrait d'Ann Shapland que, du fait de ses fonctions de secrétaire, elle avait rarement eu l'occasion de voir de près.

— Vous pensez donc que la fameuse Américaine à la raquette n'était autre qu'Ann Shapland elle-même ?

— Oui. Elle a exécuté son numéro en solo, du début à la fin. Vous vous souvenez certainement du jour où vous l'avez sonnée pour qu'elle aille vous chercher Julia, mais où, vos appels étant restés vains, vous avez fini par y envoyer l'une de vos pensionnaires. Ann Shapland était coutumière des déguisements rapides. Une perruque blonde, des sourcils remodelés d'un coup de crayon en un tournemain, des vêtements un peu voyants, et un chapeau… Elle n'avait pas besoin d'abandonner sa machine à écrire plus de vingt minutes. Les remarquables esquisses de Mlle Rich m'ont prouvé qu'à l'aide de quelques accessoires bien choisis, une femme peut modifier son apparence du tout au tout.

— Mlle Rich, répéta Mlle Bulstrode, songeuse. Je me demande si…

Poirot lança à l'inspecteur Kelsey un regard expressif. Le policier répondit qu'il lui fallait poursuivre sa tâche, et sortit.

— Mlle Rich ? murmura encore Mlle Bulstrode.

— Envoyez-la donc chercher, trancha Poirot. C'est ce qu'il y a de mieux.

Eileen Rich fit son apparition, blême, un peu sur la défensive.

— Vous voulez savoir, lança-t-elle à Mlle Bulstrode, ce que je faisais à Ramat ?

— Je crois que je m'en doute, répliqua la directrice.

— Eh oui, renchérit le détective. Par les temps qui courent, les enfants connaissent tout des mystères de la vie… mais leurs yeux conservent cependant leur innocence.

Il ajouta qu'il devait, lui aussi, s'en aller vaquer à ses occupations. Et il se glissa dehors.

— C'était bien cela, n'est-ce pas ? interrogea Mlle Bulstrode, avec vivacité mais sans passion. Jennifer parlait d'obésité. Elle n'avait pas compris que c'était une femme enceinte qu'elle avait vue.

— Oui, avoua Eileen Rich. C'était bien ça. J'allais avoir un enfant. Cependant, je ne voulais pas renoncer aux fonctions que j'occupais ici. Tout s'est bien passé pendant l'automne. Mais, après, ma grossesse a commencé à se voir. Mon médecin m'a rédigé un certificat de complaisance, disant que je ne pouvais plus enseigner, et je vous ai demandé un congé de maladie. Je suis partie pour l'étranger, dans un pays lointain où – je le croyais du moins – personne ne me connaîtrait. Quand j'ai regagné l'Angleterre, mon enfant était venu au monde… mort-né. À la rentrée scolaire, je suis revenue à Meadowbank avec l'espoir que personne ne saurait jamais que… Mais vous comprenez maintenant pourquoi j'ai dû refuser votre proposition d'association, n'est-ce pas ? C'est seulement aujourd'hui, alors qu'un tel désastre frappe le collège, que j'ai pensé qu'après tout, je pourrais l'accepter.

Elle observa une pause, avant de reprendre, sur un ton des plus ordinaires :

— Voulez-vous que je m'en aille tout de suite ? Ou bien que j'attende jusqu'à la fin du trimestre ?

— Vous resterez jusqu'à la fin du trimestre, trancha Mlle Bulstrode. Et s'il y en a un autre, ce que j'espère encore, vous reviendrez ici.

— Revenir ? s'étonna Eileen Rich. Vous voulez donc encore de moi ?

— Bien entendu. Vous, au moins, vous n'avez assassiné personne, que je sache ?… Vous n'avez pas non plus sombré dans la folie à cause de quelques joyaux, ni imaginé de tuer qui que ce soit pour vous en assurer la possession ?… Je m'en vais vous dire, moi, ce que vous avez fait. Vous avez, bien trop longtemps, renié vos instincts profonds. Il y a eu un homme dans votre vie, vous en êtes tombée amoureuse, et vous avez attendu un enfant de lui. J'imagine que vous ne pouviez pas l'épouser.

— Nous n'aurions jamais pu envisager un mariage, confirma Eileen Rich. Je le savais d'avance. Il n'y a rien à lui reprocher.

— Bon, très bien. Vous avez eu une liaison, et vous vous êtes retrouvée enceinte. Vous vouliez cet enfant ?

— Oui. Oui, je voulais l'avoir.

— C'est bon, résuma Mlle Bulstrode. Mais moi, maintenant, je m'en vais vous dire quelque chose. Je suis persuadée qu'en dépit de cette aventure, votre vraie vocation, c'est l'enseignement. Votre profession, me semble-t-il, compte davantage pour vous qu'une soi-disant « vie de femme », avec un mari et des enfants.

— Oh ! oui, j'en suis sûre. Je l'ai toujours pensé.

C'est, en vérité, ce que je veux faire... c'est la vraie passion de mon existence.

— Alors, ne soyez pas sotte, décréta Mlle Bulstrode. Je vous ai fait une proposition très honnête. Enfin, si jamais notre situation s'arrange, j'entends... Il nous faudra alors bien deux ou trois ans pour ramener Meadowbank au premier rang. Vous aurez des idées différentes des miennes. Je les écouterai. Peut-être même en utiliserai-je certaines. Je suppose que vous souhaitez que les choses changent à Meadowbank ?

— Par bien des côtés, oui, reconnut Eileen Rich. Je ne le nie pas. Je veux qu'on mette l'accent sur les pensionnaires qui en valent réellement la peine.

— Ah !... je vois... C'est notre côté snob qui vous déplaît, n'est-ce pas ?

— Oui. Il me semble que cela gâche tout.

— Ce que vous ne me paraissez pas comprendre, dit Mlle Bulstrode, c'est qu'il nous faut savoir admettre au collège les petites snobinettes si vous voulez aussi avoir chez nous le genre de filles que vous souhaitez. Quelques jeunes princesses, quelques grands noms, et tout le monde, tous les parents stupides de ce pays – et d'ailleurs – viennent pleurer pour que leurs filles entrent à Meadowbank. Et qu'en résulte-t-il ? Il en résulte une liste d'attente interminable. Alors moi, je n'ai plus qu'à rencontrer les gamines, et à choisir celles qui me conviennent !… Et je les choisis avec soin, certaines pour leur personnalité, certaines pour leur intelligence, et d'autres encore parce qu'elles possèdent un cerveau bien armé pour briller dans les études. Sans parler des filles qui méritent qu'on leur offre une véritable chance de faire leurs preuves. Vous êtes jeune, Eileen, et dévorée par votre idéal. Pour vous, seuls importent l'enseignement, et l'éthique qui devrait le sous-tendre. Votre vision est parfaitement juste. Ce sont nos élèves qui comptent. Mais, voyez-vous, lorsque l'on veut réussir dans quelque domaine que ce soit, il faut aussi se comporter en bonne vendeuse. Les idées ne diffèrent pas des autres marchandises. On doit les vendre. Au cours des mois qui viennent, pour remettre Meadowbank sur pied, nous allons devoir utiliser au mieux nos compétences. Il va falloir s'appuyer sur nos relations et sur nos anciennes élèves et les convaincre de nous envoyer leurs filles. Il va falloir se vendre et se montrer persévérantes. Et, là, les autres suivront. Laissez-moi donc jouer les tours de ma façon, et, ensuite, vous agirez à votre convenance. Meadowbank continuera, et ce sera un merveilleux collège.

— Ce sera le meilleur collège d'Angleterre, renchérit Eileen Rich avec enthousiasme.

— Très bien... et puis, dites-moi, Eileen, allez donc chez un bon coiffeur et faites-vous faire une jolie coupe. Vous ne me semblez pas capable d'arranger ce chignon comme il faut.

La voix de Mlle Bulstrode changea de tonalité.

— Et maintenant, dit-elle, je dois aller voir Chaddy.

Elle s'installa au chevet du lit. Mlle Chadwick reposait, calme et livide. On eût dit que le sang s'était retiré de son visage, emportant avec lui toute vie. Un policier, son bloc-notes à la main, restait assis à proximité. Mlle Johnson attendait de l'autre côté. Mlle Chadwick regarda sa vieille amie, qui hocha lentement la tête.

— Hello, Chaddy, murmura Mlle Bulstrode.

Elle prit dans les siennes des mains déjà presque froides. Mlle Chadwick ouvrit les yeux :

— Je voulais vous le dire... Eleanor... je... c'était moi.

— Oui, ma chérie, je sais, souffla Mlle Bulstrode.

— Jalouse... Je voulais...

— Je sais.

Des larmes roulèrent sur les joues de Mlle Chadwick :

— C'est tellement affreux... Je n'avais pas l'intention de... je ne sais pas comment j'en suis arrivée là !

— N'y pensez plus.

— Mais je ne peux pas... jamais vous ne... je ne me pardonnerai jamais de...

— Écoutez-moi, Chaddy. Vous m'avez sauvé la vie, vous savez. Et vous avez aussi sauvé celle de la femme adorable qu'est Mme Upjohn. Ce n'est pas rien, non ?

— J'aurais seulement voulu… J'aurais donné ma vie pour vous deux. Cela aurait rétabli l'équilibre et…

Mlle Bulstrode la regardait avec une immense pitié. Mlle Chadwick respira profondément. Elle sourit. Et puis sa tête bascula lentement, et elle mourut.

— Vous l'avez bel et bien donnée, votre vie, dit Mlle Bulstrode à voix basse. J'espère que vous le comprenez… maintenant.

25

UN HÉRITAGE

— Un M. Robinson souhaiterait être reçu par monsieur.

— Ah ! soupira Hercule Poirot.

Il s'empara d'une lettre posée sur son bureau et la relut, songeur.

— Faites entrer, Georges.

La lettre ne comportait que quelques lignes :

Mon cher Poirot,

Un certain M. Robinson pourrait se présenter chez vous dans un proche avenir. Vous avez peut-être déjà entendu parler de lui. On le tient, dans certains milieux, pour un personnage de première grandeur. Dans notre monde d'aujourd'hui, on a bien besoin d'hommes comme lui...

Je crois, si j'ose m'exprimer ainsi, que, dans l'affaire que vous savez, il est du côté des anges. Ma missive n'a d'autre but que de le recommander à vos bons soins, au cas où vous auriez quelques doutes. Il va de soi – et je souligne ce point – que nous ne savons pas à quel sujet il pourrait vouloir venir vous consulter...

Ha, ha !... ou, tout aussi bien, ho, ho !...
Fidèlement vôtre,
Ephraïm Pikeaway

Hercule Poirot reposa la lettre et se leva à l'entrée de son visiteur. Il s'inclina, lui serra la main et lui désigna un siège.

M. Robinson s'assit, tira de sa manchette un mouchoir pour en essuyer son visage jaunâtre et fit observer que la journée était torride.

— J'aime à croire, dit Poirot, que vous n'avez pas marché à pied par une chaleur pareille.

Rien qu'à cette seule évocation, Poirot paraissait horrifié. Par une association d'idées bien naturelle chez lui, il tâta sa moustache et fut soulagé de constater qu'elle ne présentait aucun signe de faiblesse.

M. Robinson semblait tout aussi frappé d'horreur.

— Non, non, certainement pas, proclama-t-il. Mon chauffeur m'a conduit ici dans ma Rolls. Mais avec tous ces embouteillages... on reste bloqué pendant des heures...

Hercule Poirot hocha la tête en signe de connivence.

Il y eut une pause : celle qui marque la fin de l'acte I de la conversation, avant que l'on commence l'acte II.

M. Robinson reprit la parole :

— Il m'a intéressé d'apprendre que... mais on entend tant de choses... fausses, d'ailleurs, le plus souvent... d'apprendre, disais-je, que vous vous étiez penché sur une affaire concernant un collège de jeunes filles.

— Ah !... Ça !...

Poirot s'appuya contre le dossier de son fauteuil.

— Meadowbank, reprit M. Robinson. L'un des meilleurs collèges d'Angleterre.

— C'est effectivement l'un des meilleurs.

— C'est ? Ou c'était ?

— J'espère qu'il l'est toujours.

— Je l'espère, moi aussi, approuva M. Robinson. Encore que je craigne que tout cela ne tienne qu'à un cheveu. Enfin, on doit faire ce que l'on peut. Un petit soutien financier suffira espérons-le à leur permettre de surmonter l'inévitable période de crise... Et puis, aussi, quelques nouvelles élèves, sélectionnées avec soin... Je ne suis pas, moi-même, sans influence dans certains cercles européens.

— Pour ce qui me concerne, répliqua le détective, j'ai exercé mes pouvoirs de persuasion dans quelques sphères de haute volée. Si, comme vous le disiez, on peut les aider à surmonter les difficultés... Mais, grâce à Dieu, les gens ont la mémoire courte.

— On peut, certes, le souhaiter. Il faut cependant admettre que les événements qui se sont déroulés à Meadowbank étaient de nature à ébranler les nerfs des mères les plus aimantes – et ceux aussi des pères, bien entendu. La professeur de sport, la professeur de français, et puis une autre encore... toutes trois assassinées...

— Comme vous dites.

— On m'a confié... – mais on me confie tant de choses... – on m'a confié, donc, que la malheureuse jeune femme responsable de ces crimes souffrait, depuis son plus jeune âge, d'une forme aiguë de phobie visant les enseignantes. Une enfance malheureuse tout au long de sa scolarité... Les psychiatres ne manqueront pas de le monter en épingle. Ils tenteront, pour le moins, d'obtenir des circonstances atténuantes, comme l'on dit de nos jours.

— Ce serait certainement leur meilleure ligne de défense. Mais vous me pardonnerez de vous confier mon espoir de les voir échouer.

— Je suis entièrement d'accord avec vous. C'est une tueuse d'un sang-froid absolu. Mais on pourra toujours, pour la défendre, mettre en avant son extraordinaire personnalité, son travail comme secrétaire chez des personnages renommés, ses états de service pendant la guerre... tout à fait remarquables, je crois... son activité dans le contre-espionnage...

M. Robinson avait prononcé cette dernière phrase avec une intonation bien précise – comme s'il posait une question.

— C'était un très bon agent, reprit-il non sans vivacité. Extrêmement jeune… mais très brillante, et qui a rendu de bons services… euh… aux deux côtés. C'était là son métier, et elle aurait dû s'y tenir… mais je puis comprendre la force de la tentation… l'envie de travailler pour son propre compte et d'empocher la mise… une somme énorme, ajouta M. Robinson d'un ton rêveur.

Poirot se contenta d'acquiescer de la tête.

M. Robinson se pencha en avant :

— Où sont-elles, monsieur Poirot ?

— Je pense que vous savez où elles sont.

— Eh bien, pour parler franc, oui. Les banques sont des institutions très nécessaires, n'est-il pas vrai ?

Hercule Poirot se contenta de sourire.

— Nul n'est besoin, mon cher et bon ami, de nous perdre en circonlocutions, non ? reprit M. Robinson. Qu'aviez-vous l'intention d'en faire ?

— J'attendais.

— Qu'attendiez-vous ?

— J'attendais… mettons… vos suggestions.

— Certes… je vois…

— Vous saisissez bien qu'elles ne m'appartiennent pas. Rien ne me serait plus agréable que de pouvoir les remettre à leur légitime propriétaire. Mais cela, si j'évalue bien la conjoncture, n'est pas si simple.

— Les États, voyez-vous, précisa M. Robinson, se trouvent toujours dans une situation très complexe. Quand il s'agit de pétrole, d'uranium, de cobalt – et j'en passe… – les relations extérieures d'un pays doivent être envisagées avec une infinie délicatesse.

L'important, en l'occurrence, c'est que l'on soit en mesure d'affirmer que le gouvernement de Sa Majesté, bla-bla-bla-bla... ne dispose, en bref, d'aucune information sur le sujet.

— Mais je ne puis conserver indéfiniment dans le coffre de ma banque ce précieux dépôt, fit valoir Hercule Poirot.

— C'est l'évidence même... Et c'est bien pourquoi je suis venu vous proposer de me le confier.

— Tiens, tiens ! murmura le détective. Et pourquoi ?

— Je pourrais vous fournir une foule de très bonnes raisons. Ces joyaux... – nous ne sommes vous et moi, Dieu merci, pas fonctionnaires et pouvons, entre nous, appeler un chat un chat –... ces joyaux, disais-je, étaient, sans conteste, la propriété personnelle du feu prince Ali Youssouf.

— Je l'avais compris, oui.

— Son Altesse les avait confiés au *Squadron Leader* Rawlinson, avec des instructions détaillées. Il devait les sortir de l'émirat et me les remettre, à moi.

— Vous avez la preuve de ce que vous avancez là ?

— Certainement.

De la poche intérieure de son veston, M. Robinson extirpa une enveloppe oblongue dont il tira plusieurs feuillets qu'il déposa sur le bureau de Poirot.

Le détective les étudia avec soin :

— Tout cela me paraît conforme à vos dires.

— Bien. Et alors ?

— Me permettez-vous de vous poser une question ?

— Je vous en prie.

— Vous-même, quel bénéfice retirerez-vous de tout cela ?

M. Robinson arbora une mine étonnée :

— Voyons, cher et bon ami... de l'argent, bien entendu. Pas mal d'argent...

Hercule Poirot dévisagea attentivement son visiteur.

— Je suis membre, expliqua M. Robinson, d'une très ancienne profession. Et, qui plus est, fort lucrative. Nous agissons en nombre et tissons un véritable réseau sur cette bonne vieille planète. Nous sommes... – comment dirais-je ? –... des arrangeurs qui jouons notre rôle en coulisses. Au profit des rois, des présidents, des hommes d'État. En bref, au profit de tous ceux qui, comme l'a écrit le poète, doivent vivre sous les feux de la rampe. Nous travaillons les uns avec les autres, sans jamais oublier notre règle de base : nous sommes loyaux. Nos honoraires sont élevés mais nous sommes honnêtes. Les services que nous rendons peuvent sembler coûteux... mais nous rendons de vrais services.

— Je vois, acquiesça Poirot. Eh bien, je me rends à vos exigences.

— Je puis vous donner l'assurance que cette décision plaira à tous, affirma M. Robinson dont les yeux ne quittaient pas la lettre du colonel Pikeaway que Poirot tenait toujours dans sa main droite.

— Une seconde... je ne suis qu'un homme, et par conséquent curieux. Qu'allez-vous faire de ces pierres précieuses ?

M. Robinson se pencha en avant, avec un sourire qui éclaira son teint jaune :

— Je vais vous le dire.

Et il le lui dit.

Des enfants couraient en jouant dans la rue. Leurs cris perçants emplissaient l'atmosphère. L'un d'eux en vint à percuter M. Robinson qui descendait prudemment de sa Rolls.

M. Robinson le releva d'une main somme toute bienveillante et regarda le numéro de la maison.

Le 15. Oui, c'était bien cela. Il poussa la grille et monta les trois marches du perron en prenant le temps de noter les rideaux bien tirés, de même que le heurtoir de cuivre si bien astiqué qu'il pouvait se voir dedans.

Une maison banale, dans une rue banale d'un quartier banal de Londres. Mais bien tenue, jugea M. Robinson. Une demeure qui se respectait.

On ouvrit la porte. Une jeune femme, dans les vingt-cinq ans, à la fois jolie et coquette, l'accueillit en souriant :

— M. Robinson ? Entrez.

Elle le conduisit au petit salon, dans lequel il remarqua seulement le téléviseur, le piano droit contre un mur et les tentures au dessin à l'ancienne.

— Voulez-vous du thé ? s'enquit-elle. La bouilloire est sur le feu.

— Non merci. Je ne bois jamais de thé. Et je ne resterai chez vous qu'un court instant. Je ne suis venu ici que pour vous apporter ce que je vous annonçais dans ma lettre.

— De la part d'Ali ?

— Oui.

— Alors, il n'y a plus… il ne peut plus y avoir… enfin, plus aucun espoir ? C'est donc bien vrai qu'il… qu'il s'est tué ?… Il n'y a pas d'erreur possible ?

— Je crains bien qu'il n'y ait là aucune erreur, répliqua M. Robinson avec douceur.

— Oui… Oui… je comprends que… De toute manière, la dernière fois qu'il est revenu ici, je ne pensais plus le revoir jamais… Je ne veux pas dire que je savais qu'il serait assassiné, ni qu'il allait y avoir une révolution à Ramat. Je pensais seulement que… qu'il devait assumer sa fonction… faire ce que l'on attendait de lui… épouser une femme de son peuple… vous voyez…

De sa poche, M. Robinson sortit un paquet qu'il déposa sur la table :

— Ouvrez-le, je vous prie.

Les doigts de la jeune femme, fébrilement, défirent l'emballage.

Elle retint sa respiration.

De l'écarlate, de l'azur, du vert, une eau limpide brillant de tous ses feux transformèrent soudain le petit salon sombre en caverne d'Aladin…

M. Robinson ne la quittait pas des yeux. Il avait vu tant de femmes contempler des joyaux…

— Elles sont… ça n'est pas possible… elles ne sont pas vraies ? demanda-t-elle d'une voix sans timbre.

— Elles sont vraies.

— Mais ça doit valoir… ça doit valoir…

Elle était à bout d'imagination.

M. Robinson hocha la tête :

— Si vous souhaitiez vous en défaire, vous pourriez, sans doute, en tirer, au bas mot, un demi-million de livres.

— Non… non, ce n'est pas possible.

Soudain, elle rassembla les pierres précieuses dans la paume de ses mains, avant de commencer à les remballer en tremblant.

— J'ai peur, frémit-elle. Elles me font peur. Qu'est-ce que je vais bien pouvoir en faire ?

On ouvrit la porte à la volée. Un petit garçon arriva en coup de vent :

— Maman, Billy m'a passé un char formidable. Il…

Il se tut et fixa M. Robinson.

Il était très brun, avec une peau olivâtre.

— Va à la cuisine, Allen, lui intima sa mère. Ton thé est prêt. Il y a du lait, des biscuits et un peu de pain d'épice.

— Ah !… chouette…

Il repartit sans faire de bruit.

— Vous l'avez appelé Allen ? interrogea M. Robinson.

Elle rougit :

— C'était ce qui ressemblait le plus à Ali. Je n'aurais pas pu l'appeler Ali… Ç'aurait été trop difficile pour lui, avec les voisins et le reste…

Elle reprit, le visage toujours sombre :

— Mais qu'est-ce que je vais faire ?

— Avant tout, pouvez-vous me montrer votre certificat de mariage ? s'enquit M. Robinson. Je dois avoir l'assurance que vous êtes bien la personne que vous prétendez.

Elle le dévisagea un instant, avant d'aller ouvrir l'un des tiroirs d'un petit bureau, dont elle sortit une enveloppe qu'elle remit à son visiteur.

— Hum… oui… ville d'Edmonstow… Ali Youssouf, étudiant… et Alice Calder, célibataire… Oui, tout est en ordre…

— Oh ! répliqua-t-elle, tout ça est parfaitement légal… enfin… personne n'a jamais compris qui il était vraiment. Il y a aujourd'hui tant d'étudiants arabes, dans ce pays. Nous savions que tout ça ne signifiait réellement pas grand-chose. Il était musulman, il avait le droit d'avoir plus d'une femme. Et lui, il n'ignorait pas qu'il lui faudrait rentrer dans son pays et devenir polygame. Nous en parlions. Mais Allen était en route, voyez-vous, alors il m'a dit qu'il prendrait toutes sortes de dispositions en sa faveur… notre mariage avait été enregistré en bonne et due forme. Allen ne serait donc pas un bâtard. Ali ne pouvait pas faire plus pour moi. Mais il m'aimait vraiment, vous savez. Il m'aimait d'amour.

— Oui, approuva M. Robinson. J'en suis bien convaincu… Maintenant, supposons que vous me confiez ces pierres. Je me chargerai de leur vente. Et puis je vous donnerai le nom et l'adresse d'un notaire de toute confiance. Qui vous indiquera la meilleure manière de placer le plus gros de votre argent. Il vous conseillera. Car, les années passant, vous voudrez que votre fils reçoive une bonne éducation, et, pour vous, vous désirerez un nouveau style de vie. Vous allez devenir riche, vous serez en butte aux manigances de toutes sortes d'escrocs et de requins. Vous n'aurez pas une existence facile, si ce n'est sur le plan matériel. Les gens riches n'ont pas la vie facile, je puis vous l'affirmer… j'en ai trop vu, qui s'étaient bercés d'illusions. Mais vous, vous avez du caractère. Je crois que vous vous en sortirez. Et je crois aussi que votre petit garçon pourra être plus heureux que son père ne l'a jamais été… En êtes-vous d'accord ?

— Oui, trancha-t-elle. Reprenez-les.

Elle lui poussa les pierres sous le nez. Et puis elle reprit, soudainement :

— Cette petite pensionnaire… celle qui les a trouvées… j'aimerais bien qu'elle en ait une… mais laquelle ?… quelle couleur lui plairait, croyez-vous ?

M. Robinson prit le temps de la réflexion :

— Une émeraude, je pense… le vert du mystère… C'est là une très bonne idée. Cette jeune fille sera ravie.

Il se leva et ajouta :

— Je vous facturerai mes services, vous savez. Et mes honoraires sont élevés. Mais je ne vous escroquerai pas.

Elle le fixa avec calme :

— Oui, je vous crois. Et puis j'ai besoin de quelqu'un qui s'y connaisse en affaires, parce que je suis totalement ignare dans ce domaine.

— Vous me paraissez, si j'ose dire, une femme des plus sensées. Mais maintenant… dois-je vraiment les prendre ?… Vous ne souhaitez pas en garder ne fût-ce que… mettons… un échantillon ?

— Non, décida Alice Calder. Je ne veux rien garder… je n'en veux pas même une seule.

Son visage s'empourpra :

— Bah ! je conçois bien que cela puisse vous paraître idiot… de ne pas conserver un unique rubis, ou une émeraude… en souvenir. Mais, voyez-vous, lui et moi… il était musulman, mais, de temps à autre, il me permettait de lire la Bible. Et nous avions lu et relu ce verset… à propos d'une femme dont le prix dépasse tous les rubis de la création… et, donc… bref, je ne veux d'aucun de ces joyaux. Je préfère que…

« Une femme hors du commun », murmura M. Robinson en retournant à sa Rolls qui l'attendait.

Et il ne put s'empêcher de répéter :

« Oui, vraiment, une femme hors du commun… »

Composition réalisée par FACOMPO (Lisieux)

Achevé d'imprimer en octobre 2011, en France sur Presse Offset par
Maury-Imprimeur - 45330 Malesherbes
N° d'imprimeur : 168524
Dépôt légal : novembre 2011 – Édition 01